# EN KAPTEN FÖR CLARISSA

## EN ÄVENTYRLIG REGENCYROMAN OM EN UPPRORISK DAM OCH EN MODIG KAPTEN

### CATHERINE BILSON

SHENANIGANS PRESS

# INNEHÅLLSFÖRTECKNING

# KAPITEL ETT

SOLEN GICK NER ÖVER Aten och kastade ett gyllene sken över de antika ruinerna högt ovanför den livliga staden. Parthenon reste sig likt en krona från Akropolis och såg ner på de myllrande gatorna nedanför, som nu fann sig till rätta i sina kvällsrutiner. Köpmän ropade till förbipasserande och saluförde sina varor. Hästar och kärror rullade fram över de smala kullerstensgatorna och väjde för lekande barn, medan färggrant klädda kvinnor prutade på färska varor från marknadsstånden.

Lady Clarissa Creighton slingrade sig fram genom folkvimlet, hennes äventyrliga anda fylld av ny energi från den livliga staden. Hennes ögon gnistrade av nyfikenhet inför den rika uppvisningen av historia och kultur som omgav henne. Den heta solen hade blekt hennes bruna hår till ljust guld; det hängde löst kring hennes axlar efter att ha glidit ur det enkla band som var allt hon hade använt för att fästa upp det. Hon hade för länge sedan vägrat att bära hatt och föredrog att känna solens värme i ansiktet, till stor fasa för de mer korrekta delarna av societeten som fördömde hennes 'odamliga' gyllene solbränna och de fräknar som var strödda över hennes näsa och kindben.

"Sakta ner lite, kära du!" ropade en röst och avbröt Clarissas drömmerier. Hon vände sig om och fick syn på Helena, änkemarkisinnan Glenkellie, och hennes syster, contessa Ginori. De två äldre damerna var sinnebilden av excentrisk aristokratisk stil, lika nära som systrar trots de årtionden de tillbringat åtskilda när Helena reste till Skottland för att gifta sig. Deras skratt klingade som silverklockor när de närmade sig.

"Är det inte vackert?" sa Helena och pekade mot Parthenon. Sedan gav hon Clarissa ett illmarigt leende. "Men naturligtvis inte lika vackert som de passande ungkarlar vi har hittat åt dig, min kära."

"Verkligen", instämde contessan, hennes brytning fortfarande med en antydan av italienska även efter nästan sjuttio år i England. "Vi har sett till att din vistelse i Aten blir ytterst spännande – både kulturellt och romantiskt!"

Clarissa kvävde en stönande suck och kände hur hennes äventyrslystna själ falnade en aning vid tanken på deras inblandning. Ändå kunde hon aldrig riktigt förmå sig att bli irriterad på parets äktenskapsmäklande ansträngningar. De hade tagit henne under sina vingars skugga efter att ha träffat henne i Italien förra året och bjudit in henne att följa med dem till Grekland – en resa hon annars aldrig skulle ha haft råd med.

"Tack för era ansträngningar", sa hon diplomatiskt och försökte hålla varje spår av sarkasm borta från sin röst. "Jag ser fram emot att bekanta mig med de herrar ni talar om."

"Det är rätta andan!" Helena klappade förtjust i händerna. "Du kommer inte att bli besviken, det försäkrar jag dig, kära du."

"Sannerligen." Contessan nickade bestämt. "Vi har arrangerat en liten bjudning på vårt hotell i kväll, där du kommer att få träffa dem. Endast de bästa friarna har valts ut, naturligtvis."

Medan de tre kvinnorna fortsatte sin upptäcktsfärd i Aten kunde Clarissa bara skrocka åt de äldre systrarnas äktenskapsmäklande försök. Hon hade vant sig vid dem vid det här laget, efter att ha tillbringat det senaste året med att undvika de många friare de försökt pracka på henne i Italien. För stunden var hon dock mer än nöjd med att fördjupa sig i den rika historien och kulturen omkring sig, hennes äventyrliga själ oberörd av vännernas välmenande inblandning.

Kvällsbjudningen var i full gång, den stora balsalen på det storslagna atenska hotellet levande av färg och rörelse. Doften av blommor fyllde luften och blandades med det fladdrande ljuset från dussintals ljus som kastade dansande skuggor på väggarna. Musiker spelade en livlig vals och Clarissa kom på sig själv med att stampa takten med foten.

Helena och contessan var dock båda för upptagna med att söka av rummet efter passande ungkarlar för att lägga märke till det. Ofta lutade de sina huvuden mot varandra

för att viska ivrigt och nicka mot den ena eller andra gen-
tlemannen.

”Där är han!” utbrast Helena plötsligt och pekade mot en
lång ung man med en oklanderligt vaxad mustasch och
perfekt oljat hår. Hon grep tag i Clarissas arm och knuf-
fade henne mot den stackars aningslösa gentlemannen.
”Clarissa, låt mig presentera dig för herr Montgomery.
Han kommer från en synnerligen respektabel familj och
är arvtagare till ett stort gods i Hampshire.” Hennes röst
sjönk till vad hon förmodligen trodde var en viskning, men
som i själva verket var tillräckligt högt för att höras av alla
inom hörhåll!

”Mycket angenämt”, svarade Clarissa mellan sammanbit-
na tänder och tvingade fram ett leende när hon neg för
den förvånade herr Montgomery. Hans blick dröjde sig
kvar vid hennes solblekta hår och fräkniga ansikte, och hon
kunde nästan höra hans ogillande tankar.

”Fröken Creighton”, sa han slutligen och bugade sig stelt.
Medan de utbytte artigheter kvävde Clarissa en gäspning
bakom sin solfjäder och önskade att hon var varsomhelst
utom här. Någonstans som Parthenon, kanske, eller någon
av de många intressanta ruiner hon ännu inte hade haft
möjlighet att utforska ...

”Förtjusande! Helt enkelt förtjusande!” förklarade con-
tessan, tog Clarissas arm och styrde henne bort från herr
Montgomery. ”Låt mig nu få presentera herr Abernathy,
en stilig sjökapten.”

Innan Clarissa hann protestera stod hon ansikte mot ansikte med kapten Abernathy, som såg ut att vara minst dubbelt så gammal som hon.

"Fröken Creighton", morrade kapten Abernathy och böjde på huvudet en aning. Clarissa kvävde en suck och förberedde sig för ännu en tröttsam konversation om vädret eller fartyg.

"Clarissa, min kära!" Helena räddade henne lyckligtvis några minuter senare, då hon dök upp vid hennes sida igen. "Det är någon du absolut måste träffa!"

En till? stönade Clarissa inombords, men tvingade fram ett artigt leende när hon vände sig om. Då hoppade hennes hjärta över ett slag.

Edward Dalton stod framför henne, och ett långsamt leende spred sig över hans vackra ansikte, vilket fick hennes puls att slå snabbare. Edward! Hon hade känt honom sedan barndomen – hennes far hade skött juridiska ärenden för familjen Dalton i många år innan han ärvde sitt grevskap – och även om det var många år sedan hon senast hade sett honom, var hans välbekanta närvaro en välkommen lättnad mitt i ett hav av nya ansikten.

"Herr Dalton!" flämtade hon och glömde för ett ögonblick sin tidigare irritation på äktenskapsmäklare i allmänhet. "Vilken överraskning att se er här i Aten."

"Fröken Creighton ... men nej, ni är förstås lady Clarissa nu", sa han varmt, tog hennes hand och förde den till sina läppar. Hans kyss på hennes knogar var mild, men hans beröring sände en rysning uppför hennes ryggrad. "Nöjet är helt på min sida. Jag måste säga att ni har blivit ännu vackrare sedan jag såg er sist.”

”Smickrare”, anklagade hon honom, även om hennes läppar formades till ett äkta leende för första gången den kvällen. Hon föll in i ett lättsamt samtal med Edward och kunde inte undgå att lägga märke till de gillande blickar som utväxlades mellan Helena och contessan. De verkade mycket nöjda med det uppenbara resultatet av sina äktenskapsmäklande ansträngningar.

”Skulle ni vilja dansa, lady Clarissa?” frågade Edward och sträckte ut sin hand i en elegant gest. Det fanns en glimt av rackartyg i hans öga, och Clarissa tvekade endast en bråkdels sekund innan hon lade sin hand i hans.

”Gärna det, herr Dalton”, sa hon prydligt och ignorerade den lilla kittling som for genom henne när hans varma, starka fingrar slöt sig om hennes.

”Säg mig, Clarissa”, sa Edward tyst och drog henne närmare när musiken svällde omkring dem, ”vad för dig till Aten? Jag hade aldrig väntat mig att se dig här.”

”Inte heller jag hade väntat mig att se dig”, erkände hon och lät blicken falla mot hans starka käklinje. ”Jag reste med min faster och farbror på deras smekmånad i Italien. Min faster fick dock tvillingar för några månader sedan, så de bestämde sig för att stanna i Florens tills barnen är lite äldre. Lady Glenkellie och contessa Ginori var dock vänliga nog att bjuda in mig att ansluta till deras sällskap för denna utflykt till Grekland.”

"Verkligen?" Han lät förvånad. "Utan en manlig familjemedlem som förkläde? Du har alltid haft en äventyrlig anda." Lättheten i hans tonfall kunde inte helt dölja den svaga skärpan i hans ord, och Clarissa ryggade till.

"Nöden har ingen lag", svarade hon och försökte sig på ett leende. "Dessutom kunde jag inte motstå möjligheten att resa till en så fascinerande stad."

"Nej, det antar jag att du inte kunde." Edwards leende var medvetet. "Aten har mycket att erbjuda dem som är villiga att ta chanser."

De virvlade iväg igen och Clarissa kom på sig själv med att fundera över Edwards plötsliga intresse för henne. Det var inte alls ovälkommet; tvärtom kände hon sig ganska smickrad av det. Ändå fanns det en svag udd i hans komplimanger, en mörk underton som hon inte riktigt kunde sätta fingret på. Hon skakade av sig tanken, fast besluten att inte låta den förstöra hennes njutning av stunden.

"Herr Dalton", sa hon efter ett ögonblick och försökte hindra rösten från att darra, "det är en överraskning att se er så långt hemifrån. Vad för er till Grekland?"

"Åh, lady Clarissa", sa han mystiskt och hans ögon mörknade för ett ögonblick innan de ljusnade igen, "låt oss bara säga att livet har sina vändningar."

Musiken tog slut och de steg isär, var och en bugande för den andre. Clarissa kom på sig själv med att begrunda Edwards ord och undrade vilka hemligheter han kunde dölja. För nu skulle hon dock tillåta honom att uppvakta henne ... även om den där elaka lilla rösten i bakhuvudet fortsatte att fråga varför hans uppmärksamhet fick henne att känna sig lite som en mus som iakttas av en katt.

Helena och contessan utbytte förtjusta blickar när de såg Edward och Clarissa samtala livligt. De hade båda fattat tycke för herr Dalton och var överens om att han skulle vara en ytterst lämplig friare för Clarissas hand. De pratade ivrigt och viskade med varandra om storslagna bröllop, ovetande om Clarissas hemliga oro.

"Ser du, syster", sa Helena med ett belåtet leende, "jag sa ju att våra äktenskapsmäklande ansträngningar skulle bli framgångsrika. Se på dem! Som om de känt varandra hela livet."

"Verkligen", instämde contessan, hennes ögon gnistrande av glädje. "Och vilket vackert par de är! Jag har alltid vetat att min Clarissa skulle fånga hjärtat på någon stilig världsman, och herr Dalton passar perfekt. Hennes föräldrar kommer att bli överlyckliga!"

Trots sina farhågor fann sig Clarissa i att njuta av Edwards sällskap mer och mer ju längre kvällen led. Han var en utmärkt konversatör, full av berättelser från sina resor, och kunde dessutom tala kunnigt om politik, litteratur, konst och många andra ämnen. Det var svårt att hålla ett vaksamt avstånd inför sådan kvickhet och charm.

"Säg mig, lady Clarissa", sa Edward och lutade sig nära när de promenerade tillsammans i de månbelysta trädgårdarna, "har ni någonsin övervägt att skriva? Era tankar är så ytterst insiktsfulla, jag tror att många skulle vara intresserade av att höra era åsikter."

Hon rodnade åt komplimangen, hennes hjärta fladdrade trots hennes övertygelse om att han måste ha dolda motiv. "Jag ... jag har försökt mig på det, men ingen har varit intresserad av att läsa mina skriverier förut." Hon sneglade upp på honom genom ögonfransarna; han betraktade henne som om hon vore den mest fascinerande varelse han någonsin mött.

"Underskatta aldrig kraften i era ord", sa han allvarligt. "Ni har en unik synvinkel som förtjänar att delas."

"Tack, herr Dalton", mumlade hon, med kinder rosa av glädje, även om hon inte riktigt kunde skaka av sig känslan av att Edward Dalton dolde en annan sida av sig själv för henne.

Under de följande dagarna verkade det som om Edward fanns överallt dit Clarissa vände sig. Vare sig det var av en slump eller med avsikt, fortsatte de att stöta på varandra när de besökte de livliga atenska marknaderna och beundrade de antika ruinerna. Varje möte gjorde Clarissa mer fascinerad och ändå mer orolig, hennes ursprungliga försiktighet urholkad av hans ständiga uppvaktning.

Stående bredvid honom vid Akropolis och blickande ut över staden nedanför, fann sig Clarissa i att ifrågasätta sina egna instinkter. Kanske, tänkte hon, hade hon dömt honom fel. Kanske var hans avsikter helt ärliga trots allt och hennes misstankar grundlösa.

”Lady Clarissa”, sa Edward mjukt, hans röst knappt hörbar över vindens sus, ”jag hoppas att ni inte finner min uppvaktning påträngande. Det är bara det att … ja, jag verkar inte kunna hjälpa det. Er livfulla anda och skarpa intellekt drar mig till sig som en mal till en ljuslåga.”

”Herr Dalton”, svarade hon tveksamt, hennes hjärta slitet mellan hopp och osäkerhet, ”jag måste erkänna att jag njuter av ert sällskap, hur oväntat det än är. Men jag kan inte låta bli att undra varför vi, efter alla dessa år, skulle mötas igen på en så osannolik plats.”

”Kanske”, föreslog han med ett spår av ett leende, ”har ödet fört oss samman igen, två själsfränder som annars aldrig skulle ha haft en chans att återförenas.”

Clarissa log åt tanken. Kanske var det dåraktigt att tro på ödet, men här, där en gång gudarna själva sades ha vandrat bland dödliga, kunde hon nästan tro det.

Hon var fullt medveten om att hon *ville* tro. Ville tro att en världsvan, intelligent man som Edward Dalton verkligen ansåg henne värdig hans uppmärksamhet. Trots alla ivriga friare som hade svärmat kring henne ända sedan hennes syster gifte sig med en hertig, hade inte en enda av dem någonsin behandlat Clarissa som om hon hade en hjärna i huvudet, och hon var innerligt trött på det. Edwards respekt för hennes intellekt och vilja att lyssna på hennes åsikter var annorlunda, och trots den vaksamhet hon inte riktigt kunde skaka av sig, började hans uppvaktning påverka hennes känslor.

Mitt på den livliga marknaden i Aten stannade Clarissa för att beundra ett stånd prytt med färgsprakande siden och intrikata spetsar.

”Clarissa”, bröt Edwards röst in i hennes tankar, ”jag måste säga att den blå nyansen skulle framhäva dina ögon utsökt.”

”Tack, herr Dalton”, svarade hon frånvarande, hennes tankar fortfarande kvar hos sin faster när hon tittade på en vacker dopklänning. Tvillingarnas födelse i Florens hade varit en oväntad välsignelse, men det hade också gett Clarissa en ny ansvarskänsla. Hon kunde inte belasta sin faster med sin närvaro under en så känslig tid, så hon hade gett sig av till Aten, ivrig att utforska dess rika historia och kultur.

”Mår du bra, Clarissa?” frågade Edward, och oro ristades i hans vackra anletsdrag när han lade märke till hennes frånvarande uttryck.

”Alldeles utmärkt, tack”, försäkrade hon honom och tvingade fram ett leende. ”Jag tänkte bara på min faster Marianne och de senaste tillskotten i familjen.”

”Ah, ja, tvillingarnas glädjefyllda ankomst”, funderade Edward, hans ögon flimrade med en oläslig känsla. ”En sådan förtjusande överraskning för alla inblandade, det är jag säker på.”

”Verkligen”, instämde Clarissa, även om hennes hjärta värkte vid tanken på att missa de dyrbara stunderna med sina nya kusiner.

När de fortsatte sin promenad genom marknaden fann sig Clarissa i att observera Edward mer noggrant. Hans charm och goda utseende var obestridliga, men det fanns något som lurade under ytan som hon inte riktigt kunde sätta fingret på. En underström av hemlighetsmakeri som oroade henne.

"Clarissa", började Edward och harklade sig. "Jag har tänkt fråga om din fars nya gods på Creighton Hall. Det var ett tag sedan jag senast besökte hembygden, och jag saknar verkligen den engelska landsbygdens skönhet."

"Ja, Creighton Hall är verkligen en underbar plats", mindes Clarissa, hennes ögon grumlades av nostalgi. "Jag måste dock erkänna att mitt hjärta alltid har längtat efter mer ... efter äventyr och friheten att utforska världen bortom våra gränser."

"Sagt som en sann upptäcktsresande", berömde Edward. "Du är verkligen en sällsynt pärla."

"Tack", svarade hon och rodnade trots sina kvardröjande misstankar.

När de nådde utkanten av marknaden lade Clarissa märke till en man som närmade sig Edward, hans ansikte dolt i skuggan av hans bredbrättade hatt. Utan ett ord räckte han Edward en liten, hopvikt lapp innan han försvann in i folkmassan.

"Ursäkta mig", sa Edward tyst och stoppade meddelandet från sin mystiska korrespondent i sin rockficka. "En affärsangelägenhet."

"Självklart." Clarissa nickade, men hennes nyfikenhet väcktes av det märkliga mötet och det faktum att Edward tydligen hade väntat på att någon skulle möta honom här mitt i Aten. Hon ville tro att han var en vänlig man utan onda avsikter mot henne eller någon annan, men det fanns för många hemligheter kring honom.

"Ska vi fortsätta vår upptäcktsfärd i Aten?" frågade Edward och erbjöd sin arm med ett charmigt leende som inte riktigt skingrade Clarissas oro.

"Ja", sa hon slutligen och lade sin hand på hans arm när de gick vidare in i den gamla staden, hennes humör dämpat av obesvarade frågor.

De rundade ett hörn och stötte på flera unga lokala barn som lekte någon sorts tafattlek, deras skratt smittade av sig. Inom några ögonblick fann sig Clarissa i att delta, hjälpte en av de mindre flickorna att fly från 'den som är', och skrattade förtjust åt den lilla flickans tack. När hon sneglade bort mot Edward såg hon att han betraktade henne med ett vemodigt leende och undrade återigen vad han dolde.

"Herr Dalton ..." började hon tveksamt. "Jag vet att vi först nyligen har förnyat vår bekantskap, men jag kan inte skaka av mig känslan av att det inte är en ren slump att ni är här. Finns det något ni inte berättar för mig?"

Edwards leende falnade för ett ögonblick innan han samlade sig. "Clarissa, du var alltid mycket mer skarpsinnig än de flesta ger dig äran för. Men jag försäkrar dig, mina skäl för att vara i Aten är helt oskyldiga." Han log charmigt.

”En älskare av historia och kultur som jag själv kunde ju knappast motstå att besöka en så anrik stad.”

”Antagligen inte.” Clarissa suckade, hans charm utövade sin magi på hennes misstankar. För tillfället, åtminstone, skulle hon lägga sina frågor åt sidan. Men hon visste att hon inte skulle kunna ignorera dem för alltid.

”Kom”, sa Edward och erbjöd sin arm igen. ”Det finns så mycket mer av denna underbara stad att se.”

Clarissa kände sig lite lättare till mods och accepterade hans inbjudan att utforska, redo att njuta av dagen med en gammal vän. Även om tvivel fortfarande dröjde sig kvar i hennes sinne, bestämde hon sig för att låta Atens soliga gator jaga bort hennes rädslor – åtminstone för nu.

# KAPITEL TVÅ

DEN NEDGÅENDE SOLEN KASTADE långa skuggor över kullerstensgatan där Edward Dalton stod och kände den andre mannens blick på sig. Den unge mannen, en engelsk lord på högst tjugotre år, hade en högdragen och otålig blick, som om han förväntade sig att bli åtlydd omedelbart.

"Herr Dalton", sade den unge lorden med uppenbart förakt, "ni har skjutit upp betalningen av era skulder alltför länge. Ni förlorade stort på kortspel och jag har era skuldsedlar."

Edward rörde sig obekvämt och kände en svettdroppe rinna nerför nacken. Han kunde inte genast komma på vad han skulle säga; han hade hoppats kunna undvika detta möte helt och hållet, men hade blivit inträngd i en gränd av två beväpnade män och tvingats gå flera kilometer i dagens hetta för att inställa sig hos sin borgenär. "Jag försäkrar er, mylord, att jag kommer att ha pengarna inom kort", sade han till slut och försökte låta självsäker.

"Verkligen?" Lorden höjde på ena ögonbrynet. "Och hur ämnar ni få fram en sådan summa?"

"Jo, jag ..." Edward såg sig nervöst omkring och sänkte sedan rösten. "Jag är ute efter en arvtagerska", erkände han. "En förtjusande ung dam med en mycket stor hemgift. Jag tror att jag kommer att fria till henne inom en vecka."

Solen sjönk lägre och kastade ett orange sken över Aten. Den andre mannen övervägde hans ord med misstänksamt kisande ögon. "Och varför skulle jag tro er, mr Dalton? Ni är en man känd för att ge storslagna löften och lämna era borgenärer obetalda. Er närvaro i Grekland berättar historien om hur ni tvingades fly från England eftersom era skulder blev för stora."

Edwards hjärta bultade i bröstet, men han tvingade sig att le och verka lugn. "Jag förstår er motvilja", sade han och anlade sitt mest uppriktiga uttryck. "Men den här gången är det annorlunda, det försäkrar jag. Denna unga dam är dotter till en rik earl och hennes syster är gift med en hertig. Hennes familj är både inflytelserik och ofattbart förmögen. Jag är en gammal vän till familjen och jag tror att hon redan hyser vissa varma känslor för mig."

Han iakttog den andre mannens ansikte för att se tecken på att han hade övertygat honom. Till slut suckade den unge lorden och såg resignerad ut. "Mycket väl", sade han. "Ni har en vecka på er att uppvisa bevis på denna förlovning, mr Dalton. Om ni inte kan det kommer jag att berätta för alla jag möter att ni är opålitlig och inte går att lita på."

Edward svalde hårt mot klumpen i halsen, nickade och log svagt. "Självklart, mylord. Jag ska inte göra er besviken."

När lorden vände sig om och gick därifrån stod Edward ensam kvar på kullerstensgatorna, medan de sista solstrålarna försvann bakom honom. Tyngden av hans lögner tog andan ur honom, men han kunde inte se någon annan väg framåt. Desperation drev honom nu; Edward Dalton var en man på gränsen till undergång eller upprättelse. Bara tiden kunde utvisa åt vilket håll han skulle falla.

Så fort den unge adelsmannen var utom synhåll trädde en annan man fram ur skuggorna. Edwards hjärta sjönk i bröstet på honom när han såg den grekiske penningutlånaren, vars blick var fäst på Edward med en kall intensitet som fick honom att rysa.

"Herr Dalton", sade mannen på bruten engelska, hans röst låg och hotfull. "Jag hör att ni talar om hemgifter och framtida rikedom. Jag vill ha mina pengar nu. Era löften betyder ingenting för mig."

Edward kämpade för att behålla fattningen, trots att hjärtat bultade och svett pärlade sig i pannan. Han visste bättre än de flesta att detta var en man man inte skulle bråka med, och även om han hade varit tålmodig tills nu kunde Edward känna att hans tålamod höll på att ta slut.

"Snälla ni", började han och förbannade sig själv när rösten darrade trots alla hans ansträngningar att låta självsäker. "Jag svär vid er, så fort jag gifter mig med lady Clarissa kommer hennes hemgift att vara mer än nog för att betala mina skulder till er och alla andra! Ni har mitt ord."

Penningutlånaren hånlog med oförställt förakt. "Ert ord är mindre värt än ingenting. Och hur planerar ni att få tag på hennes pengar? Resa tillbaka till England och aldrig återvända hit, och glömma er skuld till mig?" Han skakade långsamt på huvudet. "Nej, mr Dalton. Jag vill ha mina pengar nu."

Paniken snörde åt Edwards strupe. Desperat sökte han efter ett sätt att blidka den farlige mannen som stod framför honom – och då fick han en idé, så motbjudande att han blev fysiskt illamående bara av att överväga den. Men om den kunde rädda honom ...

"Kanske finns det ett annat sätt", sade han tveksamt och tvingade sig att möta penningutlånarens blick. "Lady Clarissa är dotter till en förmögen earl, och hennes syster är gift med en hertig. Om något skulle hända henne ..." Han svalde hårt. "Hon skulle kunna vara värd mer i lösen än i hemgift."

Han kunde knappt tro på vad han just hade föreslagit, men det verkade ha önskad effekt. Penningutlånarens ögon smalnade, och för ett ögonblick vågade Edward hoppas att hans desperata chansning skulle kunna fungera.

"Fortsätt", sade mannen med en mörk glimt i ögat.

"Hennes familj skulle betala vad som helst för att se henne återvända i säkerhet", sade Edward, även om hans röst knappt var mer än en viskning. "Och om ni skulle leverera henne ..."

Hans antydan hängde kvar i luften mellan dem. Penningutlånaren var tyst, med blicken intensivt fäst på Edwards ansikte.

En strimma av kallsvett rann nerför Edwards ryggrad medan han väntade på den grekiske penningutlånarens beslut. Luften kändes tung, fylld av en känsla av stundande undergång.

”Är hon vacker?” frågade penningutlånaren till sist och bröt spänningen.

”Va-vad?” stammade Edward, tagen på sängen av frågan.

”Lady Clarissa”, sade mannen otåligt. ”Den engelska flickan ni erbjuder som säkerhet. Är hon vacker?”

Förbryllad tvekade Edward. Varför spelade det någon roll om Clarissa var attraktiv eller inte? Men han vågade inte vägra att svara. ”Ja”, erkände han motvilligt. ”Det är hon.”

”Bra.” Penningutlånaren log, ett isande uttryck som sände en rysning längs Edwards ryggrad. ”Då finner jag ert erbjudande acceptabelt. Men kom ihåg detta, mr Dalton”, han lutade sig nära, hans andedräkt het mot Edwards öra, ”om ni förråder mig, kommer ni att få ångra det.”

Med den dystra varningen vände han sig om och försvann in i mörkret, och lämnade Edward att ensam bära tyngden av sitt fruktansvärda val. Han kände sig som om han stod på kanten av en avgrund, med darrande ben som var redo att ge vika under honom. Vad hade han gjort? Desperat för att undvika konkurs hade han utlämnat Clarissa – rara, oskyldiga Clarissa, som litade på honom utan förbehåll – i händerna på en samvetslös främling.

Edward sjönk ner på en närliggande bänk och begravde huvudet i händerna. Den kalla stenen trängde igenom hans byxor, men han märkte det knappt. Han slog armarna om sig själv och försökte stilla skälvningarna som for genom hans kropp. Det kändes som om mörkret som hade svalt penningutlånaren nu slöt sig kring honom och dränkte honom i skuld och förtvivlan.

"Gud hjälpe mig", viskade han brustet. "Vad har jag gjort?"

Den fulla vidden av vad han just hade gjort sköljde över honom, och Edward krökte rygg och slog armarna om bröstkorgen när rädslan grep tag i hans hjärta. Han hade utlämnat Clarissa till den samvetslöse penningutlånaren, förstört hennes rykte och nästan säkert dömt henne till döden ... allt för att rädda sig själv från ekonomisk ruin. Och nu fanns det ingen återvändo. Beslutet var fattat, och allt Edward kunde göra nu var att vänta på att konsekvenserna skulle spelas ut.

Det var mitt i natten och hotellet var insvept i djup tystnad. Fladdrande ljus från lyktan kastade kusliga skuggor på väggarna när den grekiske penningutlånaren ledde en grupp män genom de mörka korridorerna. För varje steg de tog blev deras hotfulla närvaro alltmer påtaglig, likt en snara som drogs åt runt halsen på de intet ont anande gästerna som slumrade bakom stängda dörrar.

När de nådde Clarissas dörr tog penningutlånaren fram en nyckel, och metallen fångade lyktans sken. Han stack in den i låset och vred om med ett mjukt klick som ekade i den tysta korridoren. Långsamt och försiktigt tryckte han upp dörren, och hans män smög in, tysta som skuggor.

Clarissa låg och sov djupt i sin säng, med obundna lockar som ramade in hennes ansikte. Hennes andetag var långsamma och jämna, hennes drömmar ostörda av det hot som kröp allt närmare.

Hon vaknade plötsligt och ryckte till i sängen när grova händer grep tag i henne och en tygtrasa täckte hennes mun innan hon hann skrika. Hennes ögon blev stora av skräck när hjärtat rusade, och hon kämpade mot sina fångvaktare. Deras grepp var dock starkt, och inom några ögonblick var hon bunden till händer och fötter och nedstoppad i en säck som vilket boskap som helst.

"Släpp mig!" ropade hon, men hennes röst dämpades av det tjocka tyget. Hon sparkade ut och försökte skrika igen, men repen runt hennes handleder och vrister höll henne fast.

Hennes rop på hjälp förblev ohörda när en av männen slängde henne över axeln och bar henne ut. Den svala nattluften fick henne att rysa, men det var inte bara av kylan: hon var skräckslagen. Vad som än hände hade hennes liv vänts upp och ner på ett ögonblick.

När de rörde sig bort från huset försökte Clarissa förstå vad som hände, medan tankarna rusade. Hur hade de kommit in i hennes rum? Vilka var dessa män, och vad ville de henne? Men den största frågan av alla var: Vad skulle hända med henne nu?

Hur rädd hon än var visste Clarissa att hon inte kunde ge efter för förtvivlan. Om hon gav upp skulle hon vara förlorad; den enda chansen hon hade var att hålla huvudet kallt och se efter en möjlighet att fly. Om hon kunde ta sig loss skulle hon kunna hitta hjälp och komma i säkerhet.

”Tänk, Clarissa, tänk”, viskade hon för sig själv, orden ohörbara över männens fotsteg och tunga andhämtning. ”Du måste komma på ett sätt att ta dig ur det här.”

Det verkade förstås omöjligt, men hon var tvungen att överväga sina alternativ. Hur små chanserna än var, vägrade hon att acceptera att det inte fanns något hopp.

*De är inte greker*, insåg hon plötsligt när männen talade med varandra. Hon hade bott i Aten tillräckligt länge för att känna igen språket, även om hon inte förstod mycket av det. Dessa män talade dock ett annat språk, och även om hon inte kunde identifiera det, var hon säker på att det inte var grekiska.

Ljudet under fötterna ändrades från stövlar mot sten till stövlar mot trä, och mannen som bar henne stannade. Clarissa kämpade emot honom och fick en hård hand mot benet som tack för besväret, vilket fick henne att ropa ut av smärta. En arg röst skrek något åt henne, orden obegripliga men deras innebörd tydlig.

Clarissas hjärta bultade när rösten fortsatte ilsket. Hon hade ingen aning om vad som skulle hända härnäst, men hon visste att det inte skulle vara bra. Hon försökte se sig omkring, men det tjocka tyget i säcken över hennes huvud blockerade allt ljus och lämnade henne i totalt mörker.

Plötsligt kastades hon ner på en hård yta. Ett ögonblick senare drogs säcken av hennes huvud och hon fann sig själv blinkande mot ett svagt lampsken. Efter några sekunder kunde hon se ordentligt.

Hon befann sig i ett pyttelitet rum, upptäckte hon, med ingenting i det förutom den smala britsen som var fäst vid väggen, densamma som hon satt på.

"Vilka är ni?" krävde hon, rädsla och ilska fick hennes röst att darra. "Vad vill ni mig?"

En av männen som hade ryckt henne från huset hånlog åt henne och såg henne upp och ner på ett sätt som fick henne att känna sig djupt obekväm, särskilt med tanke på att hon fortfarande bara var klädd i sitt nattlinne. Hon ryckte åt sig den tunna filten från sängen och svepte den om sig.

En skarp röst skällde ut en order på det främmande språket, och mannens ögon vidgades av rädsla, han nickade och backade ut ur rummet.

Nej, *hytten*, insåg Clarissa och kände sig dum som inte hade känt igen det direkt. Hon måste vara ombord på ett skepp.

"Vart tar ni mig?" frågade hon, hennes röst gäll av rädsla.

En annan man klev in i dörröppningen, lång och kraftig, med ärr som vanställde ett ansikte som en gång kanske hade varit vackert. Han flinade åt henne och talade på bruten engelska.

"Er far", sade han i en hånfull ton, "kommer att betala vad jag än begär för er säkra återkomst, eller hur?"

Clarissa svalde hårt och tvingade sin röst att förbli stadig trots skräcken som strömmade genom hennes ådror. ”Ja”, svarade hon med hakan trotsigt höjd. ”Han är earlen av Creighton och kommer inte att sky några kostnader för att säkerställa min säkerhet.”

Kaptenen gav ifrån sig ett gutturalt skratt, och hans ögon smalnade roat. ”Tror ni att jag skulle riskera att segla någonstans där den engelska flottan har inflytande? Er fars guld är till ingen nytta för mig om jag slutar med att dingla i galgen.”

Han lutade sig närmare, hans andedräkt het och illaluktande mot hennes ansikte. ”Nej, min kära flicka. Det är på slavmarknaderna i Alger som ni ska inbringa ett vackert pris åt mig.”

Clarissas mage vände sig ut och in vid hans ord, och gallan steg i halsen på henne. Hon kämpade för att behålla fattningen, medan tankarna rusade när hon övervägde sitt nästa drag.

”Snälla”, viskade hon, hennes röst knappt hörbar. ”Jag bönfaller er att tänka om. Det måste finnas ett annat sätt.”

Kaptenen bara flinade åt hennes vädjan, och njöt uppenbarligen av hennes rädsla och desperation. ”Spara era böner till marknaden, flicka”, hånade han, innan han vände sig bort och slog igen dörren framför näsan på henne. En nyckel som vreds om i låset befäste hennes nya verklighet – hon var en fånge.

*Få inte panik. Få inte panik*, försökte Clarissa beordra sig själv. Men när hon såg sig omkring i den smutsiga lilla hytten, desperat efter att hitta något användbart som kunde hjälpa henne att fly, talade ljudet av knarrande träbjälkar och den långsamma gungningen om för henne att även om hon kunde ta sig ut ur hytten, var det för sent.

Skeppet hade lättat ankar.

# KAPITEL TRE

SOLEN HÖLL PÅ ATT gå ner och kastade ett guldorange sken över Medelhavet när kapten Rafael de Silva stod på däck på sitt skepp. Vinden blåste genom hans mörkbruna hår medan han spanade mot horisonten efter tecken på oroligheter. Han var född i en portugisisk adelsfamilj men hade fått det svårt när det spanska självständighetskriget hade förstört hans fädernehem. Nu var hans fartyg en del av en skvadron som patrullerade haven i jakt på pirater och korsarer som gav sig på oskyldiga människor.

Rafael lutade sig mot relingen och såg ett stim flygfiskar skjuta upp ur vattnet. En sjöfågel dök ner för att fånga en av dem och skingrade resten åt alla håll.

”Kapten!”, ropade en av hans besättningsmän från huvud-däck och ryckte honom ur hans tankar. ”Segel siktat för om styrbord!”

Rafael vände sig om för att titta i den angivna riktningen och kisade mot horisonten.

”Jag känner igen det där skeppet”, sade han efter ett ögonblick och kände igen segelplanen. ”Ghazi Khadra, håller på med sina gamla knep.” Det andra fartyget befann sig nära den nordafrikanska kusten, troligen i hopp om att undvika patrullerna som opererade längre ut till havs. Han skrek ut order till sin besättning och vände sitt skepp för att genskjuta korsaren.

"Lägg oss jämsides med det där skeppet", beordrade han. "Och rikta era vapen mot henne."

"Lägg bi!", vrålade hans båtsman och upprepade ordern på portugisiska, engelska och berbiska när männen ombord på det andra skeppet låtsades att de inte förstod.

Rafael flinade när korsarerna nervöst såg på varandra. Eftersom de förde algerisk flagg kunde de knappast låtsas att de inte förstod sitt eget språk.

"*Qewwed!*", skrek en av dem tillbaka med en oförskämd gest.

"Avfyra ett varningsskott för om bogen", beordrade Rafael. Hans kanonbesättning hade redan laddat kanonen och det dröjde knappt ett ögonblick innan däcket skakade under hans fötter och dånet ekade över vattnet. Skottet studsade över vågorna och slog ner knappt femton fot framför korsarens bog.

"Tror du att de kommer att besvara elden, kapten?", frågade hans förste styrman.

"Ghazi Khadra är inte dum", svarade Rafael och betraktade fortfarande det andra fartyget. "Han vet att vi har fler kanoner än han. Jag kan tänka mig att han är under däck just nu, gömmer sina orättmätiga rikedomar och ber att vi inte ska hitta hans hemliga fack."

”Kastar han det inte överbord?”, frågade förste styrmannen och tittade på vattnet bakom korsaren.

”Nej, han är för girig. Om han tror för ett ögonblick att han kanske kan behålla det, kommer han inte att kasta bort det. Han vet inte vem som är kapten på det här skeppet, vet inte att vi har mötts förut.” Rafael log och blottade tänderna. ”Förra gången vi möttes var jag ombord på ett brittiskt örlogsfartyg, och vi var tvungna att avbryta, låta Khadra gå, eftersom ett franskt krigsfartyg dök upp. Den här gången? Den här gången ska jag sätta den där tjuvaktiga slavhandlaren i bojor.”

Korsaren halade nu segel, lydande båtsmannens alltmer ilskna rop, och förste styrmannen vände sig bort från Rafael för att beordra att deras egna segel skulle halas.

Bara några minuter senare låg de två skeppen stilla i vattnet, sida vid sida, och Rafael steg fram till relingen.

”Var”, sade han på sitt eget språk, ”är Ghazi Khadra?”

Han såg chocken fara genom männen som stod framför honom. Såg deras kaxighet försvinna när hans män siktade med sina gevär på korsarerna. Det gick inte att låtsas att de var hederliga handelsmän om Rafael visste att Ghazi Khadra var deras kapten.

”*Ḥadremt!*”, dånade en djup röst. ”Slåss, era fegisar!”, men korsarerna var bedrövligt oförberedda och de flesta av dem var bara beväpnade med pistoler och rostiga klingor. Några av dem rusade framåt, det hördes en kort skottsalva, och fem korsarkroppar föll till däck.

”Vill du försöka igen?”, sade Rafael belevat, ”eller ska vi helt enkelt sluta slösa tid, Khadra?”

Korsarkaptenen smög fram från bakom sina män, hans fula, ärriga ansikte en rasande mask. ”Vem är du, din valp?”, väste han på dålig portugisiska.

”Minns du mig inte?”, sade Rafael och bytte smidigt till engelska. ”Kanske nu då?”

Khadras ögon vidgades och han tittade förbryllat på Rafaels rock.

”Ja, förra gången vi möttes bar jag den brittiska flottans rock”, upplyste Rafael honom. ”Nu seglar jag för min egen kung och mitt eget land. Håller Medelhavet rent från korsaravskum.”

Khadra spottade på däck. En av hans män talade med honom med låg röst och gestikulerade mot Rafael och hans män, uppenbarligen i ett försök att tala förnuft med Khadra.

”Ni är i underläge både i antal och beväpning”, sade Rafael lugnt. ”Lägg ner era vapen så får ni leva.”

Vapen klirrade mot golvet innan Khadra öppnade munnen för att ge ordern, vilket fick korsarkaptenens min att för ett ögonblick bli ännu mer mordisk, innan Rafaels män började gå över till hans skepp för att säkra det.

”Genomsök honom grundligt”, varnade Rafael. ”Han har förmodligen fler knivar på sig än du har fingrar. Kasta varenda en av dem överbord, säkra honom och börja söka igenom skeppet.”

"Ni har ingen rätt att kvarhålla oss, eller att genomsöka mitt skepp!", bröstade Khadra upp sig ilsket när råa händer sökte igenom honom och drog fram knivar från hans ärmar, stövlar och till och med en tunn klinga från hans långa skägg.

"De instruktionsbrev jag bär med mig från sju olika regeringar verkar tyda på motsatsen", svarade Rafael intetsägande. "Inklusive dejen av Alger, för övrigt. Eftersom det är den flaggan du för idag ... har jag faktiskt befogenhet över dig."

"Vi är en laglig handelsman", försökte Khadra hävda.

Till och med hans egna män sneglade på honom, och Rafael skrattade högt. "Självklart är ni det. Rena som nyfallen snö."

"Kapten!" Hans män kom redan upp från underdäck och vinkade på honom. "Vi har hittat något du borde se."

Ett dussintal unga pojkar och flickor var den sorgliga syn som mötte honom i ett litet rum i skeppets lastrum, var och en med en järnkrage låst runt halsen och kedjor som fäste dem vid väggen.

"Grekiska", sade båtsmannen tyst när Rafael bistert betraktade synen. "Från Aten, tagna från sina familjer mitt i natten. Avsedda att säljas på blocket i Alger."

"Nog för att hänga Khadra, även utan vad han nu annars smugglar. Gör dem lösa och för över dem till Santa Dorotéa." Rafael vände på klacken och klättrade tillbaka uppför den smala stegen till övre däck. Han stannade innan han klev ut ur luckan då något på de grova träplankorna fångade hans blick – en bit vit spets.

Rafael böjde sig ner, plockade upp biten och gned den mellan fingrarna. Mycket fin spets, tänkte han, och hans ögon smalnade. Han vände sig om och såg sig omkring. En dörr stod öppen till vänster om honom.

När han tittade in såg han inget utöver det vanliga – en liten, tom brits med en grov filt på var den enda möbeln. Lukten av en otömd potta angrep hans näsa, och han grimaserade och tog ett steg tillbaka.

"Kapten?", sade båtsmannen som kommit upp bredvid honom.

"Någon har varit fängslad här inne." Rafael pekade på låset på dörren, en sällsynthet på ett skepp. Det fanns bara två ombord på hans eget skepp, Santa Dorotéa, och de satt på hans egen hytt och på spritskåpet. "En mycket värdefull fånge, tror jag. Kanske en kvinna." Han visade båtsmannen spetsbiten. "Kanske var det vad Khadra tog sig tid att gömma undan, innan han visade sig."

"Om hon är här kommer vi att hitta henne, kapten", lovade båtsmannen, innan han vände sig om för att skrika order om att genomsöka skeppet igen.

Var skulle Khadra gömma en kvinna? Rafael gned spetsbiten mellan fingrarna igen. I sin egen hytt, misstänkte han, och styrde stegen mot kaptenens hytt.

Clarissa kunde med nöd och näppe få tillräckligt med luft i lungorna för att hålla sig vid medvetande. Ena stunden låg hon på den hårda britsen i sitt fängelse, i nästa hade dörren slagits upp och korsarkaptenen hade stått över henne, med panikslagna ögon.

"Du ska inte ge ifrån dig ett enda ljud", lovade han.

Clarissa undrade genast om räddning på något sätt kunde vara nära, öppnade omedelbart munnen och skrek i högan sky.

Ett kraftigt slag med baksidan av handen gjorde henne yr för ett ögonblick, och sedan trycktes en tjock tygbit in i hennes mun, munkavlen säkrades bakom hennes huvud, och hon kastades över korsarens kraftiga axel och bars ut. Hon sparkade och skrek, fäktade vilt; kände hur hennes nattlinne fastnade mot en träflisa och revs sönder medan hon kämpade, men korsaren stannade inte. Hon bars genom skeppet, kastades utan krusiduller ner och hennes händer och fötter bands samman, och sedan stoppades hon ner i en kista och locket slogs igen.

Hon kunde knappt röra sig och knappt andas genom munkavlen. Det var kolsvart inne i kistan, och hon var inte säker på om de svarta fläckarna som dansade framför hennes ögon var inbillning eller berodde på syrebrist.

Ett högt dån i närheten fick hennes ögon att vidgas. En kanon? Blev de beskjutna? *Snälla, låt mig inte dö fastbunden i en kista!*

Tystnad.

Skeppets gungande avtog, och hon kände att de hade saktat ner, kanske stannat. Avlägsna rop hördes, sedan en kort skottsalva, sedan stöveltramp på trä.

Räddning? Hon försökte ropa genom munkavlen, men ansträngningen fick henne att känna sig yr.

*Vänta*, tänkte hon. *De kommer att söka här inne. Vänta tills du hör dem.*

Stövlar klampade i närheten, och hon försökte skrika. Försökte få ur sig något ljud överhuvudtaget, men kunde bara åstadkomma ett mycket svagt jämmer. Hon försökte sparka mot kistans sida, men kunde inte röra sig mer än några tum i det trånga utrymmet; hennes bara fötter lät inte mot det tunga träet.

Stöveltrampet avlägsnade sig igen och Clarissa kunde inte hejda sig; hon började gråta. Tårar strömmade nerför hennes kinder när ljudet av hennes potentiella räddares stövlar försvann. Hon försökte kippa efter luft, men mörkret slöt sig omkring henne.

Rafael såg sig omkring i hytten med en rynka i pannan. Det fanns inget ställe här som var stort nog att dölja en kvinna, om inte ... hans blick föll på den tunga sjömanskistan bredvid sängen, halvt draperad med filtar. Han böjde sig ner, slog upp locket och stirrade ner på skönheten inuti.

Solblekt hår föll runt ett blekt, tårfläckat ansikte och en slank gestalt som knappt var till hälften täckt av ett trasigt nattlinne kantat med dyrbar vit spets. Ung, vacker, blond och av börd att döma, inte undra på att Khadra hade hållit denna skatt inlåst och försökt dölja henne. Hon skulle vara värd en förmögenhet på slavmarknaderna i Alger.

"Var i helvete hittade han dig?", mumlade Rafael och böjde sig ner för att lyfta flickan ur kistan. Hon verkade inte vara vid medvetande, och Rafael svor när han drog bort den alltför hårt åtsittande munkavlen från hennes mun och lutade sig in för att kontrollera att hon fortfarande andades. Det skulle vara typiskt Khadra att kväva flickan av misstag när han försökte dölja henne. Han skar av banden som band samman hennes fotleder och handleder och förbannade korsaren under tystnad.

Flickans bröstkorg höjdes och sänktes när hon tog ett djupare andetag, och Rafael slet blicken från hennes gestalt, grep tag i en av filtarna för att täcka henne ordentligt innan han backade undan. Att vakna och finna en främmande man som tornade upp sig över henne skulle sannolikt skrämma henne halvt ihjäl efter vad hon utan tvekan redan hade gått igenom. "Kapten?", sade han och vände sig om för att finna båtsmannen i dörren.

"Jag hittade kvinnan." Rafael gestikulerade mot flickan på sängen.

Båtsmannen kastade en blick och visslade, långt och lågt. "Inte undra på att Khadra försökte gömma henne!"

"Precis. Jag vill inte skrämma henne mer. Jag stannar här och vaktar henne; säkra hela korsarbesättningen och sätt kurs med båda skeppen mot Valletta." De borde nå Malta före morgonen, och den maltesiska regeringen var en av undertecknarna till avtalet mot korsarer under vilket Rafael opererade. De skulle ta hand om korsarerna och deras skepp, och ordna så att de grekiska ungdomarna kunde återvända till sina hem.

Vad som skulle göras med den vackra unga kvinnan återstod att se.

# KAPITEL FYRA

VÄRLDEN TYCKTES GUNGA MJUKT när Clarissa sakta återfick medvetandet. Hennes ögonlock fladdrade upp och avslöjade den obekanta omgivningen i korsarkaptenens hytt. Hon blinkade och försökte skingra dimman som fördunklade hennes tankar och förvirrade hennes sinnen. Hytten var svagt upplyst av en enda fladdrande lykta som kastade vacklande skuggor på träväggarna, prydda med sjökort och navigationsinstrument.

Doften av salt och åldrat timmer genomsyrade luften och blandades med en svag arom av tobak. Clarissa kände den grova texturen av en filt under sina fingertoppar, tätt virad runt hennes axlar för att hålla borta kylan från havsluften. När hennes syn klarnade lade hon märke till en gestalt som stod i närheten, och hans drag blev gradvis tydligare. Inte korsarkaptenen, utan en främling – en lång, mörk man med hökliknande drag, iklädd något som såg ut som en sjöofficersuniform, även om snittet och färgen inte var bekanta för henne. Hon drog filten tätare omkring sig och kisade på honom. Han var lång och barskt stilig, med mörkt hår som ramade in ett kraftfullt, solbränt ansikte. Hans ögon var särskilt slående: fängslande havsgröna som tycktes rymma själva havets djup.

Sjöofficeren talade, med tydlig oro i pannan. Clarissas panna rynkades när hon försökte tyda hans ord. Inte italienska, ett språk hon var tämligen flytande på efter mer än ett år i landet, inte heller grekiska eller franska. Hon kunde nästan förstå vissa av orden ...

"Jag är ledsen", sa hon på engelska. "Jag förstår inte."

"Var lugn, min dam", svarade han på förvånansvärt brytningsfri, perfekt engelska, med en djup och lugnande röst. "Ni är i säkerhet nu."

"Tack", mumlade hon och kämpade för att helt förstå situationen. Minnet av hennes svimning forsade tillbaka, en överväldigande våg som fick henne att känna sig sårbar och utsatt.

"Vem är du? Vad hände?"

Hans stadiga blick tycktes erbjuda en livlina i det stormiga havet av hennes känslor. "Jag är kapten Rafael de Silva, på det portugisiska skeppet *Santa Dorotéa*", sa han lugnt. "Vi patrullerar dessa vatten i jakt på korsarer och har tagit detta skepp. Vi kommer att lägga till i hamnen i Valletta på Malta inom några timmar."

"Jaså." Clarissa låg blickstilla medan hon kämpade för att förstå den plötsliga förändringen i omständigheterna.

"Var och när tog Khadra dig ifrån?" frågade Rafael försiktigt.

"Åh ... Aten." Hon kämpade för att pussla ihop den prövning hon hade genomgått. "För fyra – fem dagar sedan? Jag vet inte. Det var mörkt hela tiden i hytten.

Han öppnade dörren och gav mig mat, tror jag, två gånger om dagen." Varje gång hade hon tryckt sig mot väggen, livrädd för vad han kunde tänkas göra med henne. Maten hade varit knapp – torrt bröd och en flaska vin som smakade vedervärdigt – men hon hade tvingat i sig den, fast besluten att försöka hålla sig vid krafter inför den kommande kampen.

"Jag förstår." Rafael nickade långsamt och släppte henne inte med blicken. "Kan du tala om ditt namn för mig?" frågade han.

"Clarissa Creighton", sa hon. "Du behöver inte tala till mig som om jag vore enfaldig. Jag har fått en svår chock, men jag kommer att klara mig."

Ett leende spred sig över hans hökliknande ansikte, vilket plötsligt gjorde honom mycket stiligare, och hon besvarade leendet.

"Det gläder mig att se att du åtminstone har din kämparanda kvar. Nåväl." Han gestikulerade runt omkring sig. "Vi måste stanna ombord på detta otäcka lilla fartyg tills vi lägger till i Valletta i morgon bitti. Får jag försöka hitta något som täcker dig bättre, och kanske något att äta?"

"Ja", sa Clarissa och insåg att hon var utsvulten. "Snälla." Hon satte sig upp och grep klumpigt efter filten när den föll av.

Rafael höll blicken sänkt, noterade Clarissa, och trots sin kvardröjande förvirring och desorientering kände hon att hon kunde lita på den här portugisiska kaptenen med de slående havsgröna ögonen. För tillfället skulle hon i alla fall sätta sin tilltro till honom och hoppas att de tillsammans kunde navigera de osäkra vatten som låg framför dem.

Han lät ingen annan komma in i hytten, stoppade en man vid dörren och kom sedan med en enkel måltid bestående av bröd, ost och ett vin som var mycket bättre än något hon smakat på flera dagar. Han stannade kvar vid dörren tills hon hade ätit färdigt och sa sedan:

"Jag kommer att stå vakt utanför din dörr till i morgon bitti. Du behöver inte oroa dig för att din sömn ska störas, och i morgon avgör vi vår kurs."

De anlände till hamnen i Valletta tidigt på morgonen och möttes av myndigheterna som gladeligen tog hand om korsarerna och åtog sig att återföra de grekiska fångarna till Aten.

Rafael hade lämnat Clarissa ensam för att vila, trygg i kaptenens hytt med två av sina mest betrodda män som vakt utanför dörren, men återvände för att fråga henne vad hon ville göra.

"Det finns engelska familjer på Malta som gärna skulle ta emot dig", började han.

Hon skakade genast på huvudet. "Jag måste ta mig till Florens. Lady Glenkellie och Lady Ginori har säkert skickat bud dit om mitt försvinnande och min faster kommer att vara utom sig av oro.”

Rafael nickade eftertänksamt. ”Det kan ta lite tid att hitta ett skepp som ska till Italien. Jag tar dig dit själv.”

”Åh ... men ska du inte någon annanstans?” Clarissa tvekade att be om mer av honom. Hon var redan skyldig honom sitt liv.

”Jag är herre över mitt eget öde”, sa han, något arrogant. ”Jag bestämmer över mitt skepp och vart det ska segla. Jag ska ta dig till Livorno, och därifrån till Florens.”

”Nå ... tack”, sa hon slutligen.

Rafael böjde på huvudet. ”Jag ska se om det går att skaffa lite mer passande kläder till dig innan vi lämnar Valletta”, sa han ganska tvärt, innan han lämnade henne ensam igen.

Senare samma dag krafsade en ung kvinna på dörren. ”Jag är Ana”, sa hon på bruten engelska, med ett leende och en liten nigning. ”Kapten de Silva, han har anställt mig som din kammarjungfru. Vi ska till Florens, ja?”

”Ja”, sa Clarissa med en suck av lättnad.

”Jag har en klänning här till dig. Mer på det andra skeppet. Du byter om, och så går vi?”

De skulle förstås lämna korsarskeppet här, insåg Clarissa, och Rafael hade skickat Ana och kläderna så att Clarissa kunde se respektabel ut när hon flyttade över till det andra skeppet. Någon gång under nattens mörka timmar hade hon insett att hon var fullständigt ruinerad, trots att hon hade blivit räddad innan det värsta hann hända.

Hennes försvinnande från Aten kunde inte förklaras. Lady Glenkellie och Lady Ginori skulle ha slagit larm, vilket hon inte kunde klandra dem för; de måste ha gripits av panik vid hennes försvinnande. Att dyka upp igen i Italien mer än en vecka senare, på ett portugisiskt skepp, utan någon förklaring till vad som hade hänt henne ... Tja, det skulle bli en skandal av första rangen.

Men för tillfället sköt hon undan dessa tankar och bytte om till klänningen som Ana hade tagit med sig. Det var en enkel, anständig klänning i ljusblått, med hög halsringning och långa ärmar. Clarissa drog tacksamt på sig den, lättad över att slippa det smutsiga, trasiga nattlinne hon hade burit i flera dagar.

När hon kom ut från hytten väntade Rafael på henne på däck. Han hade bytt till en ren uniform och såg i varje tum ut som den stilige sjökaptenen.

”Är ni redo, min dam?” frågade han och erbjöd henne sin arm.

Hon tog den och kände ett märkligt fladder i magen. ”Ja, kapten”, sa hon och försökte hålla rösten stadig.

De lämnade korsarskeppet och tog sig till det andra skeppet, ett elegant, modernt fartyg som förde portugisisk flagg. Besättningen jäktade omkring och förberedde för avfärd, och Rafael bara nickade åt dem och gestikulerade att de skulle gå under däck.

Ana ledde självsäkert vägen till en stor, luftig hytt i aktern på skeppet. "Kaptenens hytt, fröken", sa hon med en nick. "Han säger att ni är säker här. Lås på dörren, ser ni?" Hon höll upp en nyckel. "Vi låser dörren och är säkra."

Clarissa nickade och kände en våg av lättnad skölja över sig. Hon var i säkerhet, och hon var med en man hon kunde lita på. Rafael hade varit vänlig mot henne från det ögonblick han hade hittat henne på korsarskeppet, och hon kände en tacksamhet mot honom som hon inte riktigt kunde sätta ord på.

Skeppets gungande och knarrande lät snart Clarissa veta att de hade satt segel, och hon slog sig ner på den låga, vadderade bänken vid fönstren i aktern och njöt av att kunna se ut över havet efter så många dagar instängd i en liten hytt. Kanske skulle Rafael till och med låta dem komma ut på däck för en nypa frisk luft senare; hon behövde det desperat, men förstod att det kanske inte var möjligt på ett skepp fullt av män.

I ögonvrån såg Clarissa en rörelse på golvet nära sina fötter. Med ett litet skrik ryckte hon upp fötterna från golvet och drog upp dem under sig. "Råttor!"

Ana, som höll på att bädda sängen, vände sig om. Efter en snabb blick skrattade dock kammarjungfrun. "Inga råttor här, fröken. Titta. Inte en råtta. En katt!"

Clarissa skrattade åt sin egen dårskap när katten smög fram från sitt gömställe och tittade upp på henne med klargröna ögon. En elegant svart varelse, katten såg välnärd och frisk ut, uppenbarligen en välkommen medlem av besättningen. "Hej, kisse." Hon lutade sig ner och sträckte ut handen mot katten, som sniffade kort på hennes fingrar men inte behagade låta henne klappa den, utan drog sig tillbaka och tassade iväg, för att sedan slinka igenom en liten springa som skurits ut i en av dörrplankorna.

"Tja, han verkar ha fri tillgång till hela skeppet", mumlade Clarissa med en ångerfull suck, innan hon återvände med blicken till fönstret och såg Maltas kust sakta försvinna i fjärran.

Solen stod högt och Malta var sedan länge utom synhåll när en knackning på dörren förkunnade kaptenens återkomst. Rafael väntade på att Ana skulle öppna dörren för att släppa in honom, och gav kammarjungfrun en respektfull nick som svar på hennes djupa nigning, innan hans ögon omedelbart for till Clarissa som satt vid fönstret.

"Jag tänkte att du kanske skulle vilja komma upp på däck och ta lite frisk luft", föreslog han, och ett leende kom över hans läppar när Clarissa omedelbart studsade upp. "Ah. Den idén behagar dig?"

"Jag har varit inspärrad i flera dagar. Lite sol i ansiktet skulle vara mycket välkommet!" förklarade hon.

Rafael nickade och gestikulerade att hon skulle gå före honom, eftersom gången skulle vara för smal för dem att gå arm i arm. Ana följde efter dem.

När Clarissa klättrade uppför den smala trappan till däck, svischade en svart skugga mellan hennes ben och fick henne nästan att snubbla. Bakom sig hörde hon Rafael säga något på portugisiska som hon trodde kunde vara en svordom.

”Är allt bra, miss Creighton? Fernando är slarvig med vems fötter han hamnar under.”

”Fernando, är det kattens namn? Han är ett vackert djur.” När Clarissa kom upp på däck andades hon in ett stort andetag frisk havsluft och suckade av njutning när vinden lyfte hennes hår från den varma nacken.

”Vi tolererar honom eftersom han är den bästa råttfångaren på de öppna haven.” Rafael kom fram till henne, lade en hand under hennes armbåge och ledde henne till relingen, bort från där män skyndade omkring med att spänna rep och justera segel. ”Bli bara inte lurad att röra vid hans mage, oavsett hur han än frestar dig genom att visa upp den när han ligger på rygg. Det är en ondskefull fälla och din hand kommer inte att undkomma oskadd. Hans tänder är vassa nog att tränga igenom till och med läderhandskar.”

Clarissa skrattade. ”Jag tackar er för varningen, sir! Jag skulle säkerligen ha fallit i den fällan, och troligen utan handskar, för jag har inga.”

”Jag beklagar att vi inte hade tid att skaffa dig en mer komplett garderob”, sa Rafael med en ursäktande ton. ”Att köpa någon betydande mängd eleganta damkläder skulle sannolikt ha dragit till sig mer uppmärksamhet än vad vare sig du eller jag skulle ha önskat, tror jag.”

”Åh, snälla tro mig, jag har inga klagomål!” Clarissa strök med handen över sin kjol. ”Allt med min nuvarande situation är en oändlig förbättring jämfört med min tidigare, från kläderna och landskapet till sällskapet."

Han böjde på huvudet i en liten bugning. Skeppet krängde just då, ändrade riktning för att kryssa med vinden, en väldig bom svängde över huvudet när seglen flyttade sig, och Rafael sträckte instinktivt ut handen för att stadga Clarissa. Hon hade dock redan flyttat sin vikt, ganska bekväm och självsäker även när relingen de stod vid svepte ner mot vågorna.

"Du är en erfaren seglare, tror jag", mumlade han. "Uppenbarligen seglade du hit från England vid något tillfälle?"

"För två år sedan, nästan precis." Hon såg framåt och tänkte på deras destination. "Min faster Marianne gifte sig, och hennes man har familj i Italien. De planerade en bröllopsresa och bjöd in min syster Diana och mig att följa med. Diana gifte sig förra året och återvände till England, men jag valde att stanna kvar." Hon lade inte till att hon vid det här laget trotsade sina föräldrars önskningar; hennes mors brev som krävde att Clarissa skulle återvända till England hade blivit både vanligare och mer gälla de senaste månaderna. Clarissa visste alltför väl vad som väntade henne hemma. I bästa fall en säsong i London där hon förväntades göra ett storslaget parti. I värsta fall en friare som redan valts ut åt henne.

"Och din farbror och faster är fortfarande i Italien?"

"I Florens, ja. Min faster fick tvillingar för några månader sedan och var inte kry efter deras födelse, och de var ganska små, som jag har hört att tvillingar ibland tenderar att vara.

De valde att stanna kvar i Florens ett tag, och jag erbjöds möjligheten att resa till Grekland när två äldre kvinnliga släktingar bestämde sig för att göra en resa till Aten."

"Är det damerna du talade om?" Rafael var en god lyssnare, tyckte Clarissa; tyst och vaksam, och hans ögon lämnade aldrig hennes ansikte när hon talade.

"Lady Ginori och Lady Glenkellie." Clarissa nickade. Hon hade ännu inte avslöjat omfattningen av sitt släktskap, inte heller det faktum att hon inte bara var 'miss Creighton', men hon visste att hon måste göra det nu. Hon tog ett djupt andetag och sa: "Lady Glenkellie är änkemarkisinnan, hennes son är den gentleman som min faster gifte sig med. Lady Ginori är hennes syster, Contessa Ginori."

"Välansedda släktingar", konstaterade Rafael, men han såg inte förvånad ut.

Clarissa bestämde sig för att inte förklara att släktskapet var vagt baserat på att Marianne en gång hade varit gift med hennes farbror. Det spelade ingen roll för hur de såg på varandra; Marianne betraktade Clarissa som sin brorsdotter och ingen faster kunde ha varit mer älskad. "Min far är en greve", medgav hon.

Rafael bara nickade, och Clarissa blinkade. Hon hade förväntat sig en något större reaktion på en sådan uppenbarelse.

"Damerna kommer att ha vänt upp och ner på Aten i sökandet efter dig", mumlade Rafael, och Clarissa ryggade till.

"Dessvärre. Ja."

Hans havsgröna ögon var eftertänksamma när han såg ner på henne, men han ställde inga fler frågor. Han erbjöd bara sin arm och bjöd in henne att gå runt på däck för att sträcka på benen en stund. Clarissa uppskattade verkligen möjligheten och tackade glatt ja.

De stannade på däck i ungefär en halvtimme, innan en av männen ropade något till Rafael på portugisiska.

"Beklagligtvis kallar mina plikter", sa han efter att ha svarat mannen kort. "Jag kommer att eskortera dig tillbaka till hytten. Även om jag har mina mäns respekt, vore det bäst om du och Ana stannar i hytten om inte jag är där för att eskortera er. Jag ska se till att du kan komma upp på däck minst två gånger om dagen, och vi borde vara i Livorno senast i morgon kväll."

Clarissa tackade honom med äkta uppskattning för att han tog sig tid, och hon och Ana återvände till kaptenens hytt. Katten Fernando följde med dem, kastade sig på golvet och rullade runt för att visa en tunn vit rand på sin blanka, lurviga mage.

"Rör den inte!" utbrast Clarissa när Ana kuttrade och böjde sig för att klappa katten. "Kaptenen varnade mig för att röra hans mage, så att han inte skulle få mig att blöda."

"Ah, en ondskefull demon som frestar oss så", klandrade Ana katten. "Ge dig iväg."

Fernando rullade runt, gäspade och hoppade upp på fönsterbänken bredvid Clarissa. Han satte sig ner, lindade prydligt sin svans runt framtassarna och tittade på henne. Clarissa sträckte ut en försiktig hand och den här gången behagade katten tillåta hennes beröring och lutade sig in i smekningen när hon mjukt klappade hans glänsande huvud.

Försjunken i tankar satt Clarissa kvar i timmar, klappade katten och blickade ut över de rullande vågorna, tills en knackning på dörren förkunnade ankomsten av en måltid för dem, levererad av en blyg ung pojke som inte kunde se någon av kvinnorna rakt i ögonen.

Efter den hemska mat hon hade fått som fånge på korsarskeppet, och den enkla måltiden kvällen innan, såg maten som nu levererades ut som en festmåltid för Clarissa. Färska tunnbröd, tunt skivat kött och ostar, oliver och små tomater, åtföljdes av vindruvor och persikor och en kanna med färsk fruktjuice vars smak Clarissa inte omedelbart kunde identifiera.

”*Rummien*”, sa Ana på sitt eget språk när Clarissa frågade, och försökte sedan på italienska. ”*Melograno?*”

”Granatäpple?” Clarissa trodde att det var det.

”*Iva*, ja!” Ana nickade entusiastiskt. ”Du gillar?”

”Utsökt.” Clarissa var utsvulten. Hon försökte att inte vräka i sig maten, åt på ett damlikt sätt och tvingade sig själv att sakta ner så att Ana kunde få sin del, men när Ana torkade fingrarna på en servett och sa att hon var klar, åt Clarissa upp varenda smula på brickan.

"Du borde vila, fröken", föreslog Ana när Clarissa smuttade på den sista klunken av den söta granatäppeljuicen, och Clarissa nickade. Hennes ögonlock hade redan börjat falla ihop. Skräcken hade hindrat henne från att sova ordentligt sedan hon blev bortförd från sin säng mitt i natten i Aten för nästan en vecka sedan, även när Rafael stod utanför hennes dörr föregående natt. Nu kände hon sig varm och trygg, och med magen full slog hon sig ner i den förvånansvärt bekväma sängen, slöt ögonen och föll i en fast, djup sömn.

# KAPITEL FEM

DEN GYLLENE SOLEN KIKADE fram över horisonten och kastade ett varmt sken över Clarissas ljusa hy där hon stod vid relingen på Santa Dorotéia, som låg nästan i stiltje på det stilla Medelhavet i den tidiga morgonen. Skeppets mjuka gungningar invaggade henne i ett kontemplativt tillstånd medan hon blickade ut över det skimrande havet. Hennes hår, blekt av solen och rufsat av den salta brisen, ramade in hennes eftertänksamma ansiktsuttryck.

"Kapten de Silva", ropade hon och vände sig mot Rafael som stod i närheten med blicken fäst vid horisonten. "Får jag fråga er något ganska personligt?"

En tvekan fladdrade till i Rafaels havsgröna blick, men han nickade. "Självklart, min dam."

"Berätta för mig om er familj." Denna gåtfulle portugisiske kapten fascinerade henne.

Han tvekade och drog i manschetten på sin jacka innan han svarade. "Min far och mina äldre bröder dödades i kriget. Det föll på mig att bli familjens överhuvud och ta hand om min mor och syster."

Clarissas blick mjuknade av medkänsla. ”Så fruktansvärt”, mumlade hon. ”Hur gammal var ni?”

”Tolv”, svarade Rafael med fjärran blick och en röst färgad av sorg. ”Vi var tvungna att överge vårt hem.”

”Är det därför ni tog värvning i den engelska flottan?” frågade Clarissa, vars nyfikenhet hade väckts.

”Ja”, sa han och ett litet, sorgset leende lekte i mungiporna. ”Min mor fann en tillflykt i England, och jag tog värvning i deras flotta för att kunna förbättra mina framtidsutsikter och försörja min familj. Det är också därför jag kom att tala så bra engelska.”

”Och nu har ni ert eget skepp och seglar under portugisisk flagg?” försökte hon för att få veta mer om honom.

”När det äntligen var tryggt att återvända till Portugal”, svarade han med en röst som var tung av känslor, ”fann vi vårt gods i ett tillstånd av nära nog fullständigt förfall. Kriget hade tagit ut sin rätt och det fanns föga kvar av det hem jag en gång känt. Att utöva mitt yrke till sjöss var det enda sättet för mig att skaffa fram medel för att ens kunna börja återställa vår förmögenhet.”

Det värkte i Clarissas hjärta för honom. ”Jag kan bara föreställa mig hur svårt det måste ha varit för er och er familj”, mumlade hon.

Rafael log svagt, även om sorgen fortfarande dröjde kvar i hans ögon. ”Det var en stor utmaning”, medgav han, ”men jag visste att det var min plikt att återställa vårt hem och försörja min mor och syster. Deras välbefinnande har alltid varit min högsta prioritet."

"Er hängivenhet för er familj är verkligen berömvärd, kapten", anmärkte Clarissa med tydlig beundran. "Många skulle ha brutit samman under sådana motgångar, men ni har mött dem rakt på och förblivit ståndaktig i er beslutsamhet."

"Tack, lady Clarissa", svarade han och böjde ödmjukt på huvudet. "Men jag gör bara vad varje hederlig man skulle göra i mitt ställe."

"Kanske det", medgav hon med blicken fäst vid hans ansikte. "Men jag tror att det krävs en sällsynt och exceptionell individ för att upprätthålla en sådan karaktärsstyrka och övertygelse inför överväldigande svårigheter."

Han log lätt och böjde på huvudet, men sa inget mer utan vände bort blicken från henne och upp mot seglen som fortfarande hängde nästan slappt från masterna.

Hon var en märklig varelse, denna dotter till en engelsk earl. Han hade träffat gott om sådana under sina år i England, men ingen var så frispråkig som lady Clarissa Creighton. Inte heller kunde han föreställa sig att någon av dem skulle ha klarat av den prövning hon utstått så väl. Hon talade om de svårigheter *han* hade utstått, men han hade aldrig blivit kidnappad av kapare och hotats med att säljas på en slavauktion till ett fruktansvärt öde!

"Kapten, ni har talat om er familj och de svårigheter de utstod under kriget", började Clarissa igen med nyfikenhet glittrande i sina blå ögon. "Men hur är det med de ägor som det nu är er uppgift att skydda? Kan ni beskriva Portugals skönhet och ert fäderneärvda hem för mig?"

Rafael tvekade ett ögonblick, med hjärtat svällande av kärlek och stolthet. Han kastade blicken västerut i riktning mot sitt hemland, som om han försökte mana fram bilden av sitt hem framför sig, och började sedan tala.

"Portugal är ett land av kontraster, lady Clarissa", sa han med en röst fylld av värme och tillgivenhet. "Från de frodiga, grönskande kullarna i norr till de karga, solstekta klipporna i söder finns en skönhet som är både vild och otämjd, men samtidigt djupt fridfull."

Han tystnade ett ögonblick och mindes de böljande vingårdarna som omgav familjens gods, de livligt gröna bladen som kontrasterade mot den rika, mörka jorden därunder. "Våra ägor ligger inbäddade i en dal, badade i solljus och välsignade med bördig jord som ger ett överflöd av grödor och fina druvor för vår vinproduktion. En flod rinner genom den, ger näring åt fälten och en stilla sång som ackompanjerar den viskande brisen som prasslar i träden."

Medan han talade lekte ett vemodigt leende i mungiporna och hans havsgröna ögon lyste av minnen från en lyckligare tid. "Före kriget var vårt gods en plats för skratt och glädje, fylld av röster från familj och vänner när vi samlades för att fira livets många välsignelser. Luften var fylld av doften av jasmin och apelsinblom, blandad med den jordiga aromen från vingårdarna, vilket skapade en parfym som var både berusande och uppiggande.”

”Era ord målar upp en livlig bild, kapten”, mumlade Clarissa och hennes ögon mjuknade av empati. ”Det måste ha varit verkligt hjärtskärande att se en så vacker plats härjas av krigets fasor.”

”Det var det verkligen”, medgav Rafael tyst, och hans drag skuggades av sorg när han mindes den första anblicken av sitt hem, de brända vingårdarna, de få människor som var kvar, krossade och terroriserade. ”Men jag tror att vi med tid, kärlek och uthållighet kan återställa vårt hem till dess forna glans. För det är inte bara själva marken som är nyckeln till mitt hjärta, utan andan hos de människor som bor där – min familj, mina vänner och alla de som har stått vid vår sida även i de mörkaste tider. Min mor sköter vårt gods mer än väl i min frånvaro, eftersom vi fortfarande är i behov av de pengar jag tjänar som kapten på mitt skepp.”

”Er familj låter verkligen märkvärdig”, sa hon med beundran lysande i ögonen. ”Och om jag får säga det, kapten de Silva, så har ni visat stor ödmjukhet trots er adliga härkomst.”

”Ack, men lady Clarissa”, svarade Rafael med ett snett leende, ”det är ofta motgångar som lär oss de mest värdefulla läxorna i livet. Jag hade inget annat val än att lära av de utmaningar som ödet har kastat i min väg.”

”Verkligen”, funderade hon och tänkte på de otaliga arroganta adelsmän hon hade mött hemma i England. ”Och ändå verkar så många människor av adlig börd oförmögna att förstå den enkla sanningen."

"Kanske har de ännu inte ställts inför de prövningar som tvingar dem att konfrontera sin egen mänsklighet", föreslog han med en röst färgad av sorg.

"Berätta för mig om er syster, Isabella", försökte Clarissa med mild och inbjudande röst. "Ni nämnde henne tidigare, och jag kan inte låta bli att undra vad för slags person hon är."

Rafaels ansikte mjuknade när han tänkte på sitt busiga yngre syskon. "Ah, minha irmã", började han, med en ton som var lika delar tillgivenhet och förargelse. "Isabella är en kraft att räkna med. Hon har alltid varit full av liv och energi, även när våra omständigheter var som svårast."

"Jaså?" Clarissa lutade sig framåt och hennes ögon gnistrade av nyfikenhet. "Berätta."

"Isabella övertygade en gång en av våra grannar om att hon hade upptäckt en magisk källa i skogen nära vårt gods", berättade han med en busig glimt i sina havsgröna ögon. "Hon svor att den kunde vrida tillbaka tiden och återge ungdomen till alla som drack av dess vatten."

"Herregud!" flämtade Clarissa och förde handen till munnen för att kväva ett fniss. "Och trodde någon verkligen på henne?"

"Tyvärr, ja", medgav Rafael med ett snett leende. "Flera av våra mer lättlurade grannar gav sig ivrigt iväg på jakt efter denna mytomspunna fontän, bara för att återvända tomhänta och genomblöta efter att Isabella hade lett dem rakt ner i en ganska djup damm.”

Clarissa skakade på huvudet, nu med ohämmat skratt. ”Så underbart det måste vara att ha ett sådant livligt och fantasifullt syskon.”

”Ja, hon är en ständig källa till munterhet och glädje”, instämde Rafael, och hans eget skratt lade sig när han blickade ut över den glittrande vattenytan framför sig. De lekfulla minnena från hans förflutna gav för ett ögonblick vika för en mer dyster eftertanke, och hans panna rynkades av tyngden från hans ansvar.

Som kapten på Santa Dorotéia bar Rafael ansvaret för sin besättnings liv och säkerheten för dem de skyddade på sina axlar. Men även när han navigerade de förrädiska vattnen i Medelhavet var hans tankar aldrig långt borta från sin familj i Portugal och den plikt han hade gentemot dem.

”Kapten?” frågade Clarissa mjukt. Oron färgade hennes röst när hon lade märke till förändringen i hans uppträdande. ”Är allt väl?”

”Förlåt mig”, mumlade han och gav henne ett litet, lugnande leende. ”Jag tänkte bara på mina plikter – som kapten och som bror.”

”Ah”, nickade hon med gryende förståelse i blicken. ”Det måste vara svårt att balansera ansvaret för båda rollerna, särskilt när de ofta verkar stå i strid med varandra.”

”Ja”, medgav han och hans blick vändes inåt. ”Det finns stunder då jag ifrågasätter om jag verkligen gör det som är bäst för min familj genom att vara så långt borta från dem, men sedan minns jag att det också är min plikt att skydda andra från de faror som lurar på dessa hav."

"Ibland är de svåraste valen vi gör de som verkligen definierar oss", sa Clarissa mjukt.

"Ni är skarpsynt för att vara så ung", sa Rafael eftertänksamt medan hans blick vilade på henne. "Och om jag får säga det ... ganska olik andra engelska damer av börd som jag har träffat." En mild bris ryckte i Clarissas solblekta hår; hennes vägran att bära hatt gav henne en upprorisk dragningskraft som fängslade Rafaels uppmärksamhet.

Hon log lite snett och tittade bort, men han hade inte ställt någon fråga och hon erbjöd inga förklaringar. De stod tillsammans och betraktade det stilla havet.

"Familjen är viktig också", sa Clarissa plötsligt och bröt den bekväma tystnaden som hade lagt sig mellan dem. "Faktum är att min syster Diana är den enda anledningen till att jag någonsin skulle vilja åka tillbaka till England."

Överraskad såg han på henne. "Inte era föräldrar, eller ert hem?"

"Nej." Hennes ansikte var stilla och lugnt när hon talade. "De älskar mig, och jag älskar dem, men deras förväntningar på mig kan jag inte uppfylla. Diana, till skillnad från dem, accepterar mig för precis den jag är."

"Er syster måste vara någon alldeles särskild", svarade Rafael.

”Det är hon verkligen”, instämde Clarissa med tillgivenhet i rösten. ”Diana är den enda person jag älskar villkorslöst. Hon har alltid varit en källa till vänlighet och stöd, och det var ingen överraskning för mig att en hertig såg hennes värde och snappade upp henne till sin brud.” Clarissa log, en bländande uppvisning som fick Rafaels hjärta att slå snabbare.

”Vinden friskar i”, konstaterade han när han såg hennes lockar börja blåsa omkring. ”Det är bäst att jag eskorterar er ner under däck och tar itu med mina plikter.”

”Tack för att ni tillbringade tid med mig, kapten.” Hon gjorde en elegant liten nigning mot honom. ”Jag har uppskattat vårt samtal.”

”Det har jag också”, sa han, förvånad över att märka att han menade det. Att samtala med unga damer av börd var normalt en komplicerad affär, full av fallgropar och dolda koder som Rafael varken hade tålamod eller lust att dechiffrera. Att tala med Clarissa kändes uppfriskande okomplicerat; hon sa vad hon tyckte utan att dölja det i vackra ord eller gåtor.

”Vi borde nå Livorno i morgon bitti”, konstaterade Rafael när han eskorterade Clarissa tillbaka till sin hytt. ”Stiltjen har försenat oss något, men förhoppningsvis gör vi nu goda framsteg.”

”Tack än en gång för att ni eskorterade mig.” Hon kastade en blick över axeln på honom när hon gick längs den smala passagen. ”Jag vet inte vad jag skulle ha gjort utan er hjälp.”

"Jag ska försöka eskortera er upp på däck igen senare", sa han lite tafatt, och hon gav honom sitt bländande leende än en gång.

"Det skulle jag vara tacksam för, men känn er inte tvungen. Detta har varit mer än tillräckligt."

För ett sådant leende kunde en man övertalas att göra väldigt mycket, reflekterade Rafael när han tog sig tillbaka upp på däck och bort till sin förste styrman som höll i rodret.

Solens sista strålar kastade ett gyllene sken över de krusande vågorna och målade horisonten i nyanser av rosa och orange. En mild bris rörde vid seglen på Santa Dorotéia, medan Rafael och Clarissa återigen stod sida vid sida vid relingen, med blicken fäst på det hisnande panoramat framför dem.

"Sådan skönhet", mumlade Clarissa, hennes röst mjuk och vördnadsfull. "Det påminner mig om en rad från en av mina favoritpoeter, Lord Byron: 'She walks in beauty, like the night / Of molnfria nejder och stjärnklara skyar.'"

"Ah, ni uppskattar poesi, lady Clarissa?" frågade Rafael och såg på henne med nyfunnen uppskattning.

”Verkligen, kapten”, svarade hon med ett lekfullt leende på läpparna. ”Jag finner att ord har en alldeles egen kraft, förmögna att fånga essensen av ett ögonblick eller en känsla.”

”Då kanske jag kan dela en vers från en av mina egna favoritpoeter, Luís de Camões”, erbjöd Rafael och lät blicken återvända till havet. ”'Allt tystnade, himmel och jord, och vinden likaså / Vågorna spred sig över den sandiga slätten / Medan sömnen i havet binder fisken / Och nattlig tystnad ruvar som en dröm.'”

”Vackert”, andades Clarissa, tydligt berörd av hans recitation. ”Det finns ett djup av längtan i de orden som ger genklang i min själ.”

”Poesi har ett sätt att avslöja våra djupaste önskningar, även när vi inte själva är medvetna om dem”, funderade Rafael.

”Sant”, instämde Clarissa, försjunken i tankar. ”Ibland krävs det rätt kombination av ord för att hjälpa oss förstå vad som döljer sig i våra hjärtan.”

När himlen mörknade började stjärnor synas på den väldiga rymden ovanför dem, vilket förstärkte scenens förtrollning. Rafael kunde inte låta bli att lägga märke till hur det silverfärgade månskenet dansade i Clarissas hår, och han kände en okänd längtan röra sig inom honom.

”Kapten”, försökte Clarissa tveksamt, hennes röst knappt en viskning. ”Har ni någonsin funderat på att våra liv, likt verserna i en dikt, kanske är menade att följa en viss rytm eller struktur?”

”En fascinerande tanke, lady Clarissa”, svarade Rafael och vände sig mot henne. ”Men jag tror att det alltid finns utrymme för oväntade vändningar, ungefär som havets oförutsägbara strömmar.”

”Kanske det”, medgav hon. ”Och ändå är det i dessa oförutsedda ögonblick som vi ofta finner den största meningen och skönheten.”

”Ja”, instämde han mjukt, och hans hjärta bultade när utrymmet mellan dem tycktes krympa, sammanförda av en oemotståndlig kraft som ingen av dem helt kunde förstå.

Ett rop från en av hans sjömän återkallade Rafael till nuet, och han tog ett steg tillbaka och förbannade sig tyst för att han var en dumbom. Detta – vad det än var – var galenskap, ett vansinne framkallat av månskenet och närheten till en vacker kvinna. Lady Clarissa Creighton, dotter till en engelsk earl, var inte för en sådan som han, och ju förr han övertygade sig själv om det, desto bättre.

”Det är bäst att jag eskorterar er ner under däck”, sa han med en tvär ton. ”Vi kommer att vara i Livorno i morgon bitti, och jag kommer att hyra en vagn för att eskortera er till Florens.”

Clarissa böjde lätt på huvudet. ”Tack”, var allt hon sa, men han kände hennes blick på sig, och förvåningen i hennes ansikte över hans plötsligt stela tillbakadragenhet var uppenbar.

*Inte för dig*, påminde Rafael sig själv tyst när han eskorterade henne tillbaka till sin hytt och lämnade henne i Anas vård. *Hon är inte för dig.*

# KAPITEL SEX

ETT SORL AV RÖSTER och knarrandet från riggen fyllde luften, medan doften av salt hav blandades med aromen av färsk fisk från den närbelägna marknaden när Santa Dorotéa smidigt gled in på sin kajplats i Livornos hamn. Kapten Rafael de Silva stod på trädäcket och hans havsgröna ögon betraktade den livliga scenen framför honom. Han vände sig mot Clarissa, som lutade sig mot relingen och iakttog aktiviteten i den myllrande hamnen.

”Tillåt mig att hjälpa er, min dam.” Rafael sträckte fram en valkig hand och erbjöd stöd när hon klev upp på landgången. Clarissa, alltid lika orädd, tittade på hans utsträckta hand, sedan upp i hans ögon och gav honom ett illmarigt leende.

”Tack, kapten, men jag tror jag klarar mig”, sa hon och klev skickligt upp på plankan utan hjälp. Rafael beundrade hennes självständighet, även om han inte kunde undertrycka en orolig rynka i pannan när hon tog sig över den riskabla passagen.

”Enrique!” ropade Rafael till en av sina besättningsmän. ”Ordna fram en vagn åt oss, är ni snäll.”

”Sim, capitão!” svarade sjömannen och skyndade iväg för att utföra ordern.

Medan de väntade lät Clarissa blicken planlöst vandra över till skeppet vid den intilliggande kajplatsen, som förberedde sig för att kasta loss när de sista passagerarna gick ombord. En lång gestalt fångade hennes uppmärksamhet och hon kisade; den där gestalten kände hon igen!

”Morbror Alex!” ropade hon. Överraskad vände sig Alex om, med ett ansikte som var en blandning av misstro och lättnad när han fick syn på sin systerdotter som stod på kajkanten.

”Clarissa!” Han rusade mot henne med armarna utsträckta i en omfamning.

Clarissas hjärta svällde av lycka när hon såg den välbekanta synen av sin älskade morbror, hans ansikte präglat av chock och glädje över att se henne välbehållen.

”Clarissa, min kära!” ropade Alex med tjock röst. Han svepte in henne i sina armar och höll henne tätt intill sig som för att försäkra sig om att hon verkligen var där och inte bara en uppenbarelse född ur hans djupaste förhoppningar.

”Morbror Alex”, mumlade Clarissa, medan tårarna stack i ögonvrårna när hon klamrade sig fast vid honom. ”Jag är så glad att se dig.”

”Var har du hållit hus?” Han lutade sig tillbaka, fattade tag i hennes axlar och mönstrade henne från topp till tå. ”Jag kan inte beskriva hur panikslagen Marianne blev när vi fick min mors brev om att du var försvunnen från Aten!"

Clarissa grimaserade, alltför väl medveten om hur förtvivlad hennes moster måste ha varit.

"Jag var på väg att gå ombord på ett skepp till Grekland", sa Alex och gestikulerade mot skeppet, och suckade när kaptenen kom emot honom. "Ett ögonblick, Clarry. Jag måste få mitt bagage avlastat." Han talade snabbt med kaptenen på flytande italienska innan han vände sig om mot henne igen. För första gången såg han förbi henne till Rafael, som stod och väntade tåligt, och hans ögonbryn höjdes.

"Clarissa Creighton. *Säg* mig att du inte rymde från Grekland med en man!" Vrede förmörkade hans ansikte när han stirrade på Rafael.

"Nej!" Clarissa grep tag i hans arm när Alex tog ett steg framåt med ett hotfullt uttryck. "Morbror Alex, det var inte så det gick till." Hon såg sig omkring; flera personer betraktade dem med uppenbart intresse. "Vi måste prata någonstans avskilt."

"Tillbaka ombord på Santa Dorotéa", bjöd Rafael tyst. "Kapten Rafael de Silva, till er tjänst", sa han och bugade artigt för Alex.

"Åh, jag är så ledsen ... det här är min morbror Alex ... markisen av Glenkellie." Hon såg förvåningen i Rafaels ansikte och insåg att hon inte hade berättat hur högt uppsatt Alex var. "Morbror, du kan lita på kapten de Silva. Jag lovar. Han är hjälten i den här historien."

”Är han det, minsann?” sa Alex torrt, men han lät Rafael leda honom och Clarissa tillbaka ombord på Santa Dorotéa och till kaptenens hytt.

”Nåväl.” Alex lade armarna i kors och såg från Rafael till Clarissa. ”Berätta den sanna historien för mig.”

Clarissa tvekade nu, och insåg att Alex sannolikt skulle bli oerhört arg för hennes skull när hon väl förklarade. Rafael bröt tystnaden.

”Ers nåd, detta skepp ingår i en patrull mot kapare i södra Medelhavet. För tre dagar sedan gensköt vi en känd kapare som seglade längs den nordafrikanska kusten under algerisk flagg. När jag bordade skeppet fann jag lady Clarissa fängslad.”

”På ett *kaparskepp*?” Alex tog ner armarna och hans ögon blixtrade. ”Hur ...?”

”De tog mig mitt i natten”, sa Clarissa snabbt. ”Jag vaknade och de var i mitt hotellrum. De drog en säck över mitt huvud och bar iväg mig innan jag ens hann skrika.”

Alex lade en hand över munnen i fasa och sjönk ner på den enda stolen vid bordet, och såg ut som om benen inte skulle bära honom. ”Blev ... blev du ...”, han verkade inte kunna ställa frågan.

”De ville ha mig i gott skick, så nej, ingen rörde mig”, sa Clarissa tyst. ”Kaparkaptenen sa att jag skulle säljas i Alger.”

Rafael sa något mycket snabbt på italienska. Clarissa uppfattade inte varje ord, men hon var ganska säker på innebörden. *Oskulder inbringar ett högre pris.*

Alex såg ut som om han skulle kunna bli sjuk, men istället reste han sig och sträckte ut handen mot Rafael. "Kapten de Silva, ord kan inte uttrycka min tacksamhet för er heroism när ni räddade och skyddade Clarissa."

"Er tacksamhet är välkommen, herrn, men det finns ingen anledning till sådant översvallande beröm", svarade Rafael med blygsam ton. "Det var inte mer än min plikt."

"Kanske det", medgav Alex, med ett allvarligt uttryck när han tänkte på de faror Clarissa hade mött. "Men det var ni som trotsade dessa faror, och för det kommer jag att vara evigt tacksam."

Rafael skruvade obekvämt på sig, ovan vid sådant beröm. "Min plikt är att skydda de nödställda på de öppna haven. Lady Clarissas säkerhet var av största vikt, och jag är tacksam för möjligheten att ha kunnat vara till tjänst."

"Er pliktkänsla hedrar er, kapten." Alex studerade Rafael eftertänksamt en stund innan han fortsatte. "I ljuset av allt ni har gjort för oss, vill jag bjuda in er att bo hos oss som hedersgäst i Florens. Min hustru kommer säkerligen att vilja träffa er, och jag insisterar på att ni låter oss få nöjet att uttrycka vår tacksamhet på rätt sätt."

Rafael tvekade och sneglade på Clarissa, vars ansikte lystes upp av hopp och uppmuntran. Trots lockelsen att tillbringa mer tid i hennes sällskap var han fortfarande medveten om sin ställning och det olämpliga i att acceptera ett så generöst erbjudande.

"Ers nåd, er vänlighet är överväldigande", sa han till slut med låg och uppriktig röst. "Men jag är rädd att det skulle vara påträngande av mig att acceptera en sådan gästfrihet."

"Kapten de Silva", invände Alex med en aning av munterhet i tonen, "jag försäkrar er att er närvaro inte skulle vara någon börda. Tvärtom skulle det vara en stor glädje och tillfredsställelse för oss att ha någon som har visat en sådan exceptionell karaktär som gäst. Vi står i en skuld till er som vi omöjligen kan återgälda."

Rafael såg på Clarissa igen, hennes ögon lyste av förväntan. Önskan att stanna vid hennes sida stred mot hans medfödda känsla för vad som var passande, men till slut kunde han inte längre förneka den förbindelse som hade uppstått mellan dem.

"Mycket väl, ers nåd", gav han med sig, och en antydan till ett leende ryckte i hans mungipor. "Om ni insisterar, så ska jag acceptera er nådiga inbjudan. Jag lovade ju att se till att lady Clarissa kom säkert till Florens, och jag har ännu inte fullföljt den uppgiften."

"Utmärkt!" Alex klappade förtjust i händerna. "Jag ser fram emot att lära känna mannen som räddade min älskade systerdotter bättre."

Rafaels man återvände till kajen strax därefter med en hyrd vagn redo att ta dem till Florens. Rafael hjälpte Clarissa in i den plyschklädda kupén, hennes kinder var rosiga av upphetsning inför deras resa.

”Tack, kapten”, viskade hon och hennes fingrar dröjde kvar i hans en stund längre än nödvändigt. Han böjde på huvudet, såg bort och hjälpte Ana upp att sitta bredvid henne på sätet med färdriktningen, medan Rafael och Alex satt med ryggarna mot kusken.

När vagnen började rulla lutade Alex sig framåt med nyfikenheten ristad i sitt ansikte. ”Clarissa, min kära, jag har fortfarande några frågor om ditt ... äventyr, om du känner dig redo att tala om det?”

Rafael kände Clarissas obehag och avbröt snabbt: ”Kanske vore det bäst om vi lät lady Clarissa få lite tid att återhämta sig från sin prövning innan vi fördjupar oss i sådana frågor.”

”Självklart”, medgav Alex, med uppenbar oro. ”Ni har helt rätt, Rafael. Vi ska inte tala mer om det förrän du är redo, min kära systerdotter.”

”Tack, morbror”, mumlade Clarissa och hennes tacksamhet var påtaglig.

Men allt eftersom dagen led och det böljande toskanska landskapet vecklade ut sig runt dem som en smaragdgrön gobeläng, vacklade Alex beslutsamhet. Frågorna verkade trilla ohämmat ur hans mun, som en ström som inte kunde dämmas upp.

”Vilka var dessa pirater? Hur kom det sig att de kidnappade dig?”

”Ärligt talat, morbror, jag ...”, tvekade Clarissa och hennes blick flackade mot Rafael för stöd.

”Kanske vi kunde diskutera något annat, lord Glenkellie”, föreslog Rafael smidigt, utan att släppa Clarissa med blicken. ”Som skönheten i Toscana, till exempel. Det var flera år sedan jag senast besökte denna region, och jag måste säga att den bara har blivit mer förtrollande.”

”Ah, ja”, instämde Alex och hans uppmärksamhet avleddes för ett ögonblick. ”Vingårdarna, de gamla städerna, konsten ... detta land är verkligen en skatt.”

När samtalet övergick till mer oskyldiga ämnen släppte Clarissas spänning, och hon började åter njuta av resan. Med Rafael vid sin sida kände hon att hon kunde möta vad som helst – även de påträngande frågorna från en välmenande, om än överdrivet nyfiken, morbror.

”Tack”, viskade hon till Rafael när de passerade en pittoresk villa inbäddad bland cypresser, dess terrakottatak som glänste i eftermiddagssolen.

”Alltid, min dam”, svarade han, och hans hand snuddade vid hennes med den lättaste av beröringar, vilket sände en rysning längs hennes ryggrad.

Solen sjönk under horisonten och kastade ett varmt sken över Florens gamla gator när vagnen stannade vid portarna till Villa Ginori, som var så överdådig att Clarissa alltid hade tyckt att den borde kallas ett palazzo. Clarissa såg genom fönstret hur de utsmyckade smidesjärnsportarna knarrande öppnades och avslöjade en lummig innergård fylld med doftande rosor och apelsinträd.

"Nu räcker det med undanflykter, Clarissa", började Alex med en oroad ton när de kom in på villans ägor. "Jag måste få veta vad som hände under din prövning."

"Morbror, snälla", viskade Clarissa med vädjande blick. Men orden fastnade i halsen, som om de hölls fångna av just de minnen hon försökte fly ifrån.

När Rafael såg hennes kamp, klev han emellan. "Med er tillåtelse, Conte, ska jag återberätta händelserna som ledde till lady Clarissas säkerhet." Hans röst var stadig och lugnande. När han såg in i Clarissas ögon, fann hon sig själv nicka, tacksam för hans ingripande.

"Mycket väl", medgav Alex, med blicken fäst på Rafael med en intensitet född ur kärlek och oro för sin systerdotter.

"När vi upptäckte kaparskeppet, gick vi i strid med dem", började Rafael, och utelämnade taktiskt de mest upprivande detaljerna. "Vi segrade, och det var i efterdyningarna som jag fann lady Clarissa, bunden och gömd. Deras avsikter var tydliga –", han pausade, sökande efter de rätta orden, "de planerade att sälja henne till högstbjudande."

"Gode Gud!" mumlade Alex och hans ansikte bleknade vid tanken. "Rafael, jag kan inte tacka er nog för att ni räddade min systerdotter från ett sådant öde."

"Snälla, herrn, det var min plikt och ära att skydda lady Clarissa", svarade Rafael och avvärjde ödmjukt berömmet.

När de steg ur vagnen vände sig Alex till Rafael. "Ni måste bo hos oss, kapten de Silva. Vi står i stor skuld till er, och vi skulle bli hedrade att ha er som vår gäst – jag vet att greven inte kommer att höra talas om att ni vägrar, efter vad ni har gjort för Clarissa."

"Ers nåd, jag ...", tvekade Rafael, ovillig att tränga sig på sina gästfria värdar ytterligare.

"Snälla, kapten", uppmuntrade Clarissa honom, med ögon som lyste av tacksamhet. "Vi insisterar."

"Mycket väl", medgav han. "Tack för er vänlighet, lord Glenkellie."

Den stora dörren till villan svängde upp, och där i dörröppningen stod en vacker rödhårig kvinna i en elegant sidenklänning, med ett chockat uttryck i ansiktet.

"Alex? Vad har hänt, varför är du inte ... Clarissa!" Med ett glatt rop sprang den rödhåriga kvinnan ner för trappan med utsträckta armar.

"Moster Marianne!" ropade Clarissa tillbaka och skyndade fram för att omfamna sin moster.

"Min kära flicka", utbrast Marianne och slöt Clarissa i sin milda famn. "Jag är så tacksam att ha dig tillbaka, välbehållen."

"Tack, kära moster", svarade Clarissa med en röst som darrade av äkta känsla. "Jag är glad att vara med dig igen, verkligen."

"In, in. Jag måste få veta vad som hände." Marianne – markisinnan av Glenkellie, antog Rafael och påminde sig själv om att tilltala henne som lady Glenkellie – gav honom en nyfiken blick när hon ledde Clarissa upp för trappan. "Och vem är den där extremt stilige mannen du har med dig?"

Hennes ton var inte riktigt tillräckligt låg, och Rafael hörde varje ord. Han kände hur kinderna hettade och var tvungen att kämpa emot lusten att vända på klacken och fly, tillbaka till sitt skepp och dess välbekanta bekvämligheter.

Istället lät han Alex leda honom upp för trappan och in i palazzot.

Clarissa gav Marianne den korta, högst redigerade versionen av sitt äventyr. Marianne lade en hand på strupen, med ett ansikte som blev spöklikt vitt, innan hon drog Clarissa tillbaka in i sin famn igen och höll henne hårt.

Medan de två kvinnorna delade sin ömma stund, kunde Rafael inte låta bli att känna sig som en främling i denna obekanta värld. De överdådiga omgivningarna i palazzot stod i skarp kontrast till de havsnötta utrymmena på hans skepp, vilket fick honom att känna sig malplacerad bland de rika gobelängerna och marmorgolven.

"Kapten de Silva", sa Marianne och vände sin uppmärksamhet mot honom. "Vi kan inte tacka er nog för att ni återlämnat vår kära Clarissa till oss."

"Snälla, markisinna", svarade Rafael, med en ton som var uppriktig men ändå ödmjuk, "det var min plikt och ära att skydda lady Clarissa. Jag skulle göra det igen utan att tveka.”

”Er blygsamhet gör oss bara än mer tacksamma, kapten”, svarade hon, med ögon som lyste av uppriktighet. ”Ni är en sann gentleman.”

”Vad är det jag hör?” ropade en ny röst, och en äldre herre kom stormande in i rummet. ”Bedrar mina ögon mig, är det lilla Clarissa, välbehållen!”

Clarissa lät sig omfamnas av den äldre mannen, som ögonblick senare presenterades för Rafael som Conte Ginori, släkt med Glenkellies genom att ha gift sig med Alex moster. Greven upprepade omedelbart Alex insisterande på att Rafael skulle vara deras hedersgäst och kallade på en betjänt för att visa honom till ett gästrum.

Allt eftersom kvällen fortskred kände sig Rafael kluven inför palazzots storslagenhet. Måltiden som serverades till middag var mer extravagant än något som någonsin hade ställts framför honom, men det var också uppenbart att den enorma variationen av exotiska rätter inte var något utöver det vanliga för familjen Ginori. Han beundrade den utsökta konsten som prydde väggarna, men hans hjärta längtade efter enkelheten på hans skepp och havet som hade varit hans hem i så många år. Han kunde dock inte förneka att Clarissas sällskap gav en känsla av tillhörighet mitt i detta främmande landskap.

Hon satt mitt emot honom vid middagen, hennes vackra ansikte var animerat när hon talade om sevärdheterna hon hade sett i Aten, samtidigt som hon skickligt undvek alla frågor som rörde hennes avresa från den staden.

Efter middagen kände sig Rafael kvävd och ursäktade sig för att gå ut. När han stod på terrassen och andades in luften som doftade av apelsinblommor, var han på något sätt inte förvånad över att höra lätta fotsteg bakom sig.

"Kapten", sa Clarissa mjukt och kom för att göra honom sällskap där han stod på terrassen med utsikt över de månljusa trädgårdarna. "Jag hoppas att du inte tycker att allt detta är för överväldigande. Vi lever kanske olika, men vi delar samma värderingar och kärlek till äventyr."

"Tack, min dam", svarade han, rörd av hennes insiktsfulla ord. "Även om jag känner mig malplacerad bland dessa magnifika omgivningar, får er närvaro mig att känna mig välkommen och tillfreds. Jag är nöjd med att veta att jag har funnit en vän i er, lady Clarissa."

"Verkligen", svarade hon med varm och uppriktig röst. "Jag är glad över att ha funnit en sann vän i dig också."

Han tvekade och frågade sedan: "Det är många år sedan jag senast var i Florens, och jag hade lite tid att utforska staden då. Skulle ni göra mig äran att följa med mig på en upptäcktsfärd i staden imorgon? Ni har bott här i några månader, förstår jag."

"Ja, och jag har sett alla de stora turistattraktionerna minst två gånger, tror jag." Clarissa skrattade. "Men jag skulle med glädje se dem igen, med dig. Jag ska be greven att ställa en vagn till vårt förfogande i morgon bitti."

Han bugade, och hon neg en liten aning som svar innan hon vände sig om. När han såg henne gå tillbaka in, förundrades Rafael över hennes motståndskraft; det var bara några dagar sedan hon med nöd och näppe hade räddats från ett fasansfullt öde, och hon verkade uppenbarligen inte ha tagit någon skada av upplevelsen. Vilken annan högättad ung dam som helst skulle ha drabbats av ett permanent chocktillstånd, misstänkte han, men inte lady Clarissa.

Morgonsolen kastade ett gyllene sken över staden Florens när Rafael och Clarissa steg ut på de myllrande gatorna. De stannade upp ett ögonblick och insöp den livliga energin som tycktes pulsera i själva luften omkring dem.

"Är ni redo att utforska, min dam?" frågade Rafael, och hans havsgröna ögon glittrade av förväntan.

"Verkligen, kapten de Silva", svarade Clarissa med ett skratt som klingade som en klocka. "Visa vägen."

De slingrade sig genom de smala kullerstensgatorna, förbi livliga marknader och tysta innergårdar fyllda med doftande blommor. Varje ny syn tycktes förtjusa Rafael, från det imponerande Palazzo Vecchio till de gracila valven på Ponte Vecchio som spände över floden Arno.

När Clarissa och Rafael svängde runt ett hörn, lyste morgonsolen upp den storslagna fasaden på Santa Maria del Fiore och kastade ett eteriskt sken över dess intrikata marmorskulpturer. Anblicken fick dem att tappa andan, och för ett ögonblick upphörde allt samtal när de stod i vördnad inför den magnifika katedralen.

"Det finns verkligen ingen plats som Florens", mumlade Rafael och bröt tystnaden som hade fallit mellan dem.

"Verkligen", instämde Clarissa, med blicken fortfarande fäst på den majestätiska byggnaden framför dem. "Och jag är tacksam över att kunna dela dess skönhet med dig."

Deras drömmeri avbröts av en grupp fint klädda unga adelsmän som släntrade mot dem med en air av självviktighet. Deras hånfulla blickar var uppenbara när de bedömde Rafaels uniform, som, även om den var oklanderligt prydlig, saknade de pråliga utsmyckningar som prydde deras egna kläder.

"Ah, lady Clarissa, ni har återvänt från er resa!" drog en av männen fram, med en röst som dröp av nedlåtenhet. "Tänk att finna er här i sällskap av ... en sjöman."

"Kapten de Silva är mer än bara en sjöman", replikerade Clarissa med isig ton. "Han är en man av heder och mod." Hennes ton antydde att dessa egenskaper inte delades av någon av de unga snobbar som stod framför henne.

"Era ord sårar oss, min dam", kvittrade en annan adelsman och log snett mot sina följeslagare. "Ni kan väl inte förvänta er att vi ska tro att denna vanliga sjöfarare kan erbjuda er något annat än historier om fisk och saltvatten?"

Rafaels käkar spändes, men han höll tyst för att inte provocera fram en scen. Clarissa skulle dock inte låta sådana förolämpningar passera obesvarade.

"Kanske", sa hon med en röst spetsad med förakt, "om ni ägnade mindre tid åt att putsa er och mer tid åt att lära av dem ni så arrogant avfärdar, så skulle ni kanske upptäcka att det finns mycket att vinna på andras visdom.”

”Verkligen”, tillade Rafael tyst, med stadig blick på gruppen. ”Världen är stor och full av under, och man behöver inte bära en sidenhalsduk för att uppskatta dess skönhet eller förstå dess komplexitet.”

”Kom, Rafael”, sa Clarissa och tog hans arm. ”Jag har ingen lust att slösa mer av vår tid på dem som inte kan se bortom sin egen fåfänga.”

När de gick därifrån kände Rafael en våg av beundran för Clarissa och hennes orubbliga integritet. Trots sin höga börd vägrade hon att tolerera ett sådant burdust beteende, inte ens från dem i hennes egen sociala krets.

”Förlåt mig om jag talade utan att ha blivit tillfrågad, min dam”, sa Rafael. ”Jag ville inte överskrida mina befogenheter.”

”Inte alls”, svarade Clarissa och klämde uppmuntrande om hans arm. ”Jag är tacksam att du stod upp med mig mot deras tanklösa ord. En sann vän överger inte en annan för att möta förakt ensam.”

Hennes enkla uttalande fick en djup resonans hos Rafael. I henne hade han inte bara funnit en fängslande kvinna, utan också en själsfrände som såg bortom ytan till hjärtat inuti.

Clarissa ledde dem ner på en tyst sidogata och lämnade det obehagliga mötet bakom sig. Snart var de åter uppslukade av det lokala livets synintryck och ljud. När Rafael betraktade de hängande blomkorgarna och de pittoreska kaféerna runt omkring dem, insåg han att Clarissa medvetet hade fört dem till en fridfull plats. Hennes lyhördhet för hans känslor efter konfrontationen med adelsmännen rörde honom.

När de stötte på en liten bokhandel gömd på en innergård, styrde Clarissa dem in. "Jag tror du kommer att gilla det här stället", sa hon med ett lekfullt leende.

Butiken var mysig och inbjudande, med hyllor som dignade av böcker och underliga småsaker. Rafaels ögon lystes upp när han granskade det eklektiska urvalet, och snart var de båda försjunkna i en livlig diskussion om favoritförfattare och obskyra titlar de hade grävt fram.

I det ögonblicket, innesluten bland böckerna med Clarissa, kände Rafael en känsla av tillhörighet som han sällan hade känt. Trots att de kom från olika världar, överbryggade deras gemensamma passioner klyftan. Ett djupt samförstånd flödade mellan dem, tillsammans med något mer – en känsla han ännu inte visste hur han skulle namnge, men som kändes lika naturlig som tidvattnets vändning.

# KAPITEL SJU

MEDAN DEN UTSMYCKADE VAGNEN skramlade över kullerstenarna klamrade sig Helena, änkemarkisinnan Glenkellie, fast vid det förgyllda armstödet så att knogarna vitnade av oro. Bredvid henne satt hennes lika oroade syster, Contessa Ginori, vars läppar rörde sig i en tyst bön. Den storslagna Villa Ginori tornade upp sig framför dem, dess fasad ett bevis på florentinsk storslagenhet, men den erbjöd ingen tröst åt kvinnorna som plågades av den olycka som drabbat den unga kvinnan som anförtrotts i deras vård.

"Herre Gud, om något har hänt Clarissa", mumlade Helena, orden kom knappt över hennes hopbitna käkar, "kommer jag aldrig att förlåta mig själv."

"Inte jag heller", instämde Contessan. "Tänk att en sådan olycka kunde inträffa rakt framför näsan på oss!"

Vagnen ryckte till och stannade, och utan att vänta på betjänten flög Helena upp ur sätet med en brådska som trotsade den anständighet som förväntades av en kvinna av hennes ställning. Hon svepte uppför marmortrappan, och klackarnas klapprande var en otålig trumvirvel mot stenen. Contessan följde skyndsamt efter, hennes sidenkjolar viskade när de böljade bakom henne.

När de storslagna dörrarna svängde upp och avslöjade den marmorklädda entréhallens vidsträckta yta, fick en syn i blek muslin deras hetsiga hjärtan att stanna. Där stod Clarissa, anmärkningsvärt oskadd, med håret kysst av solens ömma strålar – en rebellisk gloria som vägrade att låta sig stängas in i en hatt.

”Clarissa!”, utbrast Helena och rusade fram. Hennes armar slöt sig om flickan i en omfamning som var dels moderlig glöd, dels misstrogen lättnad. Contessan, för ett ögonblick ur fattningen, gav snart efter för sin egen oro och förenade sig i omfamningen med en glöd som motsade hennes vanliga hållning.

”Herregud! Vad är allt det här ståhejet för?”, frågade Clarissa, hennes röst en lekfull tillrättavisning som dansade på gränsen till det anständiga.

”Barn, vi fruktade att du var förlorad, bortförd av banditer eller värre”, svarade Helena, med en förebråénde ton som ändå kantades av kvarvarande rädsla.

”Ja, du försvinner spårlöst utan ett ord, och förväntar dig att vi inte ska oroa oss?”, tillade Contessan, med ögonen blanka av lättnadens otorkade tårar.

”Förlåt mig”, sa Clarissa med ett mjukt, kärleksfullt leende. ”Men som ni ser är jag i full säkerhet och helt välbehållen.”

Helena studerade Clarissas ansikte och letade efter varje antydan till plåga som kunde avslöja hennes modiga fasad.

När hon inte fann någon tillät hon sig en behärskad suck, och tyngden av fasa lättade.

"Mycket väl", förklarade Helena, och hennes okuvliga anda gjorde sig påmind igen. "Du måste berätta för oss allt i detalj om din oväntade återkomst, men låt oss först, snälla du, få ett ögonblick att samla oss. Jag vågar påstå att mina nerver är ganska slitna."

"Mina också", instämde Contessan, och hennes mungipor drogs uppåt trots prövningen. "Jag ska ringa efter te. Ett starkt bryggt te, tror jag, är på sin plats." Hon tittade förbi Clarissa och höjde på ögonbrynen åt den okända, långe gentlemannen som just kom nerför trappan. "Och, tror jag, några presentationer?"

"Åh!", Clarissa vände sig om med ett strålande leende. "Lady Helena, Contessa Ginori, låt mig få presentera kapten Rafael de Silva."

Rafael steg fram, hans hållning självsäker men utan arrogans. Han bugade sig djupt, och hans mörka hår föll lätt framåt när han gjorde det.

"En ära att träffa er båda", sa han med en röst som bar på hans hemlands Portugals varma klang.

"Det är kaptenens förtjänst att jag är här", sa Clarissa medan sällskapet fortsatte in i salongen och ett hembiträde skyndade iväg för att hämta te. "Jag var med om ett litet äventyr, och han kom hjältemodigt till min undsättning."

Helena var helt säker på att Clarissa drastiskt underdrev vad som faktiskt hade hänt i ett försök att skona deras känslor, men det gick inte att förneka att hon faktiskt var här, uppenbarligen välbehållen, och med ett synnerligen spännande sällskap.

Rafael talade igen. ”Jag beklagar att vår presentation sker under så ovanliga omständigheter.”

”Verkligen”, svarade lady Helena, brinnande av nyfikenhet på honom. ”Man stöter inte ofta på en hjälte i sin egen salong.”

’Hjälte’ var en titel som tycktes ligga obekvämt på Rafaels breda axlar. Han rörde på sig och gav ett ödmjukt leende. ”Enbart en man på rätt plats när jag behövdes, ers nåd. Omständigheter bör inte misstas för tapperhet.”

”Icke desto mindre”, inflikade Contessan, ”är vi alla ivriga att höra om dessa omständigheter.” Hon gestikulerade elegant mot en soffa. ”Var snäll, kapten, och berätta er historia för oss.”

Med deras uppmärksamhet riktad mot sig återgav Rafael händelserna som hade lett till Clarissas säkra återkomst. Hans berättelse var sparsam med detaljer om hans egna handlingar; den uppehöll sig istället vid precisionen i manövrarna, samarbetet med besättningen ombord på Santa Dorotéia och den lyckosamma tidpunkt som hade gjort det möjligt för dem att genskjuta kaparnas fartyg.

”Lyckligtvis kunde vi säkra lady Clarissas frigivning innan någon skada hann ske henne”, avslutade han.

”Kapten de Silva, er ödmjukhet kan inte dölja det mod som krävs för att konfrontera sådana skurkar”, sa Contessan och viftade med ett finger mot honom.

”Sannerligen”, tillade lady Helena, och hennes blick dröjde sig kvar vid Rafaels samlade drag. ”Man snubblar inte bara över kapare och går segrande ur striden av ren slump. Er skicklighet är uppenbar, kapten, och vi är ytterst tacksamma för den.”

”Er tacksamhet är mer än nog som belöning”, svarade Rafael och riktade en respektfull nick mot de två kvinnorna innan han lät blicken landa på Clarissa.

”Då ska vi se till att vårt tack framförs rikligt”, sa lady Helena, en känsla som fick gensvar i Contessans gillande nick. Medan de fann sig till rätta i samtalet, uppvärmda av teet som nu ångade i delikata porslinskoppar, fann damerna sig alltmer imponerade – inte bara av Rafaels handlingar, utan av den behärskade grace med vilken han bar sitt hjältemod.

Efter att samtalet hade ebbat ut och kvällsskuggorna blivit längre innanför palatsens grandiosa väggar, vinkade Helena, med en skälmsk glimt i ögat, åt Clarissa att följa henne till en avskild alkov bort från de andra. Den tunga brokadklänningen prasslade mot marmorgolvet när hon målmedvetet ledde den yngre kvinnan.

”Kom, min kära”, började Helena med sänkt, konspiratorisk röst när de nått avskildheten vid de sammetsdraperade fönstren. ”Du måste stilla en gammal dams nyfikenhet. Det finns mer i historien om din räddning än du har låtit påskina, förmodar jag. Säg mig ärligt – vad tycker du om vår stilige kapten de Silva?”

Clarissa kände hur kinderna hettade under Helenas skarpa blick. Hon var inte van vid att dölja saker, allra minst för denna kvinna som trotsade konventioner som hon trotsade mode – djärvt och utan att bry sig om viskningarna som följde.

”Kapten de Silva är verkligen... enastående”, medgav Clarissa, och valde sina ord med omsorg men oförmögen att dölja beundran i sin ton. ”Han besitter både tapperhet och vänlighet. Och hans konversation är lika fängslande som hans handlingar är berömvärda.”

”Jaså, ’fängslande’”, upprepade Helena med ett allt bredare leende. ”Ett ord som knappast räcker till för det ljus jag såg dansa i dina ögon, barn. Men kom nu”, sa hon och mildrade sitt retsamma tonfall med en mjuk klapp på Clarissas hand, ”du behöver inte klä dig i rustning inför mig. Tala öppet – som både du och jag brukar göra.”

”Mycket väl”, medgav Clarissa, och hennes vanliga rättframhet bubblade upp till ytan. ”Det finns en viss.. . förbindelse, det kan jag inte förneka. Det är sällsynt att finna en gentleman så genuin, så uppriktig. Han talar till mig inte som en ömtålig blomma som ska skyddas, utan som en jämlike, kapabel att förstå de faror han står inför.”

Helenas uttryck övergick till ett av tillfredsställelse, hennes ögon lyste av rackartyg och värme. ”Det var precis vad jag hoppades få höra. Nu, till viktigare frågor”, sa hon med en medveten lutning på huvudet precis när Rafael närmade sig dem.

”Förlåt att jag stör, mina damer”, började Rafael, och hans havsgröna ögon fann Clarissas med en lätthet som talade om deras gemensamma äventyr. ”Lady Clarissa, skulle jag kunna besvära er med ert angenäma sällskap i morgon bitti? Jag tänkte att en ridtur på landsbygden kanske skulle erbjuda oss frisk luft och en paus från de senaste händelserna.”

”En mycket nådigt utsträckt inbjudan, kapten”, inflikade Helena innan Clarissa hann svara, och hennes godkännande var nästan påtagligt. ”Och jag tror att den kommer att accepteras mycket nådigt, eller hur, Clarissa? Greven har ett antal fina hästar i sitt stall som han med glädje kommer att ställa till ert förfogande.”

”Sannerligen”, svarade Clarissa och mötte Rafaels blick med ett glatt leende. ”Jag skulle väldigt gärna vilja följa med er, kapten de Silva.”

”Utmärkt”, sa Rafael. ”Jag ser fram emot det.”

”Då är det avgjort”, avslutade Helena och steg tillbaka för att ge de två ett ögonblicks avskildhet i sitt avsked. ”Njut av kvällen, ni två. Men inte för sent, kom ihåg det”, tillade hon med en blinkning och lämnade ingen tvekan om att hon förväntade sig att få höra varje detalj om deras utflykt när de återvände.

Morgonsolen var mild i sin uppstigning och kastade ett mjukt rodnande sken över de böljande kullarna när Rafael och Clarissa red sida vid sida. Rytmen från deras hästars hovar mot marken var en stadig interpunktion till den fågelsångssymfoni som förkunnade gryningen. Clarissas skratt – fritt och obekymrat – steg upp i luften när de navigerade genom det frodiga toskanska landskapet.

"Titta där", pekade hon mot en dunge med olivträd, vars silvergröna blad skimrade i ljuset. "Verkar det inte som om själva landskapet välkomnar oss?"

Samförståndet mellan dem ebbade och flödade som tidvattnet, ett lättsamt småprat som vittnade om en växande förtrogenhet. När de färdades längs stigen, kantad av cypresser som stod vakt, kom de fram till en gammal stenbro som graciöst välvde sig över en viskande bäck.

"Ska vi vila en stund?", föreslog Rafael och steg av med smidig grace. Han sträckte fram en hand för att hjälpa Clarissa ner från sin häst, men hon hoppade ner på marken med den livliga självständighet som präglade hennes karaktär.

"Tack, kapten, men det verkar som om mina ben ännu inte har glömt sin funktion", skämtade hon och borstade av sin ridklädsel med raska tag.

De slog sig ner i skuggan av en gammal ek, vars grenar sträckte ut sig brett som för att omfamna de vandrare som sökte vila under dess lövverk. Clarissa plockade en handfull vildblommor, deras kronblad mjuka och delikata i hennes handflata.

"Säg mig, Rafael", började hon och använde hans förnamn för första gången, med en röst som sänktes till en mer intim klang, "vilka drömmar bär du i ditt hjärta?"

Han plockade ett grässtrå och snurrade det tankfullt mellan fingrarna. "Att återställa min familjs arv – att se våra vingårdar blomstra igen." Hans blick svävade över fälten, mot en avlägsen syn som bara han kunde se. "Och kanske, att hitta någon som delar min kärlek till havets oförutsägbara sång."

"Och ni, lady Clarissa?", Rafael vände sin uppmärksamhet tillbaka till henne, och intensiteten i hans blick var en mild utmaning.

Med ett vemodigt leende stoppade hon en förrymd blond lock bakom örat. "Jag drömmer om äventyr, om ett liv som definieras inte av konventioner utan av passion och mening. Att bli sedd för den jag är, snarare än för vad samhället förväntar sig att jag ska vara."

Luften mellan dem verkade vibrera av outtalade möjligheter, och det laddade ögonblicket sträckte ut sig som horisonten framför dem. Deras blickar möttes, och i det tysta utbytet slog fröna till något djupare rot, var och en anade i den andra en själsfrände.

"Kanske", sa Rafael mjukt, och ordet hängde mellan dem som ett löfte, "är vi inte så olika i våra önskningar."

"Kanske inte", höll Clarissa med, och hennes hjärta ekade hans känsla även när hon anade de komplikationer ett sådant erkännande skulle medföra. För nu tillät hon sig dock att helt enkelt njuta av sällskapet av mannen bredvid henne, vars närvaro kändes lika naturlig och nödvändig som solljuset som strilade ner genom lövverket ovanför.

Senare samma kväll surrade det av prat i palatsens stora salong från Florens elit, som samlats för en soaré som Contessan var värdinna för. Damer i sidenklänningar och herrar i skräddarsydda rockar minglade under kristallkronor som kastade ett varmt sken över rummet.

"Kapten de Silva", sa Contessan med en röst som var fylld av löfte om intriger när hon ledde honom genom trängseln. "Låt mig få presentera er för några av Florens mest eftertraktade damer." Vid varje presentation bjöd Rafael på ett artigt leende och en tillmötesgående bugning, hans ord var avmätta och älskvärda. Ändå var det tydligt för varje skarpsynt iakttagare att hans uppmärksamhet vacklade och oundvikligen drogs tillbaka till Clarissa.

Hennes skratt höjde sig över det milda sorlet av samtal, och Rafael fann sig fängslad av den livfulla andan som tycktes lysa upp rummet. Hon var en fyrbåk av uppriktighet i ett hav av förställning, som utmanade normerna med sin kvickhet och uppriktighet.

"Tack, Contessa", sa Rafael med en övad diplomati och ursäktade sig från ännu en krets av beundrare. "Era bekanta är mycket charmerande." Men när han drog sig tillbaka sökte hans blick återigen efter Clarissa. I hennes närvaro bleknade tyngden av hans ringa medel och den bistra verkligheten av hans begränsade utsikter i jämförelse med den obestridliga förbindelse som uppstod varje gång deras vägar korsades.

Kvällen fortskred, med klirrandet av glas och det mjuka prasslet av siden som bakgrund till denna subtila dans av blickar och halvt uttalade sanningar.

Ögonblicket kom när de första ackorden av en vals började ljuda genom den stora salongen, och Rafael kände en dragning till Clarissa som översteg ren plikt eller artighet. Han navigerade genom havet av gäster tills han stod framför henne och erbjöd sin hand med en respektfull bugning.

"Lady Clarissa, får jag lov?", frågade han med en röst som inte avslöjade något av den oro som virvlade inom honom.

Med ett leende som överglänste kandelabrarna ovanför lade hon sin hand i hans. "Det skulle vara mig ett sant nöje, kapten de Silva."

När de intog sin plats i virveln av dansare verkade världen krympa till bara de två. Värmen från Clarissas hand som vilade lätt på hans axel, den subtila doften av lavendel som kom från hennes lockar – dessa små intima detaljer sände en rysning genom Rafael som var både upphetsande och skrämmande.

De rörde sig tillsammans som om de var en del av samma melodi, varje steg och vändning ett ordlöst samtal mellan själsfränder. Runt omkring dem bleknade folkmassan till ett suddigt sken av färg och ljus, och deras skratt blandades med valsens toner.

"Era navigeringsfärdigheter är uppenbarligen inte begränsade till de öppna haven", retades Clarissa, med ögonen tindrande av munterhet.

"Att navigera i en balsal kräver sannerligen sina egna sjökort", svarade Rafael, och hans mungipor lyftes i ett ofrivilligt leende. "Även om jag måste erkänna att sällskapet gör hela skillnaden."

Deras kemi var obestridlig, och den gick inte obemärkt förbi. Från periferin följde beundrande blickar och viskade antaganden varje rörelse de gjorde. De var en gåta, ett par som bröt mot förväntningarnas gränser, men som ändå passade ihop med en naturlig lätthet som talade om en djupare förståelse.

När musiken nådde sitt crescendo saktade Rafael och Clarissa in och stannade, och de delade en blick som dröjde sig kvar ett andetag för länge, laddad med outtalad känsla. Applåder steg runt dem och bröt förtrollningen, och de skildes åt med en ömsesidig motvilja.

"Tack för dansen, kapten", sa Clarissa, med en röst som nu var mjukare, som om hon var ovillig att bryta den harmoni som hade omslutit dem.

"Nöjet var helt på min sida", svarade Rafael, och hans hjärta bultade med en glöd han inte vågade namnge.

Soaréen fortsatte sitt ebb och flod, men Rafael kände sig vind för våg, fångad i strömmen av sina egna motstridiga begär. Det var då Alex, med allvarliga anletsdrag, närmade sig och försiktigt drog honom i ärmen, bort från festligheterna.

”Kapten de Silva, får jag växla ett ord med er i enrum?”, Alex ton lämnade inget utrymme för avslag, och Rafael nickade och ursäktade sig med tyst grace.

De fann sin tillflykt i det relativa lugnet i ett avskilt förmak, med festens sorl som ett avlägset mummel bakom stängda dörrar.

”Något tynger ert sinne, lord Glenkellie”, observerade Rafael och lade märke till det allvar som hade lagt sig över den andre mannens ansikte.

”Sannerligen, det gör det”, medgav Alex och mötte Rafaels blick. ”Det gäller Clarissa — och den känsliga naturen av hennes omständigheter.” Hans ord hängde i luften, tunga av antydningar, och Rafael kände hur det drog ihop sig i bröstet när han förberedde sig för vad som skulle komma.

”Kapten, ni är en världsvan man, och jag litar på er diskretion”, började Alex med orubblig blick. ”Det som hände i Aten med Clarissa... det är ännu inte allmänt känt här i Florens. Men rykten är lömska varelser; de förökar sig i tystnad och sprids med löpeldens hastighet.”

Rafaels ögon smalnade av oro. Han förstod alltför väl ryktets makt, särskilt för en dam av Clarissas ställning.

”Hennes försvinnande, omständigheterna kring hennes återkomst –”, fortsatte Alex, ”de kan inte döljas länge, med tanke på det liv och den oro som min mor och moster helt förståeligt ställde till med när de fann henne försvunnen i Aten. Clarissa behöver skyddet av ett respektabelt äktenskap, och hon behöver det snart, innan hennes rykte blir oåterkalleligt skamfilat.”

Tyngden av Alex ord lade sig över Rafael som en mantel, tung och kvävande. Han anade den outtalade vädjan bakom dem, och hans heder stred mot en stark blandning av känslor. Hans tankar rusade iväg med bilder av Clarissa – hennes livliga skratt, elden i hennes ögon när hon sa sin mening. Tanken på att hennes rykte skulle solkas var outhärdlig.

"Lord Glenkellie, jag är bara en enkel kapten", sa Rafael efter ett ögonblick, hans röst förrådde den inre oron. "Jag har min post, mina plikter, men lite annat att erbjuda. Min familjs förmögenhet är inte vad den en gång var."

"Jag tror att ni vet lika väl som jag att en mans värde mäts i mycket mer än vikten av hans kassa", svarade Alex, hans ton fast men inte utan medkänsla.

"Sannerligen, men att känna sitt värde och att bevisa det i samhällets ögon är två helt olika saker", kontrade Rafael. Minnet av sin familjs halvförfallna slott och den försummade vingård som en gång blomstrat under deras vård tyngde honom. "Clarissa är ingen vanlig dam, och hon förtjänar ett liv i bekvämlighet och trygghet."

"Tänk på saken, min vän. Jag ber bara om det", uppmanade Alex innan han lämnade Rafael ensam med ekot av sina tankar.

Tystnad omslöt Rafael när han stod där, och sorlet från soaréen bortom väggarna var en avlägsen påminnelse om den värld han navigerade i – en värld där kärlek och plikt seglade på stormiga hav. Hans hjärta viskade Clarissas namn, men hans sinne ekade av tvivel, fången mellan den brinnande önskan att uppvakta henne på rätt sätt och den gnagande rädslan för att han aldrig skulle kunna ge henne det liv hon så rikt förtjänade.

”Karaktär och känslor”, mumlade han för sig själv och upprepade Alex ord som om de vore en livlina kastad i hans tvivels upprörda vatten. Clarissas närvaro hade tillfört en livfullhet i hans liv som han inte hade insett att han saknat. Hennes oförskräckta uppriktighet och livliga intellekt matchade hans egen orubbliga anda. Skulle det räcka?

”Kan kärleken verkligen vara blind för de bistra realiteterna av rikedom och ställning?”, funderade Rafael högt, med en röst som knappt var mer än en viskning. Skratten och musiken från soaréen tycktes håna hans inre konflikt och fungerade som en påminnelse om den glädje som kändes precis utom räckhåll. I ensamheten i den dunkelt upplysta korridoren övervägde Rafael möjligheten att han kanske kunde erbjuda något mycket större än rikedomar – ett partnerskap av ömsesidig respekt och förståelse, av den sort som kunde klara vilken storm som helst.

”Kanske är den sannaste formen av mod att möta sina rädslor för kärlekens skull”, konstaterade han, och tanken fick fäste som det första gryningsljuset som tränger igenom mörkret. Med en beslutsam utandning sköt han ifrån väggen, och hans beslutsamhet hårdnade för varje steg han tog på väg tillbaka till balsalen, tillbaka till Clarissa, och till vilken framtid som än skulle veckla ut sig med henne vid sin sida.

# KAPITEL ÅTTA

DEN KLARBLÅA HIMLEN ÖVER Florens utlovade en vacker dag. Men det strålande vädret gjorde inte mycket för att lätta Rafaels oroliga tankar när han fundersamt blickade ut genom fönstret i sin överdådiga svit i Villa Ginori. Hans sinne var uppfyllt av osäkerhet om huruvida han skulle bekänna sina växande känslor för Clarissa eller inte. Minnet av Alex meningsfulla ord om hennes behov av ett snabbt och respektabelt äktenskap tyngde honom.

Rafael suckade trött, med känslorna i gungning. Han tyckte djupt om Clarissa, mer än han någonsin hade kunnat föreställa sig. Ändå fortsatte han att ifrågasätta om han kunde ge henne det liv hon förtjänade som dotter till en earl.

Hans motstridiga funderingar avbröts av ett ihärdigt bultande på dörren till hans rum. Innan Rafael hann svara slets dörren upp och en andfådd budbärare i Rafaels skeppsuniform visade sig.

"Kapten de Silva!", utbrast budbäraren. "Jag kommer med nyheter av största vikt."

Rafaels hjärta drog ihop sig av onda aningar. "Tala, man. Har det varit problem med Santa Dorotéa?"

"Nej, kapten. Jag bär bud om din syster." Budbäraren tvekade bara ett ögonblick. "Ett annat portugisiskt skepp, Santa Luisa, anlöpte Livorno för några timmar sedan och kaptenen vidarebefordrade nyheter från din familj. Din syster, senhorita Isabella, har blivit dödligt sjuk."

Rafael vacklade till av nyheten och stödde sig mot fönsterbrädan medan en våg av ångest steg inom honom. Isabella var mer än bara hans syster – hon var den milda själen i hans familj, ett ljus som vägledde honom hem även genom de mörkaste stormar. Att föreställa sig att hennes liv nu hängde på en skör tråd var ett slag som Rafael knappt kunde förstå.

"Berätta ... berätta allt för mig", lyckades han väsa fram, och hans egen röst lät främmande i hans öron.

Budbäraren återgav varje detalj han kände till om Isabellas plötsliga feber och plågsamma hosta. För varje ord växte Rafaels rädsla och desperation. Hans älskade syster behövde honom, men kvinnan som hade fångat hans hjärta var här i Florens. Han slets mellan två omöjliga val, av vilka han inte stod ut med att göra någotdera.

Men innerst inne visste Rafael att hans kurs hade stakats ut från det ögonblick han hörde Isabellas namn. Hon var hans familj, hans hem – han skulle inte svika henne nu när hon behövde honom som mest. Han stålsatte sig och vände sig till den väntande budbäraren med ny övertygelse.

”Återvänd till Santa Dorotéa och förbered för omedelbar avfärd”, beordrade han. ”Jag följer efter dig så snart jag har kunnat ta farväl här, och vi ska återvända till Portugal med all hast.” En flyktig bild av Clarissa dök upp för hans inre syn – hennes utsläppta hår kysst av solen, hennes orädda uppriktighet som hade charmat och utmanat honom i lika hög grad. Allt inom honom protesterade mot att bara lämna henne nu, men hans plikt kallade honom hem. Han knöt nävarna och gav ifrån sig ett frustrerat rop.

”Rafael?”, En röst vid dörren fick honom att vända sig om, och han såg Alex stå där och se på honom med oro. ”Är något på tok?”

”Ja, verkligen.”

”Handlar det här om det vi talade om igår kväll?”, Alex höjde på ett ögonbryn och såg förvånad ut när Rafael skakade på huvudet.

”Nej, jag har fått allvarliga nyheter hemifrån. Min syster är svårt sjuk, kanske till och med ...” Han kunde inte ens uttala tankarna. ”Jag måste åka till henne. Och ändå ...” Han gestikulerade hjälplöst. ”Min plikt är också här.”

”Clarissa är inte en plikt, Rafael”, invände Alex genast, ”och jag vet att hon skulle vara den första att säga att du måste åka till din syster omedelbart, utan dröjsmål.”

Ändå kunde Rafael se konflikten i Alex ansikte. Alex var Clarissas beskyddare här i Italien, och att skydda hennes rykte var en plikt han tog på allvar. Det kunde inte dröja länge innan ryktet om hennes försvinnande från Aten spreds, och skandalen skulle inte tystna förrän hon var respektabelt gift.

Rafael tvekade och tänkte efter, innan han försiktigt ställde en fråga. "Jag är medveten om att du och lady Glenkellie har stannat så länge i Florens på grund av den ansträngande resan tillbaka till England med så små barn. Men det slår mig att jag kanske kan erbjuda en lösning på flera problem på en gång, om ni skulle följa med mig tillbaka till Portugal och acceptera min gästfrihet för en tid, och på så sätt dela upp er hemresa i lugnare etapper."

*Och ge mig tid att se om Clarissa skulle kunna bli lycklig på mitt gods, som min hustru,* tillade han inte, men när Alex studerade honom var han helt säker på att den andre mannen skarpsinnigt förstod.

"Vi måste förbereda oss på att ge oss av omedelbart", sa Alex eftertänksamt.

"Ett hastigt avsked, det beklagar jag ... om ni inte vill vänta på ett annat skepp för att ta er till Portugal?", föreslog Rafael tankfullt.

Alex skakade beslutsamt på huvudet. "Nej. Ärligt talat skulle jag hellre vara borta från Florens innan ryktet om Clarissas eskapad i Aten når staden. Min mor kanske stannar hos sin syster, men jag är mer än glad att påbörja vår hemresa. Om du ursäktar mig, Rafael, ska jag leta reda på min hustru och se till att vår packning blir gjord. Vi kommer att vara redo att ge oss av inom ett par timmar som mest. Kan du vara snäll och leta reda på Clarissa och meddela henne om våra planer?"

Rafael öppnade munnen för att säga att det väl ändå inte var hans sak, men Alex hade redan lämnat rummet och stegade självsäkert iväg som den före detta officer han var, van vid att ge order och få dem åtlydda.

Med ett snett leende tog Rafael itu med uppgiften Alex hade gett honom. Han hade inte mycket att packa, bara den enda väskan med tillhörigheter han hade tagit med sig från sitt skepp, så han lämnade den till tjänaren att hantera och gav sig iväg för att leta efter Clarissa.

Han fann henne i trädgården, sittande på en bänk framför en vacker staty av gudinnan Diana, skrivande i den dagbok som han hade förstått sällan var långt från hennes händer. Hon lade ner sin penna när hon fick syn på honom, och ett välkomnande leende spred sig genast över hennes ansikte.

"Kapten de Silva. Sällskapa med mig!" Leendet försvann från hennes ansikte när hon lade märke till hans allvarliga min. "Du ser ut som om något bekymrar dig."

"Jag har fått oroande nyheter, är jag rädd." Rafael slog sig ner på bänken bredvid henne och delgav henne de dystra nyheterna om sin systers sjukdom.

Clarissa reagerade precis som hennes morbror hade förutspått. "Varför är du fortfarande här, Rafael? Du måste ge dig av, omedelbart!"

Han kunde inte låta bli att le. "Jag kommer att vara iväg innan kvällen ... och du ska följa med mig."

Hennes ögon vidgades av chock, och Rafael skyndade sig att förklara. "Jag har redan talat med din morbror, som kom på mig precis efter att jag fått nyheterna. Jag har erbjudit lord och lady Glenkellie möjligheten att dela upp sin hemresa till England i etapper, genom att tacka ja till transport ombord på Santa Dorotéa till Portugal, och sedan gästfriheten på mitt gods för en tid. Han tackade gladeligen ja."

Clarissa stirrade på honom ett ögonblick innan hennes leende återvände, bredare än någonsin över hennes ansikte. "Till Portugal?", andades hon.

"Ja. Jag kommer att kunna visa dig mitt hem." Just då kunde han bara tänka på en sak han ville mer än det, vilket var att komma fram dit med henne och finna Isabella välbehållen och frisk.

Clarissa hoppade upp på fötter och slog armarna om hans hals, och överraskade honom igen när hon kysste hans kind. "Jag måste gå och packa. Vi ska inte försena din avresa länge, jag lovar!", ropade hon över axeln när hon skyndade mot villan.

Till slut red Rafael i förväg för att se till att Santa Dorotéa förbereddes för att segla så snart som möjligt. Det dröjde dock inte många timmar innan en vagn rullade fram vid kajen och Alex steg ut, vände sig om för att hjälpa sin hustru och Clarissa ner, följda av Mariannes trogna kammarjungfru Jean. Marianne och Jean höll varsamt ett spädbarn vardera i famnen när de tog sig mot skeppet.

"Tillåt mig." Rafael steg vigt i land. "Hej, lilla vän", hälsade han barnet i Mariannes famn, som blinkade mot honom med stora blå ögon. "Låter du mig bära dig säkert ombord på skeppet?" Han visste att barnen ännu inte var ett år gamla och att paret Glenkellie hade stannat så länge i Italien av oro för deras hälsa, men de såg välväxta och starka ut för honom.

"Min son, Edward", mumlade Alex, med uppenbar stolthet i rösten. "Och Jean har vår dotter Eleanor."

Båda barnen hade sin mors röda hår. Lilla Eleanor var uppenbarligen den modigaste av de två, för hon sträckte ut armarna mot Rafael förväntansfullt.

"Kom då, min dam." Rafael småskrattade, tog barnet i sina armar och bar henne lätt uppför landgången. Alex följde efter med sin son, och alla tre kvinnorna följde självsäkert efter utan att vänta på hjälp.

Rafael hade gjort sitt bästa på den begränsade tid han hade haft för att ordna bekväma hytter på sitt skepp åt sällskapet. Alex och Marianne skulle förstås få kaptenens hytt, och de två på vardera sidan hade snabbt röjts ur och möblerats om med de finaste föremål som gick att uppbringa med så kort varsel, den ena gjordes bekväm för Clarissa och den andra för Jean och tvillingarna. Skeppets timmerman hade precis blivit klar med att installera en regel på insidan av Clarissas dörr och gjorde en hastig reträtt med en respektfull bugning, när Rafael förde Clarissa till dörren.

"För att garantera din säkerhet." Rafael pekade på regeln. "Jag hoppas att du kommer att finna det bekvämt." Han såg sig omkring, såg sängen med en duntäckt madrass, den ljust mönstrade mattan på golvet. Han grimaserade. "Jag beklagar att vi inte hade tid att skaffa mer bekväm inredning till dig."

"Det här är alldeles förtjusande", sa Clarissa bestämt. "Tack, kapten. Jag uppskattar dina, och din besättnings, ansträngningar mycket."

"Mycket bekvämare än skeppet som förde oss från England", instämde Jean från hytten mittemot.

"Kapten", ropade en röst, och Rafael vände sig om för att se båtsmannen i slutet av korridoren, med ett brådskande uttryck. "Tidvattnet."

"Mycket väl." Rafael nickade, innan han vände sig tillbaka till sina gäster. "Jag ber om ursäkt, men tidvattnet väntar inte på någon, och vi måste ha Santa Dorotéa utanför hamnpirarna innan tidvattnet vänder."

"Gå", sa Clarissa med ett varmt leende, "vi klarar oss alldeles utmärkt här. Se till ditt skepp."

Han bugade snabbt för henne, knappt hörandes de andras uppmuntrande ord, och tog sig tillbaka upp på däck, en myllrande bikupa av aktivitet med män som rusade åt alla håll, säkrade tunnor och lådor och förberedde linor för att kasta loss.

"Dags att samla tankarna", mumlade Rafael för sig själv, och försökte skaka av sig den livliga bilden för sin inre syn, av Clarissas varma leende och stora blå ögon. Han behövde tänka på ett annat par ögon nu, sin syster Isabellas, samma havsgröna som hans egna, alltid skrattande och lysande av glädje när han kom hem. Han hoppades desperat att det skulle vara fallet även denna gång.

”Kasta loss!” beordrade han, hans djupa röst skar genom kaoset på däck. ”Du där … iväg, om du inte ska med till Portugal!” Han bytte till italienska för att skälla på en av de lokala stuveriarbetarna som fortfarande försökte argumentera med hans kvartersmästare. Mannen blängde, men skyndade sig nerför landgången innan den drogs in.

Under de följande minuterna fylldes luften av männens rop och timrets knarrande, rasslet från vändande ankarspel och prasslande rep och segel. För en utomstående kunde aktiviteten se frenetisk ut, men för Rafaels nöjda blick rörde sig besättningen på Santa Dorotéa som en väloljad maskin, varje man på sin rätta plats, utförande sin tilldelade uppgift med inövad precision.

Det tog inte alls lång tid att runda vågbrytaren. Rafael snurrade på rodret och styrde stäven mot öppet hav medan båtsmannen vrålade order om att hissa storseglet. Seglen fångade brisen och Santa Dorotéa sköt framåt och skar genom vågorna när hon tog fart.

”Håll ut, Isabella”, viskade Rafael till vinden. ”Jag är på väg.”

# KAPITEL NIO

CLARISSAS FINGRAR GLED LÄNGS det polerade mahognyträet på skrivbordet. En silverskål ovanpå det innehöll ett urval av färska frukter. Till och med gardiner hade hängts upp för att rama in den lilla hyttventilen, vilka filtrerade det sena eftermiddagssolljuset och kastade ett varmt sken över den mysiga hytten. Varje detalj talade om en värd som var mån om sin gästs bekvämlighet och välbefinnande.

Hon sjönk ner för att sitta på madrassen stoppad med gåsdun, och ett leende lekte på hennes läppar. Inredningen på kapten de Silvas skepp var något helt annat än den fuktiga cell som de fruktansvärda kaparna hade hållit henne i. Man kunde lita på att Rafael skulle tillgodose alla hennes behov, även mitt i kaoset av deras brådstörtade avfärd från Italien. Hans ridderlighet kände inga gränser.

En lätt knackning på dörren ryckte henne ur hennes funderingar. "Stig på", ropade hon och slätade till vecken på sin blå muslinklänning.

Dörren svängde upp och avslöjade den stilige kaptenen själv, som såg stilig ut som alltid i sin krispigt vita skjorta och svarta byxor. Hans kravatt satt lite på sned, utan tvekan på grund av arbetet med deras avfärd en timme tidigare; Santa Doroteia hade fallit in i en stadig gungning när hon skar genom vågorna, på väg mot Rafaels portugisiska hemland.

"Lady Clarissa." Han bugade. "Jag hoppas att du finner ditt logement till belåtenhet?"

"Mer än tillfredsställande, kapten." Hon log upp mot honom. "Jag vågar påstå att du har skämt bort mig fullständigt. Hur ska jag någonsin kunna anpassa mig till livet på land efter sådan lyx?"

Rafael skrattade lågt, och hans havsgröna ögon glittrade. "Det är mitt innerligaste nöje. Efter din fasansfulla prövning förtjänar du inget annat än det bästa."

Han pekade på fruktskålen. "Inhandlade färska i morse för er skull; det bästa Livorno har att erbjuda."

"Så mycket omtänksamt." Clarissa valde ett moget rött bär och bet i det, och njöt av explosionen av sötma på tungan. Saften fläckade hennes läppar och hon duttade på dem med en linneduk. "Du tänker på allt, kapten."

"Nej, inte allt." En skugga fladdrade kort över hans vackra anletsdrag, men han lade dem snabbt i ett neutralt uttryck. "Jag ska lämna dig att vila."

Med en annan lätt bugning vände han på klacken och gick ut och drog igen dörren bakom sig med ett mjukt klick.

Clarissa andades långsamt ut, lite irriterad på sig själv. Varje möte med den elegante kaptenen gjorde henne alltmer förvirrad, även om hon ansträngde sig för att inte visa det.

Han var en perfekt gentleman, uppmärksam men ändå återhållsam.

Men i obevakade ögonblick verkade en outgrundlig sorg gripa honom – utan tvekan oro för sin syster Isabella, eller kanske bördan av att hålla sitt ärvda gods flytande. Hon längtade efter att nysta upp mysterierna bakom de fängslande ögonen.

Clarissa skakade på huvudet. Det dög inte att hänge sig åt sådana farliga tankar, även om frestelsen visade sig vara svårare att motstå för varje dag som gick i hans berusande närvaro. Hon var ju en lady, och han bara en sjökapten, trots sitt ridderliga sätt. Ett parti mellan dem skulle vara högst olämpligt ... eller hur?

Med en suck valde hon en läderinbunden volym av Shakespeares sonetter från den lilla högen med böcker som hade placerats på skrivbordet och slog sig ner för att läsa, och lät bardens välbekanta ord lugna hennes oroliga sinne medan skeppet fortsatte framåt mot Portugal.

Den saltstänkta brisen piskade hårslingor över Clarissas ansikte när hon kom ut på Santa Dorotéias soldränkta däck. Hon kisade mot det bländande ljuset och fick syn på kapten Rafael nära rodret, hans långa gestalt en slående silhuett mot den azurblå himlen.

Som om han kände av hennes närvaro vände han sig om med ett varmt leende på sina mejslade drag. "Lady Clarissa, en glädje att se dig denna morgon." Han gjorde en hövisk halvbugning. "Jag hoppas att ditt logement var bekvämt nog för att du skulle få en god natts sömn?"

"Mer än tillräckligt, tack." Hon niger lätt. "Även om jag måste erkänna att jag längtade efter att få nypa frisk luft."

"Men självklart." Rafael pekade på de jäktande besättningsmännen som skyndade runt med sina sysslor. "Du är välkommen att koppla av på däck när du vill, med eller utan din moster eller hennes kammarjungfru. Jag försäkrar dig, du kommer att vara helt säker bland mina män; jag har talat med dem."

Clarissa nickade tacksamt med huvudet, även om en liten del av henne reste borst mot antydan att hon behövde skydd. Hon var ingen ömtålig blomma som vissnade vid första tecken på motgång. Hade hon inte uthärdat fångenskap med beundransvärd styrka?

Som om han läste hennes tankar, glittrade Rafaels ögon av roadhet. "Det var inte min mening att förolämpa, min kära. Jag vill bara att du ska ha det bekvämt under vår resa."

"Ingen förolämpning har skett, kapten." Hon gav honom ett skälmskt leende. "Jag är fullt kapabel att ta hand om mig själv. Men jag uppskattar din omtanke ändå."

Rafael skrattade, ett fylligt, melodiöst ljud som sände en märklig rysning längs hennes ryggrad. "Det tvivlar jag inte på." Han vände sig tillbaka mot rodret och justerade skickligt deras kurs med sina långa fingrar. "Är du intresserad av navigation, lady Clarissa?"

"Jag måste erkänna att jag finner det ganska fascinerande." Hon steg närmare och observerade medan han konsulterade kompassen och gjorde små justeringar av seglen. "Tanken att man kan kartlägga en väg över det stora, oförutsägbara havet med bara solen och stjärnorna och några få instrument ... det är ganska anmärkningsvärt."

"Verkligen." Rafaels ögon lyste av entusiasm när han inledde en förklaring av de olika verktygen och teknikerna han använde. Clarissa lyssnade hänfört och förundrades över djupet i hans kunskap.

Hur annorlunda var inte detta från de tråkiga salongskonversationerna hon var van vid, allt tomt skvaller och ytliga artigheter. Med Rafael kunde hon föra ett verkligt stimulerande samtal, och deras sinnen slog gnistor om varandra som flinta mot stål.

När solen började sin långsamma nedfärd mot horisonten och målade vågorna i nyanser av guld och orange, kände Clarissa sig motvillig att återvända till sin hytt. Sällskapet var alldeles för angenämt.

Kanske skulle några ögonblick till att sola sig i hans närvaro inte vara så väldigt opassande. Trots allt var det bara naturligt att söka sällskap av en själsfrände på en så lång resa. Och om hennes hjärta fladdrade lite snabbare i hans närvaro, tja ... det var säkert bara ett resultat av den uppfriskande havsluften.

Ja, det måste vara det. För vad skulle det annars kunna vara?

Rafael lämnade över rodret till sin förste styrman med en tacksam nick, och vände sig sedan mot Clarissa med ett varmt leende. "Skulle du vilja ta en promenad på däck med mig, lady Clarissa? Jag har stått stilla för länge vid rodret och vill sträcka på benen."

Clarissas hjärta gjorde ett skutt vid tanken på att tillbringa mer tid i hans sällskap, även om hon ansträngde sig för att behålla ett lugnt yttre. "Det skulle glädja mig, kapten. Visa vägen."

Medan de vandrade längs däcket, med den saltstänkta brisen som piskade i deras hår och kläder, frågade Rafael: "Jag hoppas att du finner ditt boende passande? Jag ber om ursäkt för att det inte är lika lyxigt som det du utan tvekan är van vid."

"Struntprat", svarade Clarissa med en avfärdande gest med handen. "Efter min prövning på det där fruktansvärda kaparskeppet känns detta rentav palatslikt. Och sällskapet är oändligt mycket trevligare." Hon gav honom ett lekfullt leende.

Rafael skrattade lågt, och hans ögon rynkades i ögonvrårna på ett sätt som fick det att fladdra till i Clarissas mage. "Det gläder mig att höra. Jag måste erkänna att jag finner våra samtal mycket stimulerande. Det är en sällsynt glädje att diskutera litteratur med någon som är så beläst och insiktsfull som du."

Clarissa rodnade av glädje över komplimangen. "På tal om litteratur, jag har tänkt fråga dig om den dikt du reciterade för mig i Villa Ginori. Orden var så gripande vackra, men jag är rädd att jag inte känner till poeten. Camões, var det?"

"Ah, ja." Rafaels ansikte lystes upp av entusiasm. "Luís de Camões anses vara en av de största poeterna på det portugisiska språket. Hans episka verk, 'Os Lusíadas', är ett mästerverk inom renässanslitteraturen. Det berättar historien om Vasco da Gamas resa till Indien, sammanflätad med Portugals historia och mytologi."

"Så fascinerande", mumlade Clarissa, nyfiken. "Jag skulle väldigt gärna vilja läsa den en dag, men jag är rädd att min portugisiska är bedrövligt otillräcklig – ja, obefintlig!"

Rafaels ögon glittrade av rackartyg. "Nåväl, då måste vi åtgärda det, eller hur? Även om jag inte har ett exemplar ombord, vet jag att det finns en engelsk översättning av Os Lusíadas hemma hos mig. Jag lånar gärna ut den till dig."

Clarissas hjärta svällde av tacksamhet och något djupare, något hon inte vågade namnge. "Det skulle jag tycka mycket om, kapten de Silva. Tack."

"Vi skulle kunna försöka åtgärda det andra problemet också, lady Clarissa?"

Osäker på vad han menade, blinkade hon upp mot honom. "Det andra problemet?"

"Din brist på portugisiska."

Hon skrattade, ljudet fördes bort av den milda havsbrisen. "Jag är en ivrig elev, kapten de Silva. Lär mig."

Han nickade, och hans uttryck blev allvarligare. "Låt oss börja med något enkelt. 'Bom dia' betyder 'god dag'."

"Bom dia", upprepade Clarissa, och de främmande orden kändes märkliga men ändå spännande på hennes tunga.

"Utmärkt", berömde Rafael, och hans ögon lyste av gillande. "Försök nu med 'obrigado'. Det betyder 'tack'."

"Obrigado", ekade hon, och mungiporna rycktes uppåt i ett leende.

De fortsatte på detta sätt, Rafael ledde henne tålmodigt genom grunderna i sitt modersmål, och Clarissa sög åt sig varje ord som en svamp. Hon njöt av sättet de portugisiska fraserna rullade på hans tunga, den sjungande kadensen i hans röst som sände rysningar längs hennes ryggrad.

De slog sig ner på en lugn plats i fören, där Clarissa satte sig på en stor trossögla utan att bry sig särskilt mycket om sin klännings tillstånd, medan Rafael lutade sig mot relingen i närheten, och fortsatte lektionen, med Clarissas skratt som ibland spillde över när hennes tunga snubblade över de obekanta orden.

Solen började gå ner i en explosion av prakt och målade himlen i en hisnande uppsättning av orange och rosa nyanser. Clarissa tystnade när hon blickade ut, hennes ögon vida av förundran.

"Det är magnifikt, eller hur?" andades hon, hennes röst knappt mer än en viskning. "Jag har sett några strålande solnedgångar i Italien, men jag tror inte att jag någonsin har sett något så vackert som detta."

Rafael hummade instämmande. "Verkligen, det är en syn att skåda."

Clarissa vände sig mot honom med ett snabbt leende och blev förvånad över att finna honom blickande inte mot himlen, utan mot henne. Hennes hjärta stannade till av intensiteten i hans ögon. För ett ögonblick glömde hon hur man andas, förlorad i djupet av hans blick.

Men sedan, lika snabbt som den hade uppstått, var stunden över, och Rafael såg bort och harklade sig. "Vi borde gå in", sa han, hans röst sträv. "Det börjar bli sent, och din moster och morbror kommer att undra vad som har blivit av dig."

Alex och Marianne verkade dock inte det minsta bekymrade över var hon hade varit när hon tog sig ner under däck, och Clarissa undrade vad exakt det var som Alex och Rafael alltid fann att tala om så allvarligt. Var det hon? Alex kunde väl ändå inte överväga att ... hon avbröt tanken innan hon ens tillät sig att tänka den, och skrattade istället åt det allvarliga uttrycket på lille Edwards ansikte när han försökte få tag på katten Fernando, som var alldeles för smart för att låta sig fångas av ett litet barn, men som ändå verkade road av leken.

En knackning på dörren lite senare visade sig vara skeppspojken, som på knagglig engelska frågade om han fick duka bordet för deras middag, och om de skulle tillåta kaptenen att göra dem sällskap.

"Vi skulle bli mycket glada", sa Alex bestämt, "eftersom vi har vräkt kaptenen från hans hytt, är det minsta vi kan göra att bjuda in honom att äta i den med oss!"

Rafael kom in med ett brett leende; Clarissa smickrade sig själv med att det blev ännu varmare när hans ögon vilade på henne. Hon steg fram för att hälsa på honom och tackade honom igen för bekvämligheterna som Santa Dorotéia erbjöd dem.

Samtalet flöt lika lätt som vinet Rafael hällde upp, deras ord dansade mellan ämnen med samma obesvärade grace som skeppet som skar genom vågorna. Skrattet och värmen runt bordet fick Clarissa att känna sig hemma, på ett sätt hon inte riktigt hade känt sedan Diana hade återvänt till England.

Allteftersom måltiden fortskred introducerade Rafael en ny lek, där han utmanade Clarissa att skapa en berättelse med bara en handfull till synes orelaterade ord. Hon antog utmaningen och vävde en saga om äventyr och intriger som fick dem alla att hänga på hennes läppar.

"Du har en gåva för berättande", berömde Rafael, hans ögon glittrande av beundran medan Marianne applåderade sin systerdotter.

Clarissa sänkte huvudet, och en belåten rodnad färgade hennes kinder. "Jag har alltid älskat ordens makt", bekände hon. "Sättet de kan förflytta dig till en annan värld, få dig att känna saker du aldrig trodde var möjliga."

"Du borde bli författare, Clarissa", föreslog Marianne. "Verkligen, det har jag alltid tyckt. Sättet du kan berätta om en enkel händelse och få alla fascinerade, eller att skratta, är anmärkningsvärt."

Clarissa tänkte på sin dagbok, på de sidor med anteckningar hon hade skrivit under deras resor och de halvfärdiga idéerna hon hade om att publicera en resedagbok när de kom hem. Hennes uttryck mörknade något när spöket av hennes fars otvivelaktiga ogillande svävade över henne. Kanske Marianne och Alex skulle kunna gå med på att publicera dem i hennes ställe? Hon brydde sig inte om några pengar hon kunde tjäna – de kunde donera dem till en välgörenhetsorganisation för föräldralösa barn – men att se sina ord i tryck skulle vara underbart, en prestation som ingen någonsin kunde ta ifrån henne.

Oavsett vem hennes far hade valt ut för henne att gifta sig med.

Rafael betraktade henne, med ett eftertänksamt uttryck. "Och ändå finns det vissa saker som ord ensamma inte kan fånga", sa han tyst.

Clarissas andhämtning stockade sig i halsen vid intensiteten i hans blick, de outtalade känslorna som virvlade mellan dem.

Men sedan, lika snabbt som den hade uppstått, var stunden över, och Rafael reste sig från sin plats och erbjöd henne sin arm. "Ska vi ta en sväng på däck, lady Clarissa?" frågade han, hans röst omsorgsfullt neutral. "Havet är mycket lugnt i natt; jag tror inte att vi gör några framsteg, men jag skulle vilja kontrollera saker och ting och tänkte att du kanske skulle vilja ha en nypa luft innan du drar dig tillbaka."

Clarissa sneglade på Alex för tillåtelse, glad att se hans nick. Hennes hjärta rusade fortfarande när hon lade sin hand i Rafaels armveck. När de klev ut i den svala nattluften kunde hon inte skaka av sig känslan av att något hade förskjutits mellan dem, en subtil förändring som både gladde och skrämde henne i lika hög grad.

När de promenerade längs däcket, med den salta havsbrisen som piskade i Clarissas kjolar, kunde hon inte låta bli att förundras över den lätta kamratskap som hade blommat upp mellan dem. Det verkade konstigt att tänka att bara några korta veckor sedan, hade de varit fullständiga främlingar, sammanförda av de mest osannolika omständigheter.

"Jag måste erkänna", sa Rafael, hans röst låg och intim i mörkret, "att jag blir ganska avundsjuk på dina äventyr, lady Clarissa. Att ha sett så mycket av världen, att ha upplevt sådan frihet ..."

Clarissa såg upp på honom, förvånad över den vemodiga tonen i hans röst. "Men du har väl haft din egen del av äventyr, kapten? Flottan måste ha tagit dig till alla sorters exotiska platser, långt fler än jag har sett."

Rafael skrattade lågt, men det fanns lite humor i ljudet. "Ah, men det är skillnad på att se världen genom pliktens lins och att se den genom nyfikenhetens lins. Jag är rädd att jag har haft alldeles för mycket av det förra och inte på långa vägar tillräckligt av det senare."

Clarissa övervägde detta ett ögonblick, hennes panna rynkad i tanke. "Kanske", sa hon långsamt, "är det inte för sent att ändra på det. Trots allt är livet inget annat än en oändlig rad av möjligheter till återuppfinning."

Rafael såg ner på henne. "Du får det att låta så enkelt."

"Åh, men det är det!" utbrast Clarissa, hennes ansikte upplyst av entusiasm. "Allt som krävs är lite mod och en vilja att omfamna det okända. Och av vad jag har sett av dig, kapten Rafael de Silva, besitter du båda dessa egenskaper i överflöd."

Under ett långt ögonblick stirrade Rafael bara på henne, hans uttryck oläsligt i månskenet. "Du är en extraordinär kvinna, lady Clarissa", mumlade han, hans röst hes av känsla. "Jag är helt i vördnad för dig."

Clarissas hjärta stannade till i bröstet, hennes hud pirrade av medvetenhet när han sträckte ut handen för att stoppa en förrymd lock bakom hennes öra. Beröringen var flyktig, knappt där, men den sände en rysning av längtan genom hela hennes kropp.

"Rafael", viskade hon, hans namn en bön och en vädjan på samma gång.

Men innan han kunde svara, krossades ögonblicket av ljudet av närmande fotsteg, och de for isär som skyldiga barn, med blossande kinder och oregelbunden andning.

När besättningsmannen passerade och nickade respektfullt till sin kapten, kunde Clarissa inte låta bli att känna en strimma av besvikelse. Men när hon sneglade tillbaka på

Rafael, såg hon samma känsla återspeglas i hans ögon, och hon visste att vad detta än var mellan dem, var det långt ifrån över.

Rafael verkade samla sig, hans ryggrad rätades ut, innan han talade mer formellt. "Lady Clarissa, jag undrade om ni skulle vara intresserad av att hjälpa mig med att kartlägga vår kurs i natt?"

Clarissas hjärta hoppade över ett slag vid tanken på att tillbringa mer tid ensam med honom. "Det skulle glädja mig, kapten", svarade hon och försökte bibehålla en sken av fattning trots fjärilarna som fladdrade i hennes mage.

Rafael ledde henne till navigationsbordet, där en utbredd karta låg upplyst av det mjuka skenet från lanternor. Han började förklara finesserna i sjöfartsnavigering, hans djupa, melodiösa röst sköljde över henne som en smekning.

När han pekade ut deras nuvarande position och de olika instrument som användes för att bestämma deras rutt, fann Clarissa sig alltmer distraherad av sättet ljuset lekte över hans mejslade drag, sättet hans ögon glittrade av passion när han talade om havet.

"Det är en delikat balans", funderade Rafael och strök med ett finger längs kartans kant. "Man måste alltid vara medveten om vindarna, strömmarna, stjärnornas position. Men när man får det rätt, finns det inget som liknar det."

Clarissa nickade, hennes blick fäst vid hans. "Det är som en dans, på ett sätt. Ett partnerskap mellan skeppet och havet."

Rafaels ögon vidgades av förvåning, och rynkades sedan i ögonvrårna när han log. "Exakt så. Jag måste säga, lady Clarissa, du har en anmärkningsvärd förståelse för dessa saker för någon som har tillbringat så lite tid till sjöss."

Hon kände en rodnad stiga till kinderna vid hans beröm. "Jag har alltid varit fascinerad av idén om utforskning, att upptäcka nya länder och kulturer. Jag antar att jag har läst varje bok jag kunnat hitta i ämnet."

"Jag kan föreställa mig dig i spetsen för en expedition, som leder vägen för att utforska förlorade städer och okända civilisationer", mumlade Rafael, vilket fick henne att skratta lite.

"Jag kan inte föreställa mig någon man som skulle följa en dam i ett sådant företag!"

"Det kan jag", sa Rafael, och innebörden i hans tonfall var tydlig att han var en sådan man.

Clarissa log och såg upp mot stjärnorna medan han pekade ut stjärnbilder för henne, och kände en helt obekant värme i sällskapet av denna ovanliga man, denna portugisiske sjökapten som inte bara hade räddat hennes liv utan också erbjöd henne så många nya upplevelser, allt utan de minsta förväntningar på henne i gengäld för hans vänlighet.

"Kom", sa Rafael plötsligt. "Vinden tilltar lite och vi kommer att vara på väg igen. Du ska styra oss genom stjärnorna i natt, min dam!" Hans hand under hennes armbåge ledde henne försiktigt att stå framför skeppets ekerhjul, nästan lika högt som hon själv.

Clarissas ögon vidgades, hennes hjärta rusade vid tanken. "Men jag vet inte hur", protesterade hon, även när hennes fingrar krökte sig runt det släta träet på rodret.

"Då ska jag lära dig", svarade Rafael och flyttade sig för att stå bakom henne, hans starka, solida närvaro sände rysningar längs hennes ryggrad.

Varsamt lade han sina händer över hennes och styrde hennes rörelser medan han pekade ut stjärnbilderna ovanför. "Där, ser du?" mumlade han, hans andedräkt varm mot hennes öra. "Den där ljusa stjärnan är Polaris, Polstjärnan. Den är vår ständiga guide, som alltid pekar vägen hem."

Clarissa nickade, hennes andhämtning stockade sig i halsen när hon lutade sig tillbaka i hans omfamning och njöt av känslan av hans armar runt henne. För ett ögonblick tillät hon sig att föreställa sig att detta var deras liv, att de kunde segla på haven tillsammans för alltid, utforska nya länder och ny kärlek.

Men alltför snart bröts ögonblicket av ljudet av skratt från däcket nedanför. Marianne och Alex, arm i arm, promenerade in i synfältet, deras ögon lyste av rackartyg när de fick syn på paret vid rodret.

"Nåväl", ropade Marianne, hennes röst retsam. "Vad har vi här? En lektion i navigation?"

Clarissa kände sina kinder rodna, och hon steg bort från Rafael, plötsligt medveten om det opassande i deras omfamning. Men Rafael log bara, hans ögon lämnade aldrig hennes när han svarade: "Verkligen, lady Glenkellie."

Med en sista, dröjande blick eskorterade han henne tillbaka till sin hytt, hans hand varm mot hennes ryggslut. Vid dörren stannade han, hans blick intensiv när han påminde henne om att regla dörren efter sig.

"Godnatt, Clarissa", viskade han, hans röst låg och full av löften. "Dröm sött."

Allteftersom dagarna gick blev deras band bara starkare, vänskapens frön blommade ut till något djupare, mer djupsinnigt. Men alltid fanns det ögon på dem – besättningen, Marianne, Alex – en ständig påminnelse om världen bortom deras stulna ögonblick.

Clarissa fann sig själv längta efter mer, efter en chans att utforska djupen av sina känslor utan tyngden av samhällets förväntningar som pressade ner på dem. Men för nu skulle hon njuta av varje dyrbart ögonblick, varje beröring av hans hand mot hennes, varje hemligt leende som utväxlades över ett fullt däck.

För i de stunderna visste hon att oavsett vad framtiden än höll, skulle hennes hjärta för evigt tillhöra mannen som hade visat henne stjärnorna.

# KAPITEL TIO

CLARISSA STOD VID FARTYGETS reling med blicken fäst på horisonten medan solen sakta sänkte sig i havet. Vinden slet i hennes hår och drog loss slingor från hennes frisyr, men det brydde hon sig inte om. Hennes tankar upptogs helt av Rafael, av hur hans närvaro tycktes fylla varje vrå av fartyget, varje vrå av hennes hjärta.

Hon kände hans närvaro innan hon såg honom, hans steg var mjuka mot däcket. ”Clarissa”, mumlade han och ställde sig bredvid henne. ”Är allt väl?”

Hon tvingade fram ett leende och slet blicken från den oändliga blå ytan. ”Självklart”, ljög hon. ”Jag beundrade bara utsikten.”

Rafael studerade henne en lång stund, hans havsgröna ögon sökte i hennes ansikte. ”Du verkar bekymrad”, konstaterade han mjukt. ”Finns det något jag kan göra för att hjälpa?”

Clarissa tvekade, orden fastnade i halsen. Hur skulle hon kunna berätta för honom om frustrationen som gnagde i henne, känslan av att han höll tillbaka, höll en del av sig själv inlåst? Hon kände till hans oro för sin syster, hans desperata behov av att återvända hem, men ändå längtade hon efter mer.

”Jag är bara trött”, sade hon till sist, halvsanningen bitter på tungan. ”Det har varit en lång resa.”

Rafael nickade, hans blick mjuknade av förståelse. ”Det är inte långt kvar nu”, försäkrade han henne. ”Vi håller god fart. Vi lägger till i Gibraltar imorgon för en dag eller två, och med gynnsamma vindar borde vi nå Lissabon inom en vecka.”

Clarissa kände ett sting av smärta vid hans ord, en plötslig, skarp värk i bröstet. Tanken på att deras resa skulle ta slut, på den oundvikliga avskedet som väntade dem, var nästan mer än hon kunde uthärda. Men hon sköt känslan åt sidan och tvingade fram en lätthet i rösten när hon svarade: ”Jag måste erkänna att jag ska bli glad över att se land igen.”

Rafael småskrattade, ljudet varmt och fylligt i den tilltagande skymningen. ”Det ska jag med”, höll han med. ”Men jag kommer att sakna det här, sakna friheten på det öppna havet.” Han tystnade och hans blick dröjde sig kvar vid hennes ansikte. ”Och sällskapet”, tillade han mjukt.

Clarissas hjärta tog ett skutt vid hans ord, en gnista av hopp tändes i hennes bröst. Men hon tryckte ner den och påminde sig om verkligheten som väntade dem på land. Rafael hade sina plikter, sin familj att tänka på, och hon... hon hade ett liv att återvända till, en framtid att navigera.

”Då borde vi göra det bästa av tiden vi har kvar”, sade hon med en omsorgsfullt lätt röst. ”Innan den verkliga världens krav slår ner över oss igen.”

Rafael log, med en aning av sorgsenhet i ögonen. "Det borde vi verkligen", instämde han. Han erbjöd henne sin arm, hans beröring var mild när han ledde henne bort från relingen. "Ska vi ta en promenad på däck? Stjärnorna är särskilt vackra ikväll."

Clarissa nickade och lät honom leda henne över de väderbitna plankorna. Hon visste att de kommande dagarna skulle bli bitterljuva, en härva av glädje och sorg när deras tid tillsammans närmade sig sitt slut. Men för tillfället skulle hon njuta av varje ögonblick, varje dyrbar sekund i hans sällskap.

För i slutändan, visste hon, var det allt de någonsin kunde ha. Stulna ögonblick under stjärnorna, minnen att bära med sig in i den osäkra framtid som väntade dem båda. Och för nu fick det lov att vara nog.

Santa Dorotéa gled graciöst in i den livliga hamnen i Gibraltar, seglen revades smidigt medan hennes besättning utförde sina sysslor med van precision. Hamnens kakofoni välkomnade dem — försäljare som högljutt sålde sina varor, sjömän som ropade order och det avlägsna klappret från hästdragna vagnar som navigerade på de kullerstensbelagda gatorna. En salt bris bar med sig en blandning av dofter från färsk fisk och exotiska kryddor från fjärran länder.

"Lady Clarissa", började Rafael och räckte gentlemannamässigt fram en hand för att hjälpa henne nerför landgången, "jag antar att du ser fram emot vår lilla utflykt iland medan min besättning fyller på våra förråd och tar ombord last?"

"Verkligen, kapten de Silva", svarade Clarissa med ett lekfullt glitter i ögat och tog emot hans hand. "Trots Santa Dorotéas bekvämligheter måste jag erkänna att jag har blivit trött på vågornas obevekliga gungande och längtar efter fast mark under fötterna."

"Låt oss då inte slösa någon tid", sade Rafael med ögon som glittrade av road munterhet.

När de klev ut på kajen förundrades Clarissa över det myllrande folklivet som utspelade sig framför dem. Hamnarbetare lastade av lådor med varor, medan köpmän arrangerade sina färgglada stånd under randiga markiser. Luften surrade av det melodiska brummandet från olika språk som blandades i en symfoni av handel.

"Var ska vi börja?" frågade hon, med nyfikenheten väckt av alla syner och ljud.

"Tillåt mig att vara er guide", svarade Rafael och erbjöd henne sin arm. De navigerade genom folkmassorna och drog till sig nyfikna blickar där de gick — ett slående par, med Clarissas solkyssta hår som glänste som spunnet guld och Rafaels vördnadsbjudande närvaro som var omisskännlig även i den livliga folkmassan.

Deras väg ledde dem genom smala gränder kantade av pittoreska butiker, där doften av nybakat bröd blandades med den aromatiska lockelsen från medelhavsörter. Clarissa kunde inte motstå att kika in i ett fönster som skyltade med intrikata spetsarbeten, och det kliade i fingrarna på henne att få röra de fina mönstren.

"Beundrar ni sådant hantverk?" frågade Rafael och lade märke till hennes intresse.

"Väldigt mycket", svarade hon med tindrande ögon. "Varje stycke berättar en historia, vävd med omsorg och hängivenhet." Hon kände på börsen i sin ficka och funderade på hur mycket pengar hon hade kvar. "Tror du att vi kan gå in och fråga om priserna? Jag skulle kunna köpa några — en till Marianne och en till min mor, kanske."

Rafael gjorde henne till viljes, och Clarissa var säker på att hans myndiga närvaro var till hjälp när hon prutade med butiksägaren, som lyckligtvis talade utmärkt engelska. Priserna var mycket lägre än hon hade förväntat sig att betala i England eller till och med Italien, och det slutade med att hon inte bara köpte spetsar till Marianne och sin mor, utan även några till Diana.

Rafael talade snabb spanska medan Clarissa slutförde sitt köp och pekade på flera andra spetsarbeten. Butiksägaren bugade sig underdånigt och gjorde i ordning ett andra paket, som Clarissa antog var till Rafaels mor och syster, och gick med på att skicka båda paketen till fartyget omedelbart medan de fortsatte sina upptäcktsfärder.

Clarissa rättade till sin hatt och kisade upp mot den imponerande Gibraltarklippan. Stigen framför dem slingrade sig brant uppåt, en utmaning hon var ivrig att anta.

”Är du säker på att du är redo för denna klättring?” frågade Rafael med en retsam glimt i ögat.

”Absolut”, svarade Clarissa med ett leende. ”Jag har mött många sociala berg; ett fysiskt kan väl inte vara mer avskräckande.”

”Touché”, sade han och skrattade mjukt. ”Låt oss då erövra denna topp tillsammans.”

När de klättrade uppåt blev luften krispigare, med en svag doft av havssalt. Måsarnas rop ekade runt dem och blandades med det avlägsna brummandet från den livliga hamnen nedanför. Clarissas kjolar prasslade mot den steniga stigen, varje steg ett bevis på hennes beslutsamhet. Berberaporna skuttade iväg när de närmade sig, uppenbarligen nyfikna men för blyga för att komma nära, vilket Clarissa var mer lättad än ledsen över — de hade stora tänder!

”Titta där”, pekade Rafael och stannade äntligen när de nådde toppen. ”Utsikten — den är värd all möda.”

De hade nått en utsiktsplats, och Clarissa flämtade till. Under dem sträckte sig ett azurblått hav, prickigt med skepp som leksaker som flöt på en himmelsblå damm. Landet vecklade ut sig som en väv av grönt och brunt, kantad av den glittrande kustlinjen.

”Magnifikt”, viskade hon med ögon vidöppna av förundran.

”Verkligen”, instämde Rafael, även om hans blick förblev fäst på henne. ”En syn att minnas.”

"Tack för att du tog mig hit", sade hon uppriktigt och vände sig mot honom. "Det är..." Hon tvekade och sökte efter ord som kunde sammanfatta hennes tacksamhet.

"Ett äventyr", fyllde han i med varm röst.

"Precis", bekräftade hon och kände en våg av kamratskap med honom. "Ett äventyr."

De dröjde sig kvar några ögonblick till, insöp panoramat innan de började sin nedstigning. Clarissa kände sig lättare, upplyft av den gemensamma upplevelsen och den spirande kopplingen mellan dem.

Fartyget skulle stanna i Gibraltar över natten, och Marianne hade bett Alex att boka rum åt dem på ett hotell för natten, så att hon och Clarissa kunde bada ordentligt och få sina kläder tvättade. Alex, alltid tillmötesgående mot sin hustrus varje nyck, hade omedelbart bokat en svit på det bästa hotellet i Gibraltar och bjudit in Rafael att äta middag med dem i hotellets restaurang.

Etablissemanget utstrålade elegans, dess storslagna fasad lovade en kväll av förfinad njutning.

"Hur var er utflykt?" frågade Marianne, hennes slående röda hår fångade stearinljusets sken när de satte sig.

"Upplysande", svarade Clarissa och kastade en blick på Rafael. "Och uppiggande."

"Utmärkt." Alex höjde sitt glas. "För nya horisonter."

"För nya horisonter", ekade de och skålade medan den första rätten serverades.

Måltiden utvecklades till en symfoni av smaker — delikata soppor, saftiga kötträtter och dekadenta desserter — allt ackompanjerat av livlig konversation. Rafael och Clarissa utbytte spirituella repliker, deras ord flödade lika smidigt som det fina vinet.

När kvällen närmade sig sitt slut kände Clarissa ett välbehag sprida sig inom henne, en känsla av tillhörighet hon inte hade förväntat sig. De eleganta omgivningarna, det engagerande sällskapet och dagens gemensamma upplevelser skapade tillsammans ett minne hon skulle värdesätta.

"Tills vårt nästa äventyr", mumlade Rafael när deras vägar skildes för natten, hans röst en mjuk smekning.

"Tills dess", svarade hon, med hjärtat lätt och hoppfullt.

Rummet på hotellet var överdådigt inrett, med tunga draperier av vinröd sammet, en himmelssäng prydd med brokad och en utsmyckad ljuskrona som kastade ett mjukt sken. Men trots de lyxiga omgivningarna fann Clarissa sig rastlös. Hon låg ovanpå den mjuka madrassen och stirrade i taket.

"Varför kan jag inte finna ro här?" muttrade hon för sig själv och vände sig på sidan. Rummets stillhet kändes tryckande, långt ifrån den milda gungningen från Santa Dorotéa som hade blivit märkligt tröstande. Hon saknade timrets rytmiska knarrande, sjöfåglarnas avlägsna rop och, mest oroande av allt, hon saknade Rafael.

"Clarissa, är du vaken?" Mariannes röst flöt in genom den anslutande dörren, ett mjukt avbrott i hennes grubblerier.

"Ja, Marianne", svarade Clarissa, satte sig upp och slätade ut sitt nattlinne. "Jag är rädd att sömnen undflyr mig ikväll."

"Kom, gör mig sällskap en stund", bjöd Marianne in. Hennes ton hade en värme som överskred deras komplicerade förhållande. När Clarissa gick in i Mariannes rum fann hon henne sittande vid fönstret, en ångande kopp te i handen.

"Var är morbror Alex?" frågade Clarissa.

"Rastlös, han med", erkände Marianne. "Han gick ut på en promenad. Sitt med mig." Hon klappade på fönstersitsen bredvid sig. "Säg mig nu, är det fartyget du saknar eller dess kapten?" Mariannes ögon glittrade av medveten illvilja.

"Kanske båda", erkände Clarissa och satte sig på den erbjudna platsen. "Men mer än så längtar jag efter den känsla av mening jag känner ombord på Santa Dorotéa."

"Ah, äventyrets spänning", anmärkte Marianne och lät blicken vandra ut mot den månbelysta hamnen. "Det är en stark lockelse."

"Verkligen", instämde Clarissa och kände ett sting av längtan när hon föreställde sig fartyget gunga mjukt i viken. "Jag vet inte hur jag ska kunna anpassa mig till det begränsade liv som väntar mig hemma, moster Marianne", sade hon tyst, och Marianne sträckte sig ut för att ta Clarissas hand.

"Jag undrar om vi gjorde rätt som tog med dig på den här resan", sade Marianne tankfullt, och Clarissas ögon for till hennes mosters ansikte, en chockad förnekelse redo på hennes läppar. Marianne skakade på huvudet. ”Hör på mig. Efter det som hände dig i Aten...”

”Det var inte ert fel!” insisterade Clarissa med eftertryck. ”Och om det inte hade hänt, skulle jag aldrig ha träffat Rafael... kapten de Silva, menar jag!”

”Nej, verkligen”, sade Marianne tyst och tittade på henne med ett nyfiket uttryck i ansiktet, innan hon gav ett sorgset litet leende. ”Nåväl. Det är ingen idé att gråta över spilld mjölk. Du har haft nog med äventyr för att räcka flera livstider, Clarissa!”

*De får lov att räcka mig hela det här livet*, tänkte Clarissa sorgset och vände huvudet för att blicka ut genom fönstret. *När jag väl kommer tillbaka till London kommer min mor aldrig att släppa mig ur sikte förrän jag är säkert gift med någon lämpligt korrekt lord som aldrig kommer att låta mig ens tänka på äventyr igen.*

Morgonen kom med gryningens gyllene nyanser som smög sig in genom gardinerna. Clarissa klädde sig snabbt, ivrig att återvända till Santa Dorotéa. Den livliga hamnen i Gibraltar var redan full av aktivitet när sällskapet förberedde sig för att lämna hotellet.

”God morgon, milady”, hälsade Jean henne med en kort nick, medan tvillingarna klängde sig fast vid hennes kjolar som små keruber.

”God morgon, Jean”, svarade Clarissa glatt och böjde sig ner för att lyfta upp ett av barnen i sina armar. ”Och hur mår mina små favoritsjömän idag? Redo att gå ombord på fartyget igen?”

”Fulla av energi, som alltid”, svarade Jean, hennes sakliga uppsyn mjuknad av sitt tillgivna leende.

När fartyget satte segel mot Lissabon fann Clarissa sig själv glädjas åt de enkla uppgifterna att ta hand om tvillingarna. Deras skratt var smittsamt, deras gränslösa nyfikenhet en ständig källa till förströelse. Oavsett om hon jagade efter ett busigt barn eller tröstade ett skrapat knä, omfamnade hon varje ögonblick med entusiasm.

”Håll still, Edward”, instruerade Clarissa mjukt och baddade en fuktig trasa på pojkens kind där han hade smetat sylt. ”Du får inte härja vilt under frukosten, annars kommer du att se ut som en liten sotlugg. Och det kan vi inte ha, eller hur?” Barnet slingrade sig och fnissade, innan det planterade en något kladdig puss på hennes kind och sprang iväg för att leka med sina leksaker tillsammans med sin syster.

Jean såg på interaktionen och skrattade tyst. ”Ni har hand med dem, milady”, observerade hon.

”Tack, Jean”, svarade Clarissa och kände en svallvåg av stolthet över komplimangen. ”De är ett förtjusande sällskap.”

Dagen förflöt i ett virrvarr av aktivitet, fartyget skar genom det azurblå vattnet med elegans när hon passerade ut ur Gibraltars sund och in i den vida Atlanten.

Santa Dorotéa gungade mjukt på de månbelysta vattnen, dess timmer knarrade sakta i natten. Clarissa, med kjolar som prasslade svagt vid varje steg, rörde sig skickligt i den svagt upplysta hytten. En liten lanterna kastade ett varmt sken och lyste upp hennes fridfulla ansikte när hon lockade tvillingarna att komma till ro.

Från sin plats vid dörröppningen iakttog Rafael henne i tyst beundran. Det fladdrande ljuset fångade de gyllene nyanserna i hennes solblekta hår, vilket fick det att se ut som om det var spunnet av solskenstrådar. Hennes händer, milda men fasta, vaggade barnen med en lätthet som verkade medfödd.

”Tyst, älsklingar”, sjöng hon mjukt och samlade de sprattlande småbarnen i sin famn. Hon började vagga, en rytmisk rörelse avsedd att lugna. Hennes röst, öm och melodiös, vävde sig genom luften som en fin tråd.

”Medan månen håller sin vakt

genom hela natten

medan den trötta världen sover

genom hela natten

Över din ande varsamt smyger

syner av fröjd och lycka

Andas en ren och helig känsla

genom hela natten", sjöng hon, hennes toner mjuka och drillande. Vaggvisan, en gammal folkvisa översatt från sitt walesiska original, svävade runt dem, dess milda kadens fyllde rummet. Tvillingarnas gråt började avta, ersatt av sporadiska jämranden som blev svagare för varje ögonblick som gick.

"Clarissa, kan jag hjälpa till?" frågade Rafael och klev in i hytten. Hans röst var låg, försiktig för att inte skrämma de redan rastlösa småbarnen.

"Tack, kapten", svarade hon, hennes ögon mötte hans med ett tacksamt leende. "De får båda tänder, stackars små. Jag skickade Jean att sova i min hytt; hon är utmattad efter flera sömnlösa nätter. En distraherande historia skulle kunna göra underverk."

"Mycket väl", sade han, slog sig ner bredvid henne och sträckte ut handen för att stryka Eleanors röda kind; barnet tystnade lite och betraktade honom nyfiket. "Har jag någonsin berättat om gången då vi överlistade en korsar nära Madeira?"

"Berätta", uppmanade Clarissa, med uppmärksamheten delad mellan Rafael och tvillingarna.

"Jo, det började som alla goda historier gör — med en storm", började Rafael med en konspiratoriskt låg ton. Han drog igång berättelsen och vävde en historia rik på vågade manövrar och nära ögat-situationer. Medan han talade, ringde Clarissas skratt mjukt i det slutna utrymmet och blandades med barnens långsamt tystnande jämranden.

”Dina äventyr är alltid så spännande”, anmärkte hon med ögon som glittrade av road munterhet.

”Spännande kanske, men ofta fyllda med fara”, svarade Rafael, hans blick dröjde sig kvar vid hennes ansikte. ”Till skillnad från din nuvarande syssla, som verkar lika utmanande.”

”Barn är mycket mer oförutsägbara än någon storm eller korsar”, sade hon med ett skratt. ”Men oändligt mycket mer givande.”

Rafael nickade tankfullt och släppte henne aldrig med blicken. ”Det kan jag se.”

Till slut började tvillingarnas ögonlock att falla, invaggade av den kombinerade effekten av Clarissas milda vaggande och Rafaels fängslande berättelse. Snart låg de fridfullt i sina sängar, deras små bröstkorgar höjdes och sänktes med varje andetag.

”Sov gott, älsklingar”, mumlade Clarissa och strök en förrymd lock från ett av barnens pannor.

”Din beröring har en magi helt egen”, observerade Rafael tyst, hans beundran var tydlig.

”Kanske”, svarade hon och vände sig för att se honom rakt i ögonen. ”Eller kanske är det helt enkelt kärleken man känner för dem man har i sin vård.”

”Oavsett vilket är det en gåva”, sade han uppriktigt.

”Tack”, sade Clarissa, hennes röst mjuknade, och för en lång stund tittade de bara på varandra, outtalade ord låg tunga i luften mellan dem.

”Godnatt, Clarissa”, sade Rafael till slut, hans röst fylld av motvilja. Han gick mot hyttdörren och kastade en sista blick på den fridfulla tavlan bakom sig.

”Godnatt, kapten”, svarade hon, hennes leende dröjde sig kvar även efter att han hade försvunnit in i fartygets skuggor.

Clarissa stod vid fartygets reling, hennes fingrar grep det svala, väderbitna träet medan hon blickade ut över havets oändliga vidder. Solen hade sjunkit lågt och målade den västra horisonten i nyanser av guld och karmosin, och kastade en glittrande stig över vattnet. En mild bris lekte med de lösa slingorna av hennes solblekta hår och förde med sig havets salta doft.

”Undrar du någonsin vad som finns bortom den linjen?” Rafaels röst bröt den fridfulla tystnaden och drog hennes uppmärksamhet från den hypnotiserande utsikten. Han stod bredvid henne, hans långa gestalt avtecknade sig mot den nedgående solen, hans havsgröna ögon speglade himlens otaliga färger.

”Bortom horisonten?” funderade Clarissa, med pannan lätt rynkad. ”Det antar jag att jag gör. Den verkar lova så mycket — äventyr, möjligheter, kanske till och med en ny början.”

”Verkligen”, instämde Rafael, en tankfull blick syntes i hans barska drag. ”Framtiden är lika vidsträckt och oförut-sägbar som havet självt. Vi stakar ut vår kurs, men vindarna och vågorna har sin egen vilja.”

”Ungefär som livet”, tillade hon och kastade en blick på honom. ”Vi planerar och hoppas, men vi sveps ofta med av krafter bortom vår kontroll.”

”Sant”, sade han mjukt och övervägde hennes ord. ”Men det är just dessa osäkerheter som gör resan värd, eller hur? De oväntade ögonblicken, de okända stigarna — de for-mar oss, stöper oss till dem vi är menade att vara.”

”På tal om okända stigar”, började Clarissa med en nyfiken ton i rösten, ”vilken framtid ser du för dig själv? Kommer du att återvända till din familjs vingård?”

Rafael lutade sig mot relingen, hans blick var fjärran. ”Vår vingård... Den rymmer många minnen, både ljuva och bit-tra. Jag önskar att återställa den, att blåsa nytt liv i marken som har försörjt min familj i generationer. Men mer än så längtar jag efter att se min mor och syster blomstra, att försäkra mig om att de återigen får uppleva frid och lycka.”

”Så ädla strävanden”, anmärkte Clarissa, med genuin be-undran i rösten. ”Du bär en tung börda, Rafael. Ändå bär du den med sådan värdighet.”

”Tack, Clarissa”, svarade han, hans ögon mötte hennes med en intensitet som fick hennes hjärta att slå snabbare. "Och du då? Vad väntar Lady Clarissa Creighton vid hennes återkomst till England?"

"Ah, England", suckade hon, hennes uttryck blev längtansfullt. "Jag antar att jag kommer att återvända till de vanliga förväntningarna — baler, sociala tillställningar, den obevekliga jakten på ett passande parti. Men efter allt jag har sett och upplevt verkar de sakerna så triviala nu."

"Kanske för att du har upptäckt en annan sorts tillfredsställelse", föreslog Rafael, hans röst fylld av förståelse. "En som inte kan hittas inom samhällets strikta ramar."

"Ja", erkände hon tyst. "Denna resa har öppnat mina ögon för så mycket mer — för rikedomen i olika kulturer, för skönheten i världen bortom Englands kuster. Och... för djupet i mänsklig samhörighet."

"Samhörighet", ekade Rafael, hans blick mjuknade när den dröjde sig kvar vid henne. "Det är en kraftfull sak, eller hur? Den överskrider avstånd, social ställning, till och med språkbarriärer."

"På tal om språk", sade Clarissa och vände sig för att se honom rakt i ögonen. "Din familj — jag vill göra ett gott intryck. De har gått igenom så mycket, och jag vill visa dem vederbörlig respekt. Skulle du vilja lära mig några fler portugisiska fraser? Tillräckligt för att hälsa på din mor och syster och tacka dem för deras gästfrihet."

Rafael blinkade, för ett ögonblick överraskad av hennes ärliga förfrågan. Sedan spred sig ett långsamt leende över hans ansikte. "Självklart, Clarissa. Det skulle vara en ära."

”Tack”, sade hon, lättnad hördes i hennes röst. ”Jag har lärt mig några grundläggande saker, men de låter så tafatt när de kommer från mig. Jag är rädd att jag kan förolämpa dem snarare än att imponera.”

”Inte alls”, försäkrade han henne. ”Din ansträngning i sig kommer att säga mycket. Men låt oss börja med något enkelt. Säg efter mig: ’Muito prazer em conhecê-la’ — ’Trevligt att träffas’.”

”Meu-to pra-scher em con-he-sche-la”, försökte hon och rynkade pannan i koncentration.

”Nära”, småskrattade han. ”Låt oss försöka en gång till. Muito prazer em conhecê-la.”

”Mui-to praz-er em con-he-ce-la”, upprepade hon, hennes uttal förbättrades.

”Utmärkt”, sade Rafael och nickade uppskattande. ”Du lär dig snabbt.”

”Bara för att jag har en utmärkt lärare”, replikerade hon och mötte hans blick med beslutsamhet.

”Låt oss då fortsätta”, sade han och lutade sig närmare, deras närhet skapade en intim bubbla mitt i det livliga fartyget. ”Den här är viktig: ’Obrigado pela hospitalidade’ — ’Tack för er gästfrihet’.”

”Obri-gado pela hos-pi-ta-li-da-de”, reciterade hon, hennes röst fick mer självförtroende för varje stavelse.

"Perfekt", sade Rafael mjukt, hans beundran för henne växte med varje ord. "Du kommer att klara dig utmärkt, Clarissa. Min familj kommer att bli mycket imponerad."

"Tack, Rafael", sade hon, hennes ögon lyste av uppskattning. "Din tro på mig betyder mer än du anar."

"Låt oss försöka något lite mer utmanande", föreslog Rafael.

"Mer utmanande än 'Muito prazer em conhecê-la'?" retades hon och höjde ett busigt ögonbryn.

"Verkligen", svarade han med ett leende. "Säg efter mig: 'O jardim da minha mãe é muito bonito.' Det betyder, 'Min mors trädgård är mycket vacker'."

Clarissa tog ett djupt andetag, hennes läppar formade de obekanta orden med medveten omsorg. "O sjar-dim da min-ja maj e moj-to bo-ni-to."

"Nästan där", rättade Rafael milt, hans fingrar knackade rytmen av meningen på träräcket. "Lyssna noga: 'O jardim da minha mãe é muito bonito.' Var särskilt uppmärksam på nasalljuden."

"Självklart, de där knepiga nasalljuden", sade hon och himlade lekfullt med ögonen. Hon försökte igen, denna gång med ökad precision. "O jardim da minha mãe é muito bonito."

"Perfekt!" utbrast Rafael och klappade händerna i äkta förtjusning. "Ni har ett öra för språk, Lady Clarissa."

”Eller kanske bara en mycket övertygande handledare”, kontrade hon med ögon som glittrade av road munterhet.

”Med smicker kommer du långt”, svarade han, hans ton lätt men hans blick dröjde sig kvar vid hennes en stund längre än nödvändigt.

”Då ska jag fortsätta att använda det frikostigt”, sade hon och skrattade. ”Vad står näst på tur?”

”Försök med det här: ’A comida está deliciosa’, vilket betyder, ’Maten är utsökt’.”

”A ko-mi-da esj-ta de-li-si-o-sa”, upprepade hon, hennes accent fortfarande präglad av hennes engelska rötter men ändå förbättrad.

”Utmärkt!” proklamerade Rafael, hans stolthet över henne var påtaglig. ”För varje ord växer ditt självförtroende. Dina ansträngningar lönar sig storartat.”

”Bara för att du gör det så roligt”, erkände hon, hennes kinder rodnade lätt under hans godkännande blick.

”Det är det bästa sättet att lära sig”, sade han, hans röst varm och uppmuntrande. ”När det är mer än bara studier, när det blir ett delat äventyr.”

”Ett äventyr, verkligen”, ekade hon och log upp mot honom medan kvällsskuggorna förlängdes runt dem.

# KAPITEL ELVA

Santa Dorotéia gled genom morgondimman och smög in i Lissabons myllrande hamn. Clarissa stod i fören och klamrade sig fast vid träräcket med vitnande knogar, hennes händer avslöjade hennes förväntan. Saltsmaken var eggande på hennes tunga och frisk mot kinderna, som redan var rosiga av spänning och den svala havsbrisen.

"Lady Clarissa." Rafaels röst skar igenom fiskmåsarnas skri och hamnarbetarnas rop. Hon vände sig om och såg honom stå bredvid henne, hans mörka hår rufsat av vinden.

"Kapten de Silva", svarade hon med en retfull ton i rösten. "Det verkar som om mitt nya äventyr ska börja."

"Verkligen", skrockade Rafael varmt. "Ska vi gå i land? Jag har ordnat med en vagn som hämtar damerna och barnen och tar er till min familjs gods, och hästar till lord Glenkellie och mig själv."

"Vi är redo att ge oss av direkt", sade Clarissa, även om hon visste att Jean hade allting packat och klart, och att deras kistor bara behövde lastas ombord på den väntande vagnen.

Inom en timme klev de av skeppet och ut på den kullerstensbelagda kajen. Staden Lissabon bredde ut sig framför dem, med smala gator och solbelysta torg som lockade, ett kalejdoskop av aktivitet och färg. Clarissa kunde knappt slita blicken från det ena till det andra, hennes ögon var vidöppna av nyfikenhet när de flitade från en scen till en annan – en grupp barn som jagade en herrelös hund, en fiskhandlare som ropade ut sin fångst, en kvinna i en röd sjal som balanserade en korg på huvudet.

"Lissabon är ... livligt", sade hon slutligen, tydligt fascinerad.

"Man skulle kunna säga att den speglar dig, min dam", retades Rafael, och Alex, som stod i närheten, höjde på ögonbrynen och skrattade tyst.

"Smicker biter inte på mig, kapten", replikerade Clarissa, även om hon inte kunde låta bli att le.

Deras samtal avbröts av ankomsten av en vagn, vars polerade träpaneler blänkte i solen. Kusken lyfte på mössan för Rafael, som nickade som svar.

"Efter dig, min dam", sade Rafael och räckte fram handen för att hjälpa henne in i vagnen.

"Så galant", sade Clarissa, men lade ändå sin hand i hans. Han lyfte upp henne och hon sjönk ner med en suck av välbehag i det välstoppade sätet, överraskad av den oväntade lyxen. Hur utarmad Rafaels familj än må vara, hade han själv en adelsmans manér, vilket återigen bevisades när han hjälpte Marianne in i vagnen efter henne, sedan Jean och tvillingarna. Han tog båda barnen från Jean och räckte över dem i Marianne och Clarissas väntande armar innan han hjälpte kammarjungfrun att kliva in.

"Han är en riktig gentleman, den där", anmärkte Jean när Rafael stängde vagnsdörren. Han och Alex svingade sig upp på sina hästar och den lilla kavalkaden satte sig i rörelse.

"Kapten de Silva är verkligen en mycket fin gentleman", instämde Marianne. "Tycker du inte det, Clarissa?" Hon utbytte ett medvetet leende med Jean.

Clarissa, som inte var redo att diskutera sina känslor för Rafael, mumlade något intetsägande och vände sin uppmärksamhet mot tvillingarna. Hon visste att det skulle bli en lång och tråkig dag för dem, och hon skulle göra sitt bästa för att hålla dem sysselsatta. Rafael hade berättat för dem att hans gods låg flera timmars resa norr och öster om Lissabon, och att de borde nå det inom en dag, så de skulle inte behöva hitta ett värdshus att övernatta på.

Ett gupp på den ojämna vägen förde Clarissa tillbaka till sin omgivning, och hon lutade sig framåt, grep tag i fönsterkarmen, och hennes mun föll upp mer och mer ju längre de färdades. Det portugisiska landskapet bredde ut sig framför henne; böljande kullar täckta i grönt och guld, beströdda med vita stugor och olivlundar. Luften doftade sött av jasmin och bar med sig cikadornas surr, en naturlig orkester som berörde henne djupt.

"Vilket vackert land", sade Marianne mjukt bredvid henne, och hon nickade, oförmögen att slita blicken från utsikten.

Vagnen körde in i en pittoresk by och stannade utanför ett värdshus. Rafael var vid dörren innan Clarissa ens hann sträcka sig efter den.

”Vi byter hästar här och äter en bit mat”, sade han och erbjöd sin hand för att hjälpa henne ner. ”Jag har stannat här många gånger och känner värdshusvärden väl.”

En leende man kom ut för att hälsa dem varmt välkomna, visade dem in och, till Clarissas förvåning, genom byggnaden och ut på en täckt terrass på andra sidan.

”Åh, vilken underbar utsikt!” utbrast hon, klev fram till den låga muren som omgärdade terrassen och blickade ut över den vida dalen bortom den.

”Ser du den där öppningen i kullarna?” Rafael kom och ställde sig bredvid henne och pekade. Hon kisade för att följa hans anvisning innan hon nickade. ”Det är vägen till Torre do Rochedo.”

”Ditt gods?” Hon vände sig om för att se på honom. ”Vad betyder namnet?”

”Torn på klippan. Klippbrant.” Han ryckte på axlarna. ”Du får se; det är ett passande namn!”

”Jag ser fram emot det.”

Värdshusvärden kom ut igen, med två tjänare i släptåg, alla bärande på fat dignande av mat. Clarissa slog sig ner bredvid Marianne, och det vattnades i munnen på henne när en veritabel festmåltid dukades upp framför dem.

Där fanns ett skorptäckt gult bröd som hette broa, gjort på majsmjöl, en skarp vit fårost, rökta kycklingkorvar, oliver, fikon och en rätt med mycket salta, beroendeframkallande små gula torkade bönor, allt serverat med ett lätt vitt vin. Det var enkel mat, men Clarissa fann den utsökt och sade det till värdshusvärden på sin stapplande portugisiska, vilket fick honom att le ännu bredare.

"Vad sa han?" frågade Clarissa Rafael när mannen talade snabbt på portugisiska innan han skyndade tillbaka in.

"Han sa att det bästa återstår." Rafael småskrattade åt hennes min. "Han är stolt över sina desserter, och jag måste hålla med – hans pastéis de nata är några av de bästa jag någonsin smakat, och hans toucinho do céu – ah!" Han kysste sina fingertoppar. "Verkligen himmelskt!"

Pastéis de nata var läckra små äggkrämspajer i spröd, flagnande deg som smälte i munnen, och toucinho do céu, som Rafael förklarade betydde "fläsk från himlen", var i själva verket en kompakt, söt isterkaka med en stark mandelsmak.

Clarissa var tvungen att hålla med. Desserterna var faktiskt bättre än måltiden. "Jag tror att vi har blivit bortskämda", sade hon och tittade längtansfullt på fatet med krämpajer och insåg att hon inte kunde äta en bit till. "Med tanke på att detta var vår första måltid i Portugal, har ditt hem en hel del att leva upp till, kapten de Silva!"

"Din första måltid i Portugal", rättade Alex henne. Hon sneglade förvånat på honom och kom sedan ihåg att han hade tillbringat många år i armén i kampen mot fransmännen. Hans blick var mörk när han stirrade ut över terrassen och hon undrade vilka tankar som upptog hans sinne; sannerligen inte den grönskande, bördiga dalen som bredde ut sig framför dem nu, gissade hon.

Marianne lade en hand på Alex och gav den ett kort kläm. Han verkade skaka av sig tankarna och återvända till nuet och log svagt.

"Fast jag måste hålla med, jag har aldrig ätit en så utmärkt måltid i ditt land förut, Rafael. Den var superb."

De dröjde kvar en stund till och lät maten smälta. Clarissa fann sig själv återvända till kanten av terrassen, denna gång sittande på den låga muren och beundrande utsikten. Efter några minuter kom Rafael och slog sig ner bredvid henne.

"Är det dags att ge sig av?" frågade Clarissa.

"Snart nog. Vi låter hästarna vila ytterligare en kvart eller så." Han verkade inte benägen till konversation, utan satte sig helt enkelt bredvid henne och blickade ut över dalen.

"Berätta för mig", sade Clarissa till slut, oförmögen att uthärda tystnaden längre, "vad väntar oss i ditt hem?"

"Minnen", sade Rafael efter en stund, med en frånvarande min. "Och kanske spöken."

"Spöken?" Hennes ögonbryn höjdes nyfiket.

"Inte bokstavliga sådana", sade han med ett svagt leende. "Kriget lämnade sår på landet, men också på dess folk. Min familj bär dessa sår, som du kommer att se."

"Då ska vi möta de där spökena tillsammans", förklarade hon bestämt.

"Tillsammans", instämde Rafael, och för första gången sedan de träffats tyckte hon sig se en antydan till sårbarhet i hans mörka ögon.

De gav sig av igen strax därefter. Allt eftersom de reste längre inåt landet, ersattes det frodiga gröna landskapet av klippiga bergknallar och uråldriga stenmurar. Clarissa lade märke till vingårdarna, en gång prydligt skötta, nu kvävda av ogräs. Det gjorde henne ledsen; likt så mycket annat hon sett på denna resa var det ett tyst vittnesbörd om krig och vanvård.

Vagnen passerade till sist genom öppningen i kullarna som Rafael hade nämnt och klättrade uppför en brant sluttning till en borg som låg på kanten av en lodrät klippa. Clarissa tappade andan när hon tittade ut genom fönstret på deras destination. Torre do Rochedo var en hög, kvadratisk struktur med ett centralt torn som reste sig fem eller sex våningar högt, dess stenmurar vittrade men fortfarande starka, tornspiror som sträckte sig mot himlen. Men även härifrån kunde hon se tecknen på förfall; kreneleringar som smulades sönder i högar av grus, murgröna som slingrade sig över fönster där glaset för länge sedan hade krossats, och delar av den yttre muren låg i ruiner.

"Den är större än jag föreställde mig", sade Marianne tyst bredvid henne, lutande sig framåt för att se förbi henne ut genom fönstret. "Och i mycket bättre skick än de flesta borgar i Portugal som Napoleon inte förstörde fullständigt. Kärnan verkar åtminstone helt intakt."

När vagnen stannade var Clarissa tvungen att motstå lusten att ivrigt hoppa ner. Hon ville göra ett gott intryck på Rafaels mor och syster, som förmodligen väntade på att hälsa dem välkomna innanför, och samlade sig därför. Hon knäppte händerna i knät för att hindra dem från att darra och väntade tills Rafael öppnade dörren och erbjöd sin hand för att hjälpa henne ner.

"Välkommen till Torre do Rochedo", sade han stolt när hon klev ner från vagnen. "Välkommen till mitt hem."

Clarissa satte en sidensko på borggårdens kullerstensbeläggning, kände sig nästan vördnadsfull, och vände sig långsamt om för att betrakta blandningen av storslagenhet och förfall. Denna plats talade om århundraden av historia, om vunna och förlorade strider, om en familj som klamrade sig fast vid sin värdighet trots förluster och utarmning.

"Ditt hem", sade hon mjukt och tittade på honom. "Det är magnifikt, Rafael. Ett monument över uthållighet."

"Tack." Han böjde huvudet lätt, även om hon såg mer känsla i hans ögon än hans ord antydde.

Tillsammans gick de mot ingången, och Clarissa kunde bara föreställa sig vilka historier dessa murar kunde berätta. Även om den var sliten av tid och historia, var Torre do Rochedo inte mindre majestätisk för sin ålder. Den stod som en symbol för motståndskraft, ett passande hem for mannen som ledde henne in. Den stora trädörren öppnades när de gick uppför trappan, och en kvinna stod där med ansiktet upplyst av glädje.

"Mamma", sade Rafael, och det fanns en tjocklek i hans ton, en ovanlig råhet.

Lucia de Silva var en liten kvinna, späd och något kutryggig av ålder och umbäranden, men hennes närvaro fyllde rummet. Hennes ögon, trötta och rynkiga som de var, glittrade av lycka, och hon skyndade framåt, ivrig i varje steg även om det verkade kosta henne ansträngning, och slog armarna om sin son.

"Meu filho", mumlade hon, hennes röst tjock av känsla.

"Mor." Rafaels röst var lika kvävd. Han omfamnade henne hårt, drog sig sedan tillbaka, grep tag om hennes axlar och sade enträget: "Isabella?"

Lucias leende var allt svar han behövde, och Clarissa kände en tyngd lyftas från hennes axlar. Hon hade fruktat att de skulle anlända bara för att upptäcka att Rafaels syster hade dött av någon sjukdom.

"Hon säger att Isabella var sjuk i lunginflammation men har återhämtat sig nu", viskade Alex när Lucia talade snabbt med sin son på portugisiska.

"Gudskelov", mumlade Marianne, och Clarissa upprepade känslan.

Rafael kom då ihåg sitt goda uppförande och presenterade dem för sin mor. Clarissa visste redan att Rafael hade skickat en budbärare i förväg; deras ankomst var ingen överraskning för Lucia. Den äldre kvinnan hälsade Alex och Marianne varmt, innan Rafael vände sig om för att presentera Clarissa.

"Lady Clarissa, välkommen till vårt hem", sade Lucia på bruten men tydlig engelska och log varmt mot Clarissa. "Det är en ära för oss att ta emot er."

"Tack så mycket, fru de Silva", svarade Clarissa och neg djupt. När hon rätade på sig lade hon märke till Lucias enkla klänning. Den var välsydd, men tyget var slitet och blekt; här och där visade små lagningar var noggranna reparationer hade gjorts. Av vad hon hittills sett av godset såg det ungefär likadant ut. Även om huset självt fortfarande stod kvar, hade dess forna glans sedan länge falnat, och Clarissa misstänkte att Lucia hade en stram budget för att hålla igång allting. Hon beundrade den äldre kvinnan mycket, även om hon visste att Rafaels mor inte alltid hade godkänt honom.

"Var snälla och kom in och vila er. Ni måste vara trötta efter er resa." Lucia gestikulerade att de skulle följa henne in i huset. "Rum har iordningställts för er alla, men jag hoppas ni ursäktar eventuella brister."

Clarissa såg sig omkring. De vitkalkade väggarna var behängda med gobelänger, men de var gamla och blekta, trådslitna på sina ställen. En gång måste de ha varit praktfulla, men tidens tand hade satt sina spår. Möblerna var också enkla, simpla trästolar med vävda rottingryggar, några små bord, ett par skänkar.

"Er gästfrihet är mycket generös", försäkrade Clarissa uppriktigt Lucia och följde henne in i ett litet sällskapsrum som, även om det var något sjaskigt, var prydligt och rent, med en eld i spisen som tillförde välkommen värme till det svala rummet.

”Jag måste gå till Isabella.” Rafael ursäktade sig och lämnade dem i sin mors vård medan Lucia ropade på ett par tjänsteflickor.

Clarissa ville nästan fråga om hon fick följa med Rafael, ivrig att träffa hans syster, men hon höll tungan i styr och log artigt när en av tjänsteflickorna vinkade åt henne att följa med.

Gästrummen hade uppenbarligen gjorts i ordning i all hast, fönstren slogs upp för att släppa in frisk luft, sängkläderna hade tagits av och ersatts med rena lakan. Även om möblerna var enkla, tyckte Clarissa att hennes rum var charmigt, och insåg att även om byggnaderna hade överlevt fransmännen, kan mycket av de ursprungliga möblerna ha tagits och bränts som ved, och godsets begränsade ekonomi innebar att de inte hade råd att spendera mycket på sällan använda gästrum.

Ändå såg sängen bekväm nog ut, och det fanns ett litet bord och en stol vid fönstret där hon kunde sitta och skriva brev om hon ville. Hon tackade tjänsteflickan på sin stapplande portugisiska och fick ett blygt leende och en djup nigning i gengäld innan flickan skyndade iväg, och återvände strax därefter med en bricka med ett fat skivad frukt, några kakbitar och en kanna kaffe.

”Åh, vad trevligt”, sade Clarissa och såg sig omkring för att se om det möjligen gömde sig en tekanna någonstans. Hon hade aldrig tyckt om kaffe. Nåväl, det fanns en rejäl kanna mjölk vid sidan av; hon skulle helt enkelt dricka den.

”*Você não gosta de café*?” frågade tjänsteflickan och pekade på kaffekannan när Clarissa bara hällde mjölk i sin kopp.

Clarissa kunde gissa meningen, även om hon inte förstod de exakta orden. Hon pekade på kaffekannan, rynkade på näsan, skakade på huvudet och log ursäktande. Tjänsteflickan nickade och försvann, och Clarissa hoppades att hon inte hade förolämpat henne. Hon provade en bit av kakan och fann att den var utsökt, med en stark smak av honung, kanel och nejlikor. Hon kunde verkligen vänja sig vid portugisiska desserter!

Tjänsteflickan återvände med en stor kanna druvjuice, och Clarissa log glatt. Hon tackade henne så gott hon kunde. Kaffekannan togs bort, och Clarissa njöt av sitt eftermiddagste i enslig frid och blickade ut genom fönstret på utsikten.

Några minuter senare knackade det på dörren och det visade sig vara Rafael, som stannade utanför när hon öppnade.

”Isabella vill träffa dig”, sade han med ett brett leende. ”Jag är så lättad över att ha henne i säkerhet och på bättringsvägen att jag inte kan neka henne någonting.”

”Jag skulle älska att träffa henne!” Clarissa reste sig omedelbart. ”Jag är mycket ivrig att göra hennes bekantskap.”

Rafael erbjöd sin arm för att eskortera henne, och de gick uppför ytterligare en trappa till nästa våning i borgen, som uppenbarligen var familjens bostadsdel. Rafael stannade utanför en trädörr, knackade en gång och öppnade den sedan utan att vänta på något svar.

Clarissa gick genom dörröppningen, och hennes ögon vande sig vid det dunkla ljuset som silades genom florstunna gardiner. Rummet var sparsamt möblerat, men en sorts elegant enkelhet rådde. I mitten av rummet, uppallad mot ett berg av kuddar, låg Isabella.

”Lady Clarissa.” Isabella hälsade henne med en svag men klar röst och talade lika perfekt engelska som sin bror. Hennes hud var spöklikt blek, nästan genomskinlig, och mörka skuggor ramade in hennes ögon, men de var ljusa och intelligenta. ”Det är en ära att få träffa er.”

”Äran är min, Isabella”, sade Clarissa varmt och slog sig ner i en stol bredvid sängen. ”Jag har hört så mycket om dig, och din stora själsstyrka under denna svåra tid.”

”Själsstyrka.” Isabella log svagt. ”Tålamod skulle vara mer korrekt, tror jag.”

”Tålamod är något jag ofta tycker mig sakna”, anförtrodde Clarissa, i hopp om att locka fram ännu ett leende från flickan. ”Men jag tror att du måste ha lärt dig det väl.”

”När man inte har något annat val än att ligga till sängs hela dagen, lär man sig tålamod av nödvändighet snarare än dygd”, svarade Isabella, även om hennes ögon verkade klarare nu.

”Kanske kan jag erbjuda lite distraktion?” föreslog Clarissa och lutade sig framåt med en konspiratorisk min. ”Rafael berättar för mig att du är en riktig lärd dam, med ett skarpt intellekt och en kärlek till litteratur.”

”Gör han det?” Isabellas uttryck mjuknade, och hon sneglade på sin bror, som stod tyst vid dörren. ”Han har alltid vetat hur han ska smickra mig.”

”Smicker eller ej, jag skulle älska att höra dina tankar om några av mina favoritböcker”, fortsatte Clarissa, och kände att hon hade träffat rätt ton. ”Och kanske berätta några av mina egna historier för dig.”

”Det låter förtjusande”, sade Isabella och fick färg på kinderna. ”Det var för länge sedan jag kunde njuta av ett gott samtal.”

”Då ska vi ta igen förlorad tid”, sade Clarissa bestämt och sjönk tillbaka i sin stol. ”Säg mig, vilka var dina favorithistorier när du växte upp?”

”Åh, många”, sade Isabella, och hennes röst blev starkare när hon talade. ”Men mina käraste minnen är av Rafael som berättade legenderna om våra förfäder. Han fick dem att bli levande, så jag kände att jag stod bredvid dem i strid eller red med dem över slätterna. Denna gamla borg blev en levande, andande plats när han berättade sina historier.”

”Ah, kraften i en god historia.” Clarissa nickade förstående. ”Ord kan förvandla till och med de tråkigaste dagarna till storslagna äventyr.”

”Ja.” Isabella log, och hennes ögon glittrade. ”I det här rummet har de varit min flykt.”

"Då ska vi skapa nya historier tillsammans", lovade Clarissa henne och kände ett släktskap med den yngre kvinnan. "Varje dag är en chans till en ny början, oavsett vad livet bjuder på."

"Tack, Lady Clarissa", sade Isabella uppriktigt. "Ni har redan skänkt ljus åt min dag."

"Kalla mig Clarissa, är du snäll", insisterade Clarissa och sträckte sig för att försiktigt ta Isabellas hand. "Vi är vänner, eller hur?"

"Ja, Clarissa." Isabellas ansikte lystes upp av ett leende. "Vänner, minsann."

Tyst stående vid dörren log även Rafael.

# KAPITEL TOLV

Solljus strömmade in genom spetsgardinerna och kastade skira skuggor över Isabella där hon vilade i sängen, uppallad mot bulliga kuddar. Hennes kinder hade äntligen fått en rosig färg istället för att vara bleka av sjukdom.

Clarissa satt på kanten av sin stol och kände det som om hon skulle spricka av alla frågor. Under de senaste dagarna vid Isabellas sängkant hade hon lärt sig att dämpa sin naturliga benägenhet att babbla och fråga ut, och låtit den andra flickan vila. Men nu, när hon såg styrkan och livskraften börja återvända, kunde Clarissa knappt hålla tillbaka sin iver att verkligen lära känna Rafaels rara lillasyster.

"Åh Bella, du anar inte hur lättad jag är över att äntligen se dig på bättringsvägen", sa Clarissa och motstod lusten att slå armarna om den andra flickan i en översvallande omfamning. "Jag har varit så fruktansvärt orolig."

Isabella log mjukt och sträckte ut handen för att gripa tag i Clarissas. "Din närvaro har varit en sådan tröst, Clarissa. Att veta att du var här och med din envisa beslutsamhet ville att jag skulle tillfriskna." Hennes ögon glittrade av munterhet.

Clarissa skrattade. "Tja, jag är då sannerligen envis som en åsna när jag väl bestämmer mig för något. Stackars Rafael hade inte en chans när jag väl insisterade på att stanna och hjälpa till."

"Min bror är lyckligt lottad som har funnit en så lojal vän i dig. Jag hoppas att du vet hur djupt tacksamma vi alla är."

Vän. Ordet fastnade i halsen på Clarissa. Självklart skulle Isabella se henne som en vän, en adopterad familjemedlem. Hon kunde omöjligt gissa vilka allt annat än systerliga känslor Clarissa hyste för Rafael.

"Det är jag som är skyldig Rafael allt, som du mycket väl vet." Clarissa hade sedan länge berättat för Isabella historien om hur Rafael räddat henne från korsarskeppet. "Att hålla dig sällskap är det minsta jag kan göra." Clarissa skakade av sig sin melankoliska längtan efter att Rafael en dag skulle se henne som mer än en vän och tvingade fram ett glatt leende. "Nu måste du helt enkelt berätta allt som finns att veta om att växa upp här. Jag är oändligt fascinerad av ditt hem och din familj."

"Det skulle vara mitt största nöje", svarade Isabella varmt, med ögon som lyste av entusiasm. "Men först insisterar jag på att du berättar mer om dina egna historier. Rafael nämnde att du tillbringat tid i Italien?"

Clarissa nickade, och tankarna fylldes redan av minnen av de soldränkta kullarna och de frodiga vingårdarna. Månaderna hon hade tillbringat på resa genom landsbygden hade varit bland de mest bekymmersfria i hennes liv. "Ja, jag blev helt hänförd av all skönhet ..."

Medan de två unga kvinnorna pratade och skrattade, och utbytte historier om kära minnen och framtidsdrömmar, började ett orubbligt band att formas. Ur gemensamma glädjeämnen och svårigheter slog en bestående vänskap rot.

Några dagar senare, när Isabella äntligen hade återhämtat sig tillräckligt för att lämna sjukrummet mer än någon timme i taget, ledde hon Clarissa genom de vidsträckta ägorna på godset de Silva, medan den varma brisen rufsade om i deras hår.

När de rundade en krök på stigen kom vingårdarna i sikte. Clarissa tappade andan. De en gång så välskötta raderna av vinrankor kvävdes nu av ogräs, och deras knotiga grenar sträckte sig mot himlen som skelettfingrar. Det var en brutal påminnelse om den tribut kriget hade krävt av landet och dess folk.

"Det gör ont i hjärtat att se dem så här", sa Isabella mjukt, med sorg i rösten. "Även om jag aldrig har sett dem på något annat sätt, så har mamma och Rafael berättat historier - de här vingårdarna var en gång vår familjs stolthet."

Clarissa sträckte ut handen och klämde Isabellas hand tröstande. "Det kan de bli igen", sa hon, medan tankarna redan snurrade av möjligheter. "I Italien såg jag vingårdar som hade härjats av sjukdom och vanvård, men med hårt arbete och engagemang väcktes de till liv igen."

Isabellas ögon vidgades och en gnista av hopp tändes i dem. "Tror du verkligen att det är möjligt?"

”Det gör jag”, sa Clarissa bestämt, medan hennes blick svepte över de igenvuxna vinrankorna. Hon kunde nästan se dem tunga av mogna, saftiga druvor, med luften fylld av den berusande doften av jäsande vin. ”Det kommer inte att bli lätt, men ingenting värt att ha är någonsin det.”

Rafael närmade sig dem, med pannan rynkad av oro. Han hade tjuvlyssnat på deras samtal och kände sig tvungen att lägga sig i. ”Jag uppskattar din entusiasm, Lady Clarissa”, började han, hans djupa röst färgad av en antydan till uppgivenhet, ”men jag är rädd att uppgiften kan vara mer skrämmande än du inser.”

Clarissa vände sig mot honom med hakan trotsigt lyft. ”Kapten de Silva, jag förstår dina förbehåll, men jag är fast övertygad om att vi med rätt strategi och engagemang kan återuppliva dessa vingårdar och säkra din familjs ekonomiska framtid.”

Rafael suckade och körde en hand genom sitt mörka hår. ”Kriget har gått hårt åt vår mark. De flesta av vinrankorna brändes, och det nya som växer är ungt och bräckligt. Det kommer att krävas år av hårt arbete och betydande investeringar för att återställa dem till sin forna glans.”

”Men det är inte omöjligt”, kontrade Clarissa, med ögon som gnistrade av beslutsamhet. ”Och de potentiella belöningarna är enorma - inte bara ekonomiskt, utan för er familjs anda och lokalsamhället.”

När Rafael lyssnade på hennes passionerade ord kunde han inte låta bli att känna en gnista av hopp tändas i bröstet. Kanske hade hon rätt. Kanske var detta möjligheten han hade letat efter – en chans att återuppbygga inte bara vingårdarna, utan också sin egen känsla av mening och tillhörighet.

"Jag beundrar din anda", sa han till slut, och ett litet leende ryckte i hans mungipor. "Och jag måste erkänna att ditt förslag har sina förtjänster. Men vi måste vara realistiska inför utmaningarna som väntar. Det kommer inte att bli en lätt väg."

Clarissa mötte hans blick, och hennes eget leende strålade av optimism. "Ingenting värt att ha är någonsin det, kapten. Men tillsammans tror jag att vi kan övervinna alla hinder."

Rafael kände en våg av tacksamhet mot Clarissa för hennes orubbliga tro på potentialen i hans familjs egendom. Hennes entusiasm smittade av sig, och han fann sig själv i att överväga förslaget mer seriöst.

Han sneglade på Isabella, som praktiskt taget vibrerade av spänning. "Vad tror du, Bella? Skulle vi verkligen kunna väcka vingårdarna till liv igen?"

Isabella knäppte händerna, och hennes ögon lyste av hopp. "Åh, Rafa, tänk dig! Vinrankorna tunga av druvor, luften fylld av den söta doften av vin… Det skulle vara som en dröm som går i uppfyllelse."

Rafael nickade långsamt, medan tankarna redan rusade med logistiken för ett sådant åtagande. Det skulle kräva betydande investeringar av tid, arbete och resurser. Men om de kunde klara det …

Han vände sig tillbaka till Clarissa med ett allvarligt uttryck. "Detta kommer inte att bli någon lätt match. Vi måste rensa ogräset, beskära rankorna och troligen plantera om hela sektioner. Det kommer att ta år av hårt arbete innan vi ser någon betydande avkastning."

Clarissa mötte hans blick utan att vika undan, och hennes beslutsamhet syntes i hennes sammanbitna käke. "Jag förstår utmaningarna, kapten. Men jag ser också den otroliga möjlighet vi har framför oss. Inte bara för din familj, utan för hela samhället. Tänk dig jobben det skulle kunna skapa, den ekonomiska skjuts det skulle kunna ge ditt folk!"

Rafael kände en gnista av beundran för hennes vision och hennes medkänsla. Hon tänkte inte bara på sig själv eller ens hans familj – hon övervägde den bredare inverkan ett sådant projekt skulle kunna ha. Hans tankar rusade när han övervägde konsekvenserna av planen. Vingårdarna hade varit en del av hans familjs arv i generationer, men behovet av att tjäna pengar snabbt hade alltid dragit honom till havet, för att bedriva den handel han kände till med sitt skepp. Nu, med Clarissas uppmuntran, kunde han se en annan väg veckla ut sig framför honom, en väg tillbaka till sin familjs djupa rötter i denna jord.

”Jag måste erkänna”, sa han långsamt, med blicken svepande över de soldränkta kullarna, ”att tanken på att tillbringa mina dagar på land, med att sköta om rankorna och övervaka godset, inte är utan sin dragningskraft.”

”Du har en sällsynt möjlighet, kapten”, sa Clarissa mjukt, med sina blå ögon fästa på hans ansikte i en uppriktig vädjan. ”Att skapa något bestående, något som kommer att finnas kvar långt efter att vi är borta.”

Hennes ord slog an en sträng inom honom, och genljöd med en djup längtan han länge hade undertryckt. Havet hade varit hans älskarinna så länge, och krävt hans uppmärksamhet och hängivenhet. Men godset, vingårdarna ... de erbjöd en annan sorts utmaning, en annan sorts tillfredsställelse.

”Det skulle innebära att jag måste ge upp mitt skepp”, funderade han högt. ”Att lämna Santa Dorotéa i någon annans händer.”

”Men tänk på vad du skulle vinna”, kontrade Clarissa, med ögon som lyste av övertygelse. ”En chans att bygga upp igen, att skapa något nytt och vackert. Och ...” Hon tvekade, och en svag rodnad färgade hennes kinder. ”Du skulle vara här, med din familj. Med dem som älskar dig.”

Rafaels hjärta stannade till i bröstet vid hennes ord, vid det outtalade löfte de bar på. Vågade han hoppas på att hon skulle kunna börja bry sig om honom som mer än bara en vän? Att hon en dag kanske skulle dela hans liv, hans drömmar?

"Titta på det här, Rafael", utbrast hon och pekade på en särskilt knotig gammal vinranka. "Den här har överlevt så mycket. Tänk vad den skulle kunna bli med lite omsorg och uppmärksamhet."

Han log åt hennes entusiasm och förundrades över hur hon verkade finna skönhet och potential i allt hon såg. "Det kommer att krävas mycket arbete", varnade han, även när hoppet tändes i hans bröst. "Rankorna är i dåligt skick, och jorden måste skötas om."

"Men det kommer att vara värt det", insisterade Clarissa och vände sig mot honom. "Kan du inte se det, Rafael? Druvorna som mognar på rankan, vinet som flödar fritt igen? Er familjs arv, återställt till sin forna glans?"

Hennes ord målade upp en livlig bild i hans sinne, och för ett ögonblick kunde han nästan känna smaken av det fylliga, mustiga vinet på sin tunga. Det var en dröm han aldrig hade vågat ägna sig åt, en framtid han aldrig hade tillåtit sig att föreställa sig.

Men med Clarissa vid sin sida verkade allt möjligt.

"Jag har en del besparingar", fann han sig själv säga, medan tankarna redan rusade iväg. "Tillräckligt för att försörja oss medan vi arbetar med vingårdarna. Det kommer inte att bli lätt, men..."

"Men det kommer att bli ett äventyr", avslutade Clarissa åt honom, med ett leende som var klarare än solen ovanför.

Rafael betraktade Clarissa, vars ögon gnistrade av entusiasm och beslutsamhet. I det ögonblicket insåg han att hans liv var på väg att förändras oåterkalleligt. Havets lockelse, som en gång hade varit hans ständiga följeslagare, verkade nu avlägsen och dämpad i jämförelse med löftet om en framtid med Clarissa och återupplivandet av hans familjs arv.

"Jag trodde aldrig att jag skulle säga det här", började Rafael, med låg och uppriktig röst, "men jag är redo att lämna mitt liv till sjöss bakom mig. Denna vingård, detta land ... det är här jag hör hemma."

Isabella utstötte ett glädjetjut och klappade händerna innan hon kastade sig över honom och slog armarna om hans hals. "Åh, bror! Inget kunde vara mer underbart!"

Han mötte Clarissas blick över sin systers huvud. Även hon log glädjestrålande, hennes solkyssta hår gyllene i solen, och Rafael visste i sitt hjärta att han ville se det leendet varje dag i sitt liv. Han var redo för utmaningen att återställa vingårdarna, att återuppbygga sin familjs arv, men han ville ha Clarissa vid sin sida, som sin hustru.

Efter att ha iakttagit henne de senaste veckorna, tvivlade han inte längre på att hon kunde vara lycklig på Torre do Rochedo. Hon och Isabella var redan nära vänner. Hans mor avgudade henne och hade kommit med otaliga klumpiga antydningar till Rafael om att gifta sig och slå sig till ro. Och trots allt hade Alex redan gjort det helt klart att hans frieri skulle välkomnas, till och med vara nödvändigt för att skydda Clarissas rykte efter incidenten med korsarerna.

Han behövde bara hitta rätt tid och rätt ord för att fråga. Rafael lösgjorde sig från Isabellas entusiastiska omfamning och erbjöd dem båda en arm.

"Kom. Låt oss återvända till slottet och berätta för mamma vad vi har bestämt. Jag tror att hon kommer att bli nöjd, eller hur?"

"Jag tror inte det finns något som skulle göra henne lyckligare", skrattade Clarissa och tog hans arm.

"Åh, jag kan tänka mig en sak", sa Rafael kryptiskt. "Men det får vänta lite till."

# KAPITEL TRETTON

RAFAEL, CLARISSA OCH ISABELLA gick arm i arm tillbaka upp till klippslottet, pratande och skrattande, alla tre uppfyllda av glädje. När de nådde borggården ursäktade sig Isabella, sprang in i slottet och lämnade Rafael och Clarissa ensamma på kullerstenarna.

Rafael såg ner på Clarissa och rynkade pannan. ”Clarissa … det är något jag har velat säga till dig”, sa han.

Hennes hjärta höll på att hoppa ur bröstet. Kunde det vara …? ”Ja?” sa hon ivrigt, men innan han kunde säga ett ord till avbröts de av ljudet av hovslag och ankomsten av två hästar.

Nyfiket vände sig Clarissa om för att se på de nyanlända, och en otänkbar syn uppenbarade sig framför hennes ögon. Två gentlemän, lika oväntade som de var bekanta, red genom stenvalvet och in på familjen de Silvas egendom.

Herr Edward Daltons charmigt stiliga drag bar ett uttryck av yttersta förvåning när hans blick föll på Clarissa. ”Lady Clarissa! Jag måste erkänna att jag är överlycklig över att se er här. När jag fick höra om ert försvinnande från Aten fruktade jag att något hemskt öde hade drabbat er, men här är ni, lika strålande som någonsin."

Innan Clarissa hann samla sig för att svara, steg den andra gentlemannen av sin häst och svepte ner i en elegant bugning. "Clarissa, mia cara, vilken förtjusande överraskning", sa Mario, Conte de Bardolino, medan hans välljudande italienska accent smekte hennes namn.

Clarissa bara stirrade, oförmögen att tala, med hjärtat bultande. Två män från hennes förflutna, som dök upp här i Portugal? Det trotsade all fattningsförmåga.

Hon neg och var tacksam för ursäkten att samla sig. "Herr Dalton, Conte de Bardolino, detta är sannerligen ett oväntat nöje. Jag hade ingen aning om att någon av er planerade att besöka Portugal."

Edward tog ett steg närmare, hans blå ögon svepte över henne i öppen beundran. "Ett lyckligt sammanträffande, förvisso. Jag träffade Lady Glenkellie i Florens, där hon informerade mig om att ni hade återfunnits välbehållen efter ert mystiska försvinnande och var på väg tillbaka till England. Men att finna er här ..." Han tystnade och lät blicken flacka runt den rustika borggården och stannade på Rafael med en blick av knappt dolt förakt.

Clarissas tankar snurrade. Bara ögonblick tidigare hade hon delat en privat stund med Rafael på just denna plats, nästan säker på att han hade varit på väg att fria. Nu, med dessa två inkräktare från hennes gamla liv, kändes allt omkullkastat, osäkert.

Hon tvingade fram ett leende. "Familjen de Silva har varit vänliga nog att härbärgera mig på min resa. Kom, låt mig presentera er. Kapten Rafael de Silva, detta är Conte di Bardolino och herr Edward Dalton."

Rafael bugade sig stelt när Clarissa gjorde presentationerna. "Välkomna, mina herrar. Ni är mycket välkomna till Torre do Rochedo, men vad har vi äran att tacka för ert besök?"

Greven log brett, uppenbarligen omedveten om undertonen av spänning. "Ah, kapten de Silva! Jag besökte släktingar i Florens när herr Dalton anlände, och jag fick höra att Lady Clarissa var här i Portugal. Av en ingivelse var jag helt enkelt tvungen att komma och visa min aktning."

Mario var mycket ung, inte äldre än Clarissa själv, och verkade pojkaktig jämfört med Rafael. Hans ursäkt var uppenbart tunn. Clarissa suckade inombords. Mario hade siktat in sig på hennes syster Diana föregående sommar när de besökte hans vackra egendom vid Gardasjöns strand. Nu när Diana hade gift sig med sin hertig och inte längre var tillgänglig, verkade det som om Mario hade vänt sin uppmärksamhet mot Clarissa. Hon skulle bli tvungen att bestämt avråda honom.

Herr Dalton, däremot, fäste en kall blick på Rafael. "Verkligen. Ett sällsamt sammanträffande att finna Clarissa här, är det inte?"

Clarissas hjärta sjönk vid den knappt dolda anklagelsen i Edwards ton. Hon sneglade på Rafael och såg muskeln i hans käke spännas.

”Sammanträffande eller inte”, svarade Rafael jämnt, ”*Lady* Clarissa är en ärad gäst i min familjs hem. Jag litar på att ni kommer ihåg det under er vistelse.”

De två männen verkade mäta varandra med blicken, och luften mellan dem sprakade av outtalad rivalitet. Clarissas oro växte. Hur hade hennes liv blivit så komplicerat så snabbt?

Hon tog ett steg framåt, fast besluten att avdramatisera situationen. ”Jag är säker på att ni är trötta efter er resa. Kanske kaptenen kan presentera herrarna för Senhora de Silva så att hon kan ordna husrum åt dem?”

Rafael tvekade ett ögonblick och nickade sedan. ”Självklart. Var vänliga och följ med mig.” När han ledde bort männen, fångade Clarissa en kort glimt av något rått och sårbart i hans havsgröna ögon.

Men den var borta på ett ögonblick och fick henne att undra om hon bara hade inbillat sig det. Med en suck vände hon sig bort och gick för att leta efter Marianne, med huvudet snurrande av frågor och hjärtat tungt av en växande känsla av onda aningar.

När Clarissa kom nerför den stora trappan senare den eftermiddagen, blev hon förvånad över att hitta Edward väntande på henne vid foten av den, med en ledig men självsäker hållning där han lutade sig mot det utsmyckade trappräcket.

”Ah, Clarissa”, hälsade han henne med ett charmigt leende som en gång skulle ha fått hennes hjärta att fladdra. ”Jag hoppades att vi kunde få en stund att prata.”

Clarissa tvingade fram ett leende och försökte ignorera den olust som stack längs hennes ryggrad. "Självklart. Ska vi ta en promenad i trädgården?"

Han erbjöd sin arm och hon tog den och lät honom leda henne ut. De gick tysta i några ögonblick, det enda ljudet var knastret av grus under deras fötter.

Till slut talade Edward. "Jag måste erkänna, Clarissa, att jag är ganska förbryllad över er plötsliga avresa från Aten. Ena stunden njöt vi av varandras sällskap, och i nästa var ni borta utan ett ord."

Det vred sig i magen på Clarissa. Hur skulle hon kunna förklara sanningen om vad som hade hänt? "Jag ... jag är ledsen. Allt skedde ganska plötsligt."

Han stannade och vände sig mot henne med en rynka i pannan. "Plötsligt? Clarissa, ni försvann mitt i natten. Er familj var utom sig av oro. Och nu, att finna er här, i Portugal av alla ställen ..."

Hon reste ragg mot hans ton, mot den outtalade anklagelsen bakom hans ord. "Jag anser knappast att mina förehavanden är er angelägenhet, herr Dalton!"

Hans ögon smalnade. "Inte? Och ändå, för inte så länge sedan, hoppades jag att de kunde vara det. Jag hade trott att kanske ni och jag ..." Han tystnade och skakade på huvudet. "Men jag ser nu att jag misstog mig."

Clarissas hjärta sjönk. En gång skulle hans ord ha hänfört henne, men nu fyllde de henne bara med en vag känsla av ånger. "Jag ... jag är ledsen om jag gav er fel intryck. Men mina känslor ... de har förändrats."

Han stirrade på henne en lång stund med spänd käke. Sedan släppte han ifrån sig ett humorlöst skratt. "Förändrats? Eller var de helt enkelt aldrig vad jag trodde att de var?"

Hon tittade bort, oförmögen att möta hans blick. "Herr Dalton ..."

"Nej, besvära er inte", sa han kallt. "Jag förstår fullkomligt. Jag hoppas bara, för er egen skull, att er nyfunna tillgivenhet inte är felplacerad."

Med det vände han på klacken och gick iväg med raska steg, och lämnade Clarissa ensam i trädgården, med hjärtat tungt av tyngden av outtalade ord.

När Clarissa såg Edwards retirerande gestalt hörde hon ljudet av närmande fotsteg. Hon vände sig om och fann sig själv ansikte mot ansikte med Conte de Bardolino, hans vackra drag upplysta av ett pojkaktigt leende.

"Clarissa, mia cara!" utbrast han, svepte ner i en djup bugning och tryckte en kyss mot hennes hand. "Vilken förtjusande överraskning att finna dig här!"

Trots sitt melankoliska humör kunde Clarissa inte låta bli att le åt hans sprudlande entusiasm. Hon kom ihåg grevens förälskelse i hennes syster Diana föregående säsong, hur han hade följt henne som en ivrig valp. Båda systrarna hade bara varit roade av hans uppvaktning.

”Mario”, hälsade hon honom varmt, orädd att använda hans förnamn eftersom hon hade kommit att se honom nästan som en bror under deras tid i Italien. ”Jag måste erkänna att jag också är ganska förvånad över att se dig här. Vad för dig till Portugal?”

Han viftade lättvindigt med handen. ”Åh, du vet hur det är. Lite reslust, en önskan om äventyr. Och naturligtvis, chansen att få sola sig i din strålande närvaro än en gång.”

Clarissa skrattade och skakade på huvudet. ”Du är oförbätterlig, Mario. Men jag är rädd att du kommer att finna mig vara ganska dåligt sällskap för tillfället.”

Hans panna rynkades av oro. ”Men vad är det som är på tok? Har den där avskyvärde Dalton-karlen besvärat dig? Han insisterade på att följa med mig från Florens och jag måste erkänna att jag inte har fattat tycke för honom.”

Hon suckade. ”Det är ingenting, egentligen. Bara en liten oenighet mellan vänner.”

Mario smackade sympatiskt med tungan. ”Ah, hjärtats prövningar och vedermödor. Men frukta inte, mia bella! Jag ska anstränga mig för att höja ditt humör med min charmiga kvickhet och mitt stiliga utseende.”

Clarissa kunde inte låta bli att roas av hans upptåg. Jämfört med Rafaels tysta intensitet verkade Mario nästan barnslig i sin entusiasm. Hon kom på sig själv med att undra hur Rafael klarade av de oväntade ankomsterna.

Som om de framkallats av hennes tankar dök Lucia och Isabella upp, deras ansikten prydda av välkomnande leenden.

"Conte! Jag skulle vilja presentera er för min dotter, Isabella", sa Lucia.

Mario stannade tvärt och stirrade på Isabella, som såg särskilt vacker ut den här eftermiddagen i en blekt havsgrön sidenklänning, med sina glänsande svarta lockar som föll ner över hennes axlar.

Clarissa skrattade tyst för sig själv när Mario stammade fram sina ord, med blicken fäst vid Isabellas ansikte. För sin del verkade Isabella nästan lika förtjust i den unge italienske greven; hon rodnade och log blygt när han bugade sig över hennes hand.

Lucia mötte Clarissas blick och log, det belåtna leendet hos en mor som har funnit en lämplig friare till sin avkomma och sett ett omedelbart resultat. Clarissa strålade tillbaka mot Lucia, ärligt tacksam; om Mario överförde sin uppmärksamhet till Isabella, var det ett problem mindre för Clarissa att oroa sig för.

Dagarna gick i en dimma av aktivitet, där Isabella och Lucia tog på sig att underhålla sina gäster, uppenbarligen njutande av att ha Torre do Rochedo fullt av gäster igen. Clarissa fann sig själv indragen i deras livliga samtal, tacksam för distraktionen från sina bekymrade tankar. Men även när hon skrattade och skämtade med de andra, kunde hon inte skaka av sig den olustkänsla som hade slagit rot i maggropen.

Åtminstone verkade Mario nu helt förtrollad av Isabella. Hans blick följde den vackra unga kvinnan vart hon än gick, hans ögon upplysta av beundran och förundran.

Clarissa betraktade paret när de promenerade genom trädgårdarna, med huvudena tätt ihop i ett förtroligt samtal. Isabellas silverklara skratt ekade över ägorna, och Marios svarande skratt sände en sting av avund genom Clarissas hjärta. Inte för Marios tillgivenhet, utan för den obesvärade kamratskap de två tycktes dela.

Hon kunde inte låta bli att kontrastera deras lättsamma samspel med Rafaels distanserade uppträdande. Ända sedan de nya gästerna anlänt hade han varit påfallande frånvarande, och hans plikter verkade ta upp all hans tid. Clarissa försökte intala sig själv att det bara var ett sammanträffande, att hans tillbakadragenhet inte hade något med henne att göra, men värken i hennes bröst berättade en annan historia.

När dagarna blev till en vecka, växte Clarissas tvivel och osäkerhet. Hon fann sig själv vandra genom egendomens salar i hopp om att få en skymt av Rafael, bara för att mötas av besvikelse vid varje vändning. De få gånger hon såg honom var han distanserad och formell, hans havsgröna ögon stängda för hennes sökande blick.

För varje dag som gick brast Clarissas hjärta lite mer. Hon hade trott ... hade hoppats ... att det kanske fanns något speciellt mellan dem. Att den förbindelse hon kände inte bara var en produkt av hennes fantasi. Men nu, inför Rafaels kalla likgiltighet, tvingades hon konfrontera den smärtsamma sanningen.

Hon hade förlorat honom. Innan hon någonsin verkligen hade haft honom.

Marianne hittade Clarissa sittande i trädgården, med blicken fäst vid den avlägsna horisonten. Markisinnan slog sig ner på bänken bredvid sin brorsdotter, och hennes skarpa blick tog in Clarissas melankoliska uttryck.

"Vad bekymrar dig, min kära?" frågade Marianne vänligt.

Clarissa suckade, hennes fingrar tvinnade i klänningens veck. "Det är Rafael", erkände hon, hennes röst knappt mer än en viskning. "Han har undvikit mig sedan herr Dalton och greven anlände. Jag är rädd att jag har gjort något för att förolämpa honom."

Marianne rynkade pannan fundersamt. "Jag tror inte det är fallet", sa hon långsamt. "Faktum är att jag misstänker raka motsatsen."

Clarissa vände sig mot sin vän, med förvirring etsad över hennes drag. "Vad menar du?"

"Jag tror att Rafael är svartsjuk", sa Marianne helt enkelt.

Ett förvånat skratt undslapp Clarissas läppar. "Svartsjuk? På vem? Herr Dalton? Greven? Det är absurt."

Marianne skakade på huvudet. "Är det? Du har ett förflutet med båda männen. Det är inte så långsökt att tro att Rafael kan känna sig hotad av deras närvaro."

Clarissa övervägde detta för ett ögonblick, hennes hjärta fladdrande av ett trevande hopp. Kunde det vara sant?

Kunde Rafaels distans vara ett uttryck för svartsjuka snarare än likgiltighet?

Hon tänkte tillbaka på deras samvaro innan deras gäster anlände. De stulna blickarna, det milda retsamma, den obestridliga dragningskraften mellan dem. Allt hade känts så verkligt, så lovande. Men sedan hade allt förändrats.

”Jag vet inte, Marianne”, sa Clarissa osäkert. ”Han har varit så kall. Så distanserad. Om han verkligen brydde sig om mig, skulle han inte vilja tillbringa tid med mig, oavsett vem mer som var här?”

Marianne log medvetet. ”Män kan vara enfaldiga varelser, min kära. De låter ofta sin stolthet och osäkerhet fördunkla sitt omdöme, och svartsjuka är den allra värsta av känslor – vilket Alex skulle kunna berätta för dig.” Hon sträckte sig ut och klämde Clarissas hand. ”Om du vill ha svar måste du söka dem själv.”

Clarissa tog ett djupt andetag, hennes beslutsamhet hårdnade. Marianne hade rätt. Hon kunde inte sitta sysslolös och vänta på att Rafael skulle komma till henne. Hon var tvungen att agera.

Clarissa reste sig, slätade till sina kjolar och rätade på axlarna. ”Jag ska leta reda på honom”, förklarade hon. ”Jag ska fråga honom rakt ut om jag har gjort något för att förolämpa honom.”

Marianne nickade gillande. ”Bra. Låt honom inte slingra sig undan frågan. Kräv sanningen.”

Med ett tacksamt leende gav sig Clarissa iväg i jakt på Rafael, hennes hjärta bultande av en blandning av förväntan och fasa. På ett eller annat sätt skulle hon få sitt svar.

Rafael stormade in i stallet, hans sinne en storm av motstridiga känslor. Synen av Clarissa med de där två männen, det obesvärade sättet hon log mot dem, glimten i hennes ögon ... det var mer än han kunde uthärda.

Han sadlade sin häst med ryckiga, aggressiva rörelser, med käken hårt sammanbiten. Han behövde komma bort, rensa tankarna. Ta reda på vad i Guds namn han skulle göra åt dessa känslor som hotade att förtära honom.

”Flyr du igen, min son?”

Rafael snurrade runt och såg Lucia luta sig mot stalldörren, med armarna i kors och en medveten blick i ansiktet.

”Jag flyr inte”, fräste han. ”Jag har arbete att göra.”

Lucia höjde på ögonbrynen. ”Arbete som bekvämt nog tar dig långt bort från en viss engelsk dam och hennes friare?”

Rafaels händer stannade på sadeln. Det var kärnan i det hela, var det inte? Vad kunde han, en utfattig portugisisk adelsman med ett förfallet slott och en försummad vingård, erbjuda en kvinna som Clarissa? Bättre att hålla avstånd, lämna henne fri att välja mellan de två friare som kunde erbjuda henne det liv hon förtjänade.

"Jag har inte ..." Han svalde tungt. "Jag har inte en chans. Det är därför jag måste hålla mig borta."

Lucias ögon mjuknade. "Åh, Rafael. Ser du inte? Hon tycker om dig. Vem som helst med ögon kan se det."

Rafael skakade på huvudet. "Hon förtjänar bättre än mig, Mamma. Bättre än det här livet."

"Och hur är det med vad hon vill?" frågade Lucia mjukt. "Har du ens frågat henne?"

Rafael tittade bort, hans käke arbetade. Nej, han hade inte frågat henne. Han hade varit för rädd för svaret.

"Stolthet är en lustig sak, min kära", sa Lucia. "Den kan få oss att göra dumma saker. Som att stöta bort de människor vi älskar för att vi inte tror att vi är tillräckligt bra för dem."

Rafaels ögon for tillbaka till hennes. "Jag gör inte ..."

"Gör du inte?" Lucia log. "Låt inte din stolthet förstöra det här, Rafael. Prata med henne. Berätta för henne hur du känner. Innan det är för sent."

Med det vände sig Lucia om och gick ut ur stallet, och lämnade Rafael ensam med sina tankar. Han lutade pannan mot sin hästs hals och slöt ögonen.

Kunde hans mor ha rätt? Kunde Clarissa verkligen tycka om honom, trots allt? Tanken fick hans hjärta att rusa och hans handflator att svettas.

Men alternativet ... tanken på att förlora henne, på att se henne bli kär i någon annan ... det var outhärdligt.

Rafael suckade och tog av sadeln, klappade sin häst på halsen som en ursäkt innan han stuvade undan utrustningen och lämnade stallet. Inget mer flyende. Hans beslut var fattat. Han skulle prata med Clarissa. Han skulle lägga sitt hjärta för hennes fötter och be att hon skulle ta emot det.

Och om hon inte gjorde det ... ja, då skulle han åtminstone veta att han hade försökt.

Han visste att han hade undvikit Clarissa, visste att hans beteende orsakade henne smärta. Men han kunde inte hjälpa det. Varje gång han såg henne med Dalton eller greven, skrattande åt deras skämt eller lyssnande uppmärksamt på deras historier, steg en bitter svartsjuka upp inom honom och hotade att kväva honom.

Hur kunde han konkurrera med dem? Med deras rikedom och titlar och obesvärade charm? Han var bara en enkel sjökapten som kämpade för att hålla sin familjs egendom flytande. Vad kunde han möjligen erbjuda en kvinna som Clarissa? En förfallen egendom och en osäker framtid? Greven var rik och hade en titel, Dalton var en engelsk aristokrat; endera skulle säkerligen vara en mycket mer acceptabel friare än han.

Ljudet av fotsteg bakom honom drog honom ur hans tankar. Han vände sig om och såg Clarissa själv närma sig, med ett beslutsamt uttryck i ansiktet.

"Rafael", sa hon och stannade framför honom. "Jag måste tala med dig."

Han svalde tungt, hans hjärta rusade av hennes närhet. ”Självklart”, lyckades han få fram med sträv röst. ”Vad är det?”

Clarissa tog ett djupt andetag, som för att stålsätta sig. ”Har jag gjort något för att förolämpa dig?” frågade hon rakt på sak.

Rafael blinkade, överrumplad av hennes direkthet. ”Nej”, sa han snabbt. ”Nej, självklart inte.”

”Varför har du då undvikit mig?” fortsatte Clarissa och hennes ögon sökte hans ansikte. ”Ända sedan herr Dalton och greven anlände har du knappt talat med mig. Du har varit distanserad och kall. Jag förstår inte.”

Rafael tittade bort, oförmögen att möta hennes blick. Hur kunde han förklara det trassliga nätet av känslor som hade plågat honom? Rädslan, osäkerheten, den djupa längtan som han aldrig tycktes kunna undkomma?

”Jag har varit upptagen”, sa han lamt, och ursäkten lät ihålig till och med i hans egna öron. ”Mina plikter ...”

”Ljug inte för mig, Rafael”, avbröt Clarissa med vass röst. ”Jag vet att det ligger mer bakom än så.”

Han suckade och körde en hand genom håret. ”Vad vill du att jag ska säga, Clarissa?”

”Sanningen”, sa hon enkelt. ”Jag vill ha sanningen.”

Rafael slöt ögonen, hans käke spändes. Sanningen. Det enda han inte kunde ge henne. För sanningen var att han var kär i henne, desperat och oåterkalleligt. Och sanningen var att han inte var värdig henne, aldrig kunde bli värdig henne.

Men när han stod där och kände tyngden av hennes blick på sig, visste han att han inte kunde fortsätta fly från detta. Från henne.

"Sanningen", sa han långsamt och öppnade ögonen för att blicka på hennes vackra ansikte, etsat av beslutsamhet när hon konfronterade honom, "är att jag ..."

Rafaels röst dog ut när han kämpade för att hitta orden. Han vände sig bort från Clarissa och lät blicken falla på de solkyssta vingårdarna som sträckte ut sig framför dem. Det gyllene ljuset tycktes håna honom, en påminnelse om all den värme och skönhet han inte kunde äga.

"Jag kan inte konkurrera med dem", sa han till slut med låg och sträv röst. "Greven, med sin titel och sin rikedom. Och Dalton, med sin respektabla engelska uppfostran och sitt förflutna med er familj. De kan erbjuda dig så mycket mer än jag någonsin skulle kunna."

Clarissa tog ett steg närmare, hennes panna rynkad i förvirring. "Rafael, vad pratar du om? Jag bryr mig inte om titlar eller rikedom. Jag bryr mig om dig."

Han skakade på huvudet och ett bittert skratt undslapp hans läppar. "Det borde du inte. Du förtjänar så mycket mer än en utfattig portugisisk kapten med ett förfallet slott och en misslyckad vingård."

"Sluta med det där", sa Clarissa häftigt och hennes hand kom upp för att gripa hans arm. "Sluta prata om dig själv på det sättet. Du är den mest hederliga, modiga och vänliga man jag någonsin har känt. Dina omständigheter definierar inte dig."

Rafael såg ner på henne, hans hjärta värkte av uppriktigheten i hennes ögon. Han ville så gärna tro henne, låta sig själv hoppas att kanske, bara kanske, kunde hon älska honom som han älskade henne.

Men tvivlen dröjde sig kvar, den osäkerhet som hade fötts i honom under år av kamp och svårigheter. Han kunde inte skaka av sig känslan av att han aldrig skulle vara tillräckligt för henne, att hon till slut skulle inse sanningen och lämna honom.

"Clarissa", sa han mjukt, och hans hand kom upp för att kupa hennes kind. "Jag ..."

"Bror!" Isabellas röst ekade över vingården och skrämde dem båda. Rafael tog ett steg tillbaka, ögonblicket var brutet.

Isabella skyndade mot dem, hennes ansikte blossande av upphetsning. "Där är du! Jag har letat överallt efter dig."

Hon lade märke till spänningen mellan dem, och hennes leende vacklade något. "Avbryter jag något?"

"Nej", sa Rafael snabbt och tvingade fram ett leende. "Inte alls. Vad är det, Isabella?"

När hans syster började pladdra om någon ny idé hon hade för vingården, kunde Rafael inte låta bli att snegla på Clarissa. Hon tittade på honom, hennes ögon fyllda av en blandning av förvirring och smärta.

Han tittade bort, med tungt hjärta. Han visste att han inte kunde fortsätta fly från detta för evigt. Förr eller senare skulle han bli tvungen att möta sanningen om sina känslor för henne.

Men för nu skulle han göra som han alltid gjorde. Han skulle begrava sina känslor, ägna sig åt sina plikter och försöka ignorera värken i bröstet som bara tycktes växa för varje dag som gick.

# KAPITEL FJORTON

Rafael bet ihop käkarna och undertryckte lusten att snäsa av Isabella för hennes olägliga avbrott. Precis när de perfekta orden hade börjat formas på hans tunga krossades ögonblickets sköra balans som finaste kristall.

Han tog ett djupt, lugnande andetag och försökte få sin frustration att ebba ut. Det skulle inte duga att låta systern se honom så upprörd. Med en ansträngning vände han sig mot henne med ett stelt leende klistrat över ansiktet. ”Ja, Isabella? Vad är det?”

Hon grep tag i hans arm och hennes mörka ögon lyste av knappt återhållen iver. ”Åh Rafael, jag har fått den mest underbara idén!” Hennes röst var andfådd och orden snubblade ivrigt ur henne.

Mot sin vilja kände Rafael hur hans irritation började mildras vid åsynen av hennes livfulla ansiktsdrag. Isabella hade alltid ägt en okuvlig livslust, en medfödd förmåga att finna glädje och förundran även under de dystraste av omständigheter. Det var ett drag han ofta hade avundats henne, särskilt under de mörka dagarna efter deras fars död och deras exil i England.

"En idé, säger du?" Han höjde på ett ögonbryn och låtsades vara intresserad. "Och vad, om jag får fråga, kan det vara?"

Isabella knäppte händerna och nästan vibrerade av entusiasm. "Jo, jag bara tänkte ... på vingårdarna, alltså. Och hur vi skulle kunna återställa dem till sin forna glans."

Rafael stelnade till och en ilning av obehag kröp längs hans ryggrad. Han hade brottats med just det dilemmat i veckor, granskat liggare och räkenskaper tills synen blev suddig och huvudet bultade. Vingårdarna var godsets livsnerv, nyckeln till deras familjs framtid. Och ändå, trots alla sina ansträngningar, hade han gjort frustrerande små framsteg.

"Fortsätt", sa han försiktigt och förberedde sig på vilken tokig plan hans syster än hade kokat ihop.

Isabella tog ett djupt andetag och hennes min blev allvarlig. "Jag tycker vi ska be Conte Bardolino om hjälp."

Rafael blinkade, övertygad om att han måste ha hört fel. "Ursäkta?"

"Conte", upprepade Isabella tålmodigt. "Han har berättat allt om sina vingårdar hemma i Italien. Mannen är praktiskt taget en vandrande encyklopedi när det kommer till vinodling." Hennes ögon gnistrade av beundran. "Tänk bara på de ovärderliga råd han skulle kunna ge oss!"

En muskel ryckte i Rafaels käke när han kämpade för att hålla tillbaka den plötsliga våg av svartsjuka som sköljde genom honom. Blotta tanken på den elegante, vältalige italienske adelsmannen som hade följt efter Clarissa till

Portugal fick hans blod att koka. Och ändå, hur mycket han än avskydde att erkänna det, så hade Isabella en poäng.

Contens vidsträckta egendom var känd i hela Europa för att producera några av de finaste vinerna i hela Italien. Om någon besatt kunskapen och expertisen för att hjälpa till att återuppliva deras sjuknande vingårdar var det han, trots sin ungdom.

Ändå sved tanken på att be om hjälp Rafael in i själen. Han var en stolt man, van vid att förlita sig på sitt eget förstånd och sin egen uppfinningsrikedom för att navigera livets utmaningar. Föreställningen att söka hjälp från en utomstående – särskilt en så olidligt charmerande som Conte – kändes som ett bittert piller att svälja.

Han tog ett långsamt, lugnande andetag och vägde sina alternativ. Hur ont det än gjorde honom att erkänna sig besegrad visste han att han var tvungen att lägga sina personliga känslor åt sidan för godsets skull. För sin familjs framtids skull.

"Mycket väl", pressade han fram och orden smakade som aska på tungan. "Jag antar att det inte skulle skada att höra vad mannen har att säga."

Isabella strålade mot honom, hennes ansikte upplyst av triumf. "Åh, Rafael, tack! Du kommer inte att ångra det här, det lovar jag dig."

Han lyckades få fram ett stelt leende, även när en känsla av onda aningar la sig som en blytung vikt i maggropen. På något sätt hade han en känsla av att han skulle komma att ångra detta beslut. Men för tillfället var allt han kunde göra att bita ihop tänderna och be att Contens råd skulle visa sig vara lika ovärderliga som Isabella tycktes tro.

Rafael närmade sig Conte med tungt hjärta, hans steg släpade som om de tyngdes ner av ren och skär motvilja. Han fann mannen tillbakalutad i en bekväm stol på terrassen, praktfull i en finsydd kostym av djup vinröd siden som skimrade i eftermiddagssolen.

"Conte", började Rafael, hans röst stel av formalitet. "Kan jag få ett ord med er?"

Conte vände sig mot honom med ett vänligt leende på läpparna. "Men naturligtvis, kapten de Silva. Hur kan jag stå till tjänst?"

Rafael svalde tungt, orden fastnade som törnen i halsen. "Det gäller våra vingårdar", sa han till sist och bekännelsen slet sig från hans ovilliga läppar. "Jag förstår att ni har viss ... expertis på det här området."

Contens ögon lyste upp av ivrigt intresse. "Ah, ja! Jag har välsignats med möjligheten att odla några av de finaste vingårdarna i hela Italien. Det skulle vara mig ett stort nöje att dela med mig av den kunskap jag har samlat."

Han gestikulerade expansivt och hans händer skissade former i luften medan han talade. "Ni förstår, nyckeln till en blomstrande vingård ligger i att förstå den ömtåliga balansen mellan jorden, solen och själva vinstockarna. Med korrekt dränering och bevattning, strategisk plantering för att optimera solljuset och rätt uppbindningstekniker kan man locka även de mest envisa druvor att ge en riklig skörd."

Medan Conte talade fann Rafael sig motvilligt indragen av mannens uppenbara passion för sitt hantverk. Även om han var ovillig att erkänna det verkade råden sunda – och viktigast av allt, genomförbara.

”Jag förstår”, sa han långsamt med pannan rynkad i tankar. ”Och ni tror verkligen att dessa metoder skulle kunna hjälpa till att återuppliva våra kämpande vinstockar?”

Conte nickade, uppenbart entusiastisk. ”Jag hyser full tillit, kapten. Med lite hårt arbete och en gnutta italiensk kunskap kommer era vingårdar att vara samtalsämnet i Portugal på nolltid.”

Mot sin vilja kände Rafael en gnista av hopp tändas i bröstet. Kanske, med Contens vägledning, kunde de ändå rädda familjearvet från ruinens brant. Det var en liten chans, men en chans likväl – och för det antog han att han var skyldig mannen sin motvilliga tacksamhet.

Under de följande veckorna började de en gång försummade vingårdarna att förvandlas under Contens expertvägledning. Rafael såg på med en blandning av förundran och motvillig respekt när den italienske gentlemannen arbetade outtröttligt sida vid sida med godsets arbetare, hans fina kostymer utbytta mot praktiska arbetskläder och hans händer färgade av den rika, mörka jorden.

”Försiktigt nu, grabbar”, ropade Conte, hans röst bar över raderna av vinrankor. ”Kom ihåg att varje planta är en ömtålig varelse – behandla dem med samma omsorg som ni skulle en dam, och de kommer att belöna er tiofalt.”

Arbetarna småskrattade åt jämförelsen, men Rafael kunde inte låta bli att notera sanningen i mannens ord. För varje dag som gick verkade vinstockarna stå lite rakare, deras blad lite grönare, som om även de var ivriga att bevisa sitt värde.

När han överblickade framstegen de hade gjort kände Rafael ett sting av något som kunde ha varit tacksamhet – eller kanske bara en minskning av hans tidigare agg. Hur ont det än gjorde honom att erkänna det, hade Contens närvaro varit en välsignelse i förklädnad. Utan hans kunskap och outtröttliga ansträngningar kunde vingårdarna mycket väl ha varit förlorade för alltid.

”Jag måste säga, Mario”, sa han buttert och ställde sig bredvid den yngre mannen. ”Ditt råd har varit ... ovärderligt. Jag är inte för stolt för att erkänna när jag har haft fel – och i det här fallet hade jag fel som tvivlade på dig.”

Conte vände sig mot honom med ett varmt leende och hans ögon glittrade av något som liknade förståelse. ”Du är mycket välkommen, min vän. Vi har alla vår stolthet – men ibland ligger den största styrkan i att veta när man ska lägga den åt sidan för det allmänna bästa.”

Rafael nickade långsamt, orden slog an en sträng inom honom. Kanske, funderade han, fanns det en läxa att lära här – en som gick bortom den enkla skötseln av druvor och vinstockar. Kanske var det i slutändan inte svaghet att acceptera hjälp när den erbjöds, utan snarare ett tecken på sann visdom och nåd.

Hans tankar avbröts av åsynen av Marianne, hennes livfulla hår glimmade i solljuset medan hon knäböjde bland vinstockarna och rensade ogräs med beslutsamhet. Trots sin fina klänning verkade hon helt oberörd av smuts och lera, hennes ansikte upplyst av en slags vild glädje medan hon arbetade och staplade ogräs i korgen mellan sig och Clarissa.

Rafael kände en plötslig klump i halsen, en våg av känslor hotade att överväldiga honom. Att dessa människor – hans syster, hans vänner, till och med markisinnan själv – skulle anse det passande att delta i detta arbete, att arbeta sida vid sida med hans egna händer ... det var en vänlighet han aldrig hade förväntat sig, och en han visste att han aldrig helt skulle kunna återgälda.

Han harklade sig och höjde rösten för att tilltala dem alla. ”Jag ... jag kan inte tacka er nog”, sa han, hans ord sträva av känsla. ”Alla ni. Er hjälp, ert stöd ... det betyder mer än jag kan säga.”

Marianne såg upp på honom, hennes ögon mjuka av förståelse. Hon reste sig graciöst, borstade av sina kjolar och kom för att stå framför honom, huvudet bakåtlutat för att möta hans blick.

”Struntprat”, sa hon milt och sträckte ut handen för att lägga den på hans arm. ”Vi är glada att kunna hjälpa till, Rafael. När allt kommer omkring ...” Hon log, en glimt av bus i ögat. ”Det är vad familj gör, eller hur?”

Rafael svalde tungt och kände en plötslig åtstramning i bröstet. Familj. Ordet ekade i hans sinne och fyllde honom med en värme han inte hade känt på flera år. Då han såg sig omkring på ansiktena hos de samlade – Lucia och Isabella, Mario, Clarissa, Alex och Marianne, till och med mr Dalton – insåg han att han, kanske för första gången i sitt liv, verkligen förstod ordets innebörd.

"Ja", sa han mjukt, hans röst sträv av känsla. "Jag antar att det är så."

Clarissa torkade svetten från pannan med handryggen och kisade mot den starka solen när hon överblickade de vidsträckta vingårdarna framför sig. Luften var tjock av den berusande doften av mognande druvor, och det milda prasslet från bladen i den varma brisen avbröts av enstaka fågelkvitter.

Hon hade arbetat tillsammans med de andra i timmar, beskurit och bundit upp vinstockarna, hennes händer var repiga och skrapade av den ovana aktiviteten. Det var hårt arbete, men tillfredsställande på ett sätt hon aldrig tidigare känt. Det var något djupt givande i att sköta om marken, att vårda de ömtåliga plantorna som en dag skulle ge det rika, fylliga vin som regionen var berömd för.

När hon sträckte sig efter en annan vinstock snuddade hennes fingrar vid något oväntat. Hon rynkade pannan och böjde sig närmare, sköt undan bladen för att avslöja en omogen druvklase, avskuren för tidigt från stocken, krossad och sipprande mot jorden. *Underligt*, tänkte hon med rynkad panna. *Hur gick det till?*

Hon rätade på sig och granskade de närliggande raderna med en mer kritisk blick. Där, några meter bort – en skadad vinstock, tilltygad som om grova händer hade slitit den från sina stöd och trasat sönder de ömtåliga bladen. Och där, nära slutet av raden, en hög med kasserade sekatörer, som om någon helt enkelt hade slängt dem åt sidan i ett anfall av irritation.

”Så märkligt”, mumlade hon högt, mer för sig själv än för någon annan. ”Jag undrar vad som kan ha orsakat detta?”

Men redan när orden lämnade hennes läppar började en gnagande känsla av oro växa i maggropen. En krossad druvklase, en skadad vinstock – det kunde lätt avfärdas som en ren olyckshändelse. Men sekatörerna, så slarvigt lämnade ... det talade för något mer avsiktligt.

Hon skakade på huvudet och försökte skingra de oroväckande tankarna. Det var förmodligen ingenting, sa hon bestämt till sig själv. En klumpig arbetare, kanske, eller ett vilt djur som hade vandrat in i vingården på jakt efter ett mellanmål. Det fanns ingen anledning att oroa de andra, inte när de redan hade gått igenom så mycket.

Men när hon plockade upp de kasserade sekatörerna och vände tillbaka till sitt arbete kunde hon inte riktigt skaka av sig känslan av att något inte stod rätt till. Och när dagarna gick och de märkliga incidenterna fortsatte – en trasig spaljé här, en saknad korg där – växte den känslan bara starkare.

Rafael stormade genom vingården, hans stövlar krossade de fallna löven under hans fötter. Hans ögon brann av raseri när han överblickade förstörelsen framför sig – hela rader av vinrankor, en gång frodiga och blomstrande, låg nu i ruiner, deras grenar vridna och brutna bortom all räddning. Verktyget som hade orsakat skadan låg slängt på marken, en enkel skära, brutalt vass. Men vems hand hade svingat den?

”Vem kan ha gjort det här?” morrade Rafael med knutna nävar vid sidorna. ”Att attackera själva vårt levebröd, vår familjs arv ...”

Clarissa skyndade sig för att hålla jämna steg med honom, hennes kjolar prasslade när hon rörde sig. ”Rafael, snälla, du måste lugna dig. Ilska kommer inte att lösa detta.”

Han snurrade runt och mötte henne med ett vilt uttryck. ”Och vad vill du att jag ska göra, Clarissa? Stå bredvid och se på när någon fegis slår mot själva hjärtat av vårt hem?”

Hon mötte hans blick stadigt och vägrade att låta sig skrämmas av hans humör. ”Självklart inte. Men vi måste vara strategiska i vårt svar. Att rusa in blint kommer bara att göra saken värre.”

Rafael tog ett djupt andetag och kämpade synbart för att tygla sina känslor. ”Du har rätt, förstås. Förlåt mig, jag talade i hast.”

Clarissa la en mild hand på hans arm. "Det finns inget att förlåta. Din passion för att skydda din familj hedrar dig."

Skuggan av ett leende snuddade vid hans läppar vid hennes ord, men det försvann snabbt när han vände sig tillbaka mot de förstörda vinstockarna. "Vad föreslår du då? Hur kan vi hoppas på att fånga den här sabotören?"

Clarissa funderade ett ögonblick med rynkad panna. "Kanske vi kan hålla vakt över vingården på natten, i skift. Om vi tar dem på bar gärning ..."

Rafael nickade långsamt, hans ögon glimmade av en ny beslutsamhet. "Ja, det skulle kunna fungera. Men vi måste vara försiktiga – den som gör det här är uppenbarligen inte rädd för att orsaka skada."

"Jag är inte rädd", förklarade Clarissa och höjde hakan. "Jag tar första vakten själv."

"Absolut inte", replikerade Rafael i en ton som inte tålde några invändningar. "Jag tänker inte låta dig utsätta dig för fara, och inte heller någon av de andra damerna. Jag kommer att stå på vakt i natt, och jag ska diskutera med de andra männen i morgon om de är villiga att hjälpa mig."

Clarissa öppnade munnen för att protestera, men något i hans uttryck stoppade henne. Det fanns en vildhet där, ja, men också en sårbarhet, ett desperat behov av att skydda dem han älskade.

"Mycket väl", gick hon med på till sist, hennes röst mjuknade. "Men lova mig att du är försiktig, Rafael. Jag skulle inte kunna stå ut med om något hände dig."

Han sträckte sig ut för att ta hennes hand, hans tumme strök lätt över hennes knogar. "Jag lovar, Clarissa. Jag kommer inte att låta någon skada drabba vår familj – eller dig. Jag svär på mitt liv."

Men trots Rafaels bästa ansträngningar förblev sabotören svårfångad. Varje morgon återvände de till huset utmattade och modfällda, bara för att upptäcka nya skador på vinstockarna. Det var som om deras fiende var ett spöke som smög sig in och ut osedd och bara lämnade förstörelse i sitt kölvatten.

När dagarna gick utan några tecken på den skyldige ökade Rafaels frustration. Clarissa kunde se det i den spända käklinjen, i sättet hans nävar knöts vid sidorna när han överblickade de förstörda vinstockarna.

"Jag förstår det inte", morrade han och drog en hand genom håret. "Hur kan de fortsätta att undvika oss så här? Det är som om de känner till vartenda drag vi gör innan vi gör det. Hur kan de veta var vi kommer att patrullera, och när? Vi gör en ny plan varje kväll!"

Clarissa lade en mild hand på hans arm och kände den spända spänningen under hans hud. "Vi gör allt vi kan, Rafael. Kanske ... kanske är det dags att acceptera att detta kan vara bortom vår kontroll."

Han vände sig för att se på henne, hans havsgröna ögon stormiga av känslor. "Jag kan inte acceptera det, Clarissa. Den här marken, den här vingården ... det är min familjs arv. Jag tänker inte låta den förstöras av någon feg sabotör."

"Jag vet", mumlade hon, hjärtat värkte för honom. "Men vi kan inte fortsätta så här för evigt. Vi måste hitta ett annat sätt."

Rafael suckade, hans axlar sjönk ihop i nederlag. "Du har rätt, förstås. Jag bara ... jag känner mig så hjälplös. Vad är jag för man om jag inte ens kan skydda det som är mitt?"

Clarissa tog hans ansikte mellan sina händer och tvingade honom att möta hennes blick. "Du är en god man, Rafael de Silva. En modig, hederlig, kärleksfull man. Och vi kommer att hitta en väg genom detta, tillsammans. Det lovar jag dig."

Han lutade sig mot hennes beröring, hans ögon fladdrade och slöts för ett ögonblick medan han hämtade styrka från hennes närvaro. När han öppnade dem igen fanns det en ny beslutsamhet där, en strimma av hopp mitt i förtvivlan.

"Tillsammans", upprepade han, hans röst sträv av känsla. "Jag gillar klangen av det."

Tvärs över den solfläckiga vingården fick Clarissa syn på Isabella och Conte Bardolino i ett djupt samtal. Mario gestikulerade animerat och delade säkert med sig av mer av sin enorma kunskap om vinodling. Isabella, vars mörka hår hade lossnat från sina nålar, lyssnade uppmärksamt, hennes ögon klara av ivrigt intresse.

Clarissa knuffade försiktigt på Rafael. "Titta på de två. Som ler och långhalm, inte sant?"

Rafael följde hennes blick, ett snett leende ryckte i mungipan. "Verkligen. Jag erkänner att jag hade mina tvivel om

Conte till en början, men han har visat sig vara en sann vän.”

”Mer än en vän, tror jag”, mumlade Clarissa och såg hur Isabella lade en hand på Contens arm och hennes skratt bar över vingården. ”Har du märkt hur de ser på varandra?”

Rafaels ögonbryn sköt i höjden. ”Du tror väl inte ...?”

”Det gör jag”, flinade Clarissa. ”Jag tror Mario är ganska betuttad i din syster. Och om jag inte misstar mig grovt är känslan helt ömsesidig.”

”Hm.” Rafael såg osäker ut. ”Isabella är bara sjutton ...”

”Och Mario är knappt tjugo”, påpekade Clarissa. ”Jag tycker de passar väldigt bra ihop, Rafael. Tycker inte du det? Jag vet att din mor håller med mig.”

”Gör hon det, minsann!” Hans ögonbryn flög upp och han såg igen på Mario och Isabella. ”Kanske borde jag ha en konversation med min mor i frågan. Innan saker och ting blir mer allvarliga.”

”Du borde nog prata med Isabella om det också”, påpekade Clarissa retsamt. ”Hon har ju, när allt kommer omkring, ett eget huvud och egna åsikter.”

”Du har sannerligen rätt.” Rafael bugade över hennes hand. ”Om du ursäktar mig. Isabella!” Han ropade på sin syster, som suckade och himlade med ögonen, men lydigt lämnade Contens sida för att komma till honom, och de två gick tillbaka upp mot slottet.

”Clarissa.” Mario kom till hennes sida och erbjöd sin arm, och hon lade sin hand på den med ett leende.

”Tack. Jag är trött, och det är en brant promenad tillbaka upp dit!”

”Men värt utsikten när man väl kommer fram.”

”Verkligen. En annan sorts skönhet än ditt hem vid sjön, men ändå vackert, eller hur?”

”En plats jag börjar älska nästan lika mycket som Bardolino”, instämde Mario, hans blick fäst på syskonparet som gick framför dem. ”Säg mig ... har jag en chans, Clarissa?”

”En chans?” frågade hon.

”Att framgångsrikt framföra min uppvaktning?”

För ett kort ögonblick trodde Clarissa att han antydde att han tänkte fria till *henne*, men hon såg omedelbart att hans förälskade blick aldrig hade lämnat Isabella.

”Självklart har du det!” utbrast hon. ”Vilken kvinna som helst skulle vara lycklig att ha dig ... men i detta specifika fall tror jag bestämt att dina känslor är besvarade med fullt mått.”

”Tror du det?”

De hade nått stenvalvet in till slottsgården, genom vilket Rafael och Isabella hade passerat ett ögonblick tidigare innan de försvann ur sikte. Clarissa skrattade, stannade och vände sig om för att se på Mario.

"Ja, det gör jag verkligen."

Han föll henne om halsen med förtjusta utrop på italienska, kramade henne hårt och utropade att han hoppades snart få kalla henne sin syster, som han en gång hoppats förr, men att detta sätt skulle vara så mycket bättre, och garantera allas lycka. Clarissa skrattade och kramade honom tillbaka.

"Du är lite förhastad där, tror jag", svarade hon.

"Det får vi se!"

# KAPITEL FEMTON

CLARISSAS HJÄRTA FOR UPP i halsgropen när Rafael steg ut från borgens entré, och hans stövlar ekade skarpt mot de slitna stenarna. Hans havsgröna ögon blixtrade med en intensitet hon aldrig tidigare hade sett, med ögonbrynen hopdragna i bestörtning.

Han stannade tvärt framför henne och knöt händerna vid sidorna. Clarissas puls slog snabbare. Av den stormiga blicken som förmörkade Rafaels vackra ansikte förstod hon genast att han måste ha hört en del av deras konversation. Men vilken del? Väl ändå inte ...

"Jag ber om ursäkt för att jag stör, lady Clarissa, conte Ginori", sa Rafael korthugget och nickade snabbt mot dem båda. Hans blick dröjde kvar vid Clarissa och någonting outgrundligt lurade i dessa havsdjup. "Jag hoppas att jag inte tränger mig på i ett ... privat ögonblick?"

Det vände sig i magen på Clarissa. Åh nej. Han kunde väl ändå inte tro ... "Inte alls, kapten", svarade hon med en glättighet hon inte kände, i ett försök att dölja sin stigande oro. "Greven och jag hade bara ett vänskapligt samtal. Eller hur, Mario?"

Mario log vänligt och verkade omedveten om spänningen som sprakade i luften mellan dem. "Ja visst, bara ett ytterst förtjusande samtal om den portugisiska landsbygdens charm. Lady Clarissa är en skarp iakttagare av naturens skönhet." Han blinkade konspiratoriskt mot henne.

Clarissa rodnade och kände hur kinderna hettade. Varför var män alltid tvungna att vara så insinuanta? Hon kastade en blick på Rafael och såg hur hans käke spändes nästan omärkligt. Herregud, han hade fått helt fel uppfattning! Hon var tvungen att ställa allt till rätta, och det snabbt, innan det här spårade ur fullständigt.

"Rafael, jag undrade faktiskt om vi kunde prata en stund?", sa hon. Hon spärrade upp ögonen menande mot honom och önskade att han skulle förstå. "I enskildhet?"

En muskel ryckte till i hans käke när han betraktade henne outgrundligt under ett långt, spänt ögonblick. Slutligen böjde han på huvudet. "Som ni önskar, ers nåd."

Clarissa vände sig mot greven med ett ursäktande leende. "Ursäkta oss, Mario. Vi blir inte långvariga."

"Självklart, självklart!", sa greven och viftade storsint med handen. "Ta all den tid ni behöver."

Med bultande puls följde hon Rafaels breda rygg när han ledde dem bort från greven, med tankarna i ett virrvarr. Hon var tvungen att förklara, att få honom att ta reson. Själva tanken på att han trodde att hon skulle tacka ja till en annan mans frieri fick henne att må riktigt illa.

Rafael virvlade runt för att möta Clarissa så snart de nått terrassens relativa avskildhet, hans havsgröna ögon stormade av känslor. "Hur kunde du tacka ja till hans frieri?", krävde han, hans röst låg och intensiv. "Jag trodde ... jag trodde vi ..."

Hans röst dog ut, medan han oroligt for med en hand genom sitt mörka hår. Clarissas hjärta drog ihop sig vid åsynen av smärtan och förvirringen som ristats in i hans vackra anletsdrag. Hon sträckte sig instinktivt ut och snuddade vid hans arm med fingrarna.

"Rafael, snälla, låt mig förklara. Det är inte som du tror ..."

Men han ryckte undan för hennes beröring som om han bränt sig, och hans blick hårdnade. "Och Isabella då?", fortsatte han obevekligt. "Hon är fullkomligt förälskad i greven, och du uppmuntrade honom? Jag hade aldrig trott att du var den sortens person som så känslokallt skulle svika en vän."

Clarissa ryggade tillbaka, sårad. Hur vågade han anklaga henne för något sådant? Vreden flammade upp inom henne, het och klar. "Hör nu här, kapten", fräste hon och rätade på sig i hela sin längd. "Jag har inte gjort något sådant! Om du bara ville lyssna ..."

"Jag har hört nog", avbröt Rafael henne kallt och vände henne ryggen. "Jag trodde att jag kände dig, Clarissa. Men det verkar som om jag hade fel."

Hans ord träffade henne som ett fysiskt slag och slog luften ur henne. Tårar stack bakom ögonlocken, men hon blinkade bort dem ursinnigt. Hon skulle inte gråta framför honom, inte nu.

”Rafael …”, kom hans namn över hennes läppar, klagande och litet.

Men han var redan på väg bort, hans breda axlar stela av spänning. Clarissa såg honom gå, och hennes hjärta splittrades för varje steg han tog. Hur hade allt kunnat gå så fel, så snabbt?

Hon var tvungen att reda ut det här, att få honom att förstå. Men där hon stod, med solen som obarmhärtigt gassade och doften av bougainvillea tjock i luften, hade Clarissa aldrig känt sig mer vilsen. Eller mer ensam.

Om hon bara kunde få honom att se sanningen i hennes hjärta … men tänk om det redan var för sent?

Det avlägsna mullret av vagnhjul på borgens borggård ryckte Clarissa ur hennes stormiga tankar.

”Vem är det som anländer nu?”, muttrade hon, gick tillbaka runt till borggården och såg en ganska ståtlig vagn stanna. Varken Lucia eller Rafael hade nämnt att de väntade fler besökare.

Dörren svängde upp och ut steg earlen och grevinnan av Creighton, med miner som var en blandning av lättnad och ogillande när de såg henne. Chockad svalde Clarissa hårt, hennes mun plötsligt torr som pergament.

”Mamma, pappa”, lyckades hon få fram och neg. ”Vad … vad gör ni här?”

”Vad vi gör här?”, upprepade grevinnan och hennes röst steg i tonläge. ”Vi har varit utom oss av oro för dig, Clarissa!”

Earlens skarpa blick svepte över borgens sönderfallande fasad och hans läppar smalnade. ”Och nu finner vi dig boende i ... i den här ruinen? Med en familj av främlingar? Vad i himlens namn tänkte du på, flicka lilla?”

Clarissa kände hur kinderna hettade av en blandning av skam och trots. ”De är inte främlingar, pappa. De är ... de är vänner. Och Rafael ... kapten de Silva ... han räddade mitt liv.”

”Räddade ditt liv?”, upprepade grevinnan och handen fladdrade till hennes strupe. ”Vad i hela friden har hänt?”

Clarissa tog ett djupt andetag och stålsatte sig. Hon var tvungen att få dem att förstå, att övertyga dem om att det var här hon hörde hemma. Med Rafael och hans familj.

Men när hon öppnade munnen för att tala fick hon en skymt av Rafael över sin fars axel. Han stod i skuggorna i entrén, hans ansikte en outgrundlig mask.

Och i det ögonblicket visste Clarissa att oavsett vad hon sa, så skulle det inte vara tillräckligt. Inte nu, med tyngden av sina föräldrars förväntningar vilande på henne.

Hennes axlar sjönk ihop och uppgivenhet sköljde över henne som en kall våg. ”Det är ... det är en lång historia”, sa hon mjukt, och sänkte blicken mot marken. ”Men jag mår bra, verkligen. Och jag ... jag vill stanna.”

"Absolut inte", förklarade earlen, hans röst tålde inget motstånd. "Du följer med oss hem, Clarissa. Omedelbart."

Clarissas huvud for upp, hennes ögon var vidöppna av bestörtning. "Men pappa ..."

"Inga men", avbröt han med sträng min. "Ditt rykte står på spel, och jag tänker inte låta dig förstöra dina framtidsutsikter med det här ... det här dårskapet. Packa dina saker, så återvänder vi till Lissabon omedelbart. Jag har ett skepp som väntar på oss."

Tårar gjorde Clarissas syn suddig, heta och svidande. Hon blinkade bort dem ursinnigt och vägrade låta dem falla. Inte här, inte nu.

"Snälla", viskade hon, och hennes röst sprack. "Snälla, gör inte så här."

Men redan när orden lämnade hennes läppar visste hon att det var meningslöst. Hennes föräldrar hade bestämt sig, och det fanns inget hon kunde göra för att ändra på det.

"Lavinia!", sa en lugn röst bakom Clarissa, vilket fick ett plötsligt hopp att tändas i hennes bröst. Marianne kom ut från borgen och log välkomnande. "Så trevligt att se dig! Kom in från solen, det är fruktansvärt hett."

Marianne, ljuvlig och älskvärd, kunde mjuka upp nästan vem som helst. Båda Clarissas föräldrar sveptes med i hennes hälsning och fann sig hålla med om att det verkligen var fruktansvärt hett och att en svalkande dryck skulle vara angenäm.

Clarissa följde efter i deras kölvatten och kämpade mot tårarna. Missförståndet med Rafael hade varit upprörande nog, men att hennes föräldrar skulle anlända just i detta ögonblick kunde innebära dödsstöten för ens hoppet om en försoning.

Lucia väntade i salongen med Isabella, båda sinnebilden av anständighet när de välkomnade earlen och grevinnan, och Alex kom in ett ögonblick senare, helt och hållet en bild av lugn auktoritet.

Marianne drog sig undan från gruppen lite senare och smög bort till Clarissa som stod i skuggorna nära dörröppningen. Marianne grep hennes hand och ledde henne ut i korridoren.

”Jag måste tala med dig. Jag skickade ett brev till dina föräldrar från Gibraltar”, erkände Marianne, och hennes ord forsade fram. ”Jag berättade om våra resor, vilket uppenbarligen är anledningen till att de visste att vi var här, men jag nämnde inte ditt försvinnande i Aten. Jag tänkte att det skulle vara bäst om de fick höra det från dig, personligen.”

Clarissas ögon vidgades och en våg av lättnad sköljde över henne. ”Menar du att de inte vet?”, andades hon, och vågade knappt hoppas.

Marianne nickade, och ett litet leende ryckte i hennes mungipor. ”Jag hade skickat ett brev från Florens när vi först fick veta att du hade försvunnit, men det verkar som om det brevet inte hade kommit fram när de lämnade England. De vet inte om kidnappningen, än så länge.”

Clarissa sjönk tillbaka mot det plyschklädda sammetssätet, hjärtat rusade. Det var en liten nåd, men en nåd icke desto mindre.

Men just som tanken for genom hennes huvud, mörknade Mariannes min och hennes ögon sökte Clarissas ansikte.

"Du vet att de inte kan hållas ovetande för evigt", varnade hon mjukt. "Förr eller senare kommer sanningen fram. Och då ..."

Hennes röst dog ut och lämnade de outsagda orden hängande i luften mellan dem.

Clarissa nickade med spänd strupe. Hon visste att Marianne hade rätt. Hon kunde inte gömma sig från sitt förflutna för evigt, oavsett hur mycket hon än önskade det.

Men för tillfället skulle hon klamra sig fast vid denna lilla strimma av hopp, denna lilla glimt av ljus i mörkret.

För tillfället var det allt hon hade.

Clarissas andrum varade inte längre än till middagen den kvällen. Earlen och grevinnan var något blidkade av det älskvärda mottagandet och fann att insidan av borgen var mycket mindre förfallen än den såg ut från utsidan och hade accepterat Lucias inbjudan att stanna några dagar. Vid middagen anslöt sig dock mr Dalton till dem, och nästan det allra första han sa var:

"Ni måste ha varit så oroliga när ni fick höra att lady Clarissa försvann från Aten. Vilken lättnad att hon återfanns i säkerhet innan alltför många dagar hade gått."

Clarissa kände hur blodet försvann från hennes ansikte och hur det knöt sig i magen på henne. Nej. Nej, det här kunde inte hända.

Men hennes mors förskräckta flämtning talade om för henne att det var alltför verkligt.

"Försvann?", upprepade grevinnan, och hennes röst steg till ett nästan skrik. "Vad menar ni med *försvann?*"

Hon vände sig mot Alex och Marianne med ögon som blixtrade av raseri.

"Hur kunde ni låta det här hända?", krävde hon, och hennes röst darrade av ilska. "Hur kunde ni vara så oansvariga att ni tappade bort min dotter? I *flera dagar?*"

Marianne ryggade tillbaka och hennes ansikte bleknade under attacken. "Lavinia, jag ..."

Men grevinnan avbröt henne med en skarp gest. "Jag vill inte höra dina ursäkter", fräste hon. "Du skulle vakta henne, och du misslyckades. Total och fullständigt."

"Clarissas rykte står på spel", förklarade Clarissas far, och hans röst var högljudd i den tystnad som sänkte sig över middagsbordet. "Hon måste omedelbart återvända hem."

Clarissas hjärta stannade i bröstet. "Nej", utbrast hon, innan hon kunde hejda sig. "Pappa, snälla. Jag vill inte åka tillbaka."

Hennes fars blick for till henne och hans ögon smalnade. "Du har inget val i saken", sa han med en ton som inte tålde något motstånd. "Ditt rykte har komprometterats. Det enda sättet att rädda det är att du återvänder till England och gifter dig omedelbart."

Clarissa skakade på huvudet, och desperation klöste i hennes strupe. "Men jag är lycklig här", vädjade hon med sprucken röst. "Jag har hittat en plats där jag hör hemma. Snälla, tvinga mig inte att ge mig av."

Men hennes föräldrar vägrade att lyssna. "Du följer med oss hem, och därmed punkt slut", sa hennes mor, hennes ton skarp och obeveklig. "Vi hittar en lämplig make till dig, någon som kan hjälpa till att återupprätta ditt goda namn."

Clarissa kände det som om marken försvunnit under hennes fötter. En lämplig make? Själva tanken fick det att vända sig i magen på henne.

Hon tittade på Marianne i hopp om stöd, men hennes moster kunde bara ge henne en sympatisk blick. Det fanns inget hon kunde göra, insåg Clarissa med ett sjunkande hjärta. Hennes föräldrar hade bestämt sig.

Tårar sved i hennes ögon när situationens verklighet sjönk in. Hon skulle tas bort från allt hon älskade och tvingas in i ett liv hon inte ville ha. Och det fanns inget hon kunde göra för att stoppa det.

Earlen harklade sig och drog allas uppmärksamhet till sig. "Som det råkar sig har jag en vän som har uttryckt intresse för en allians med vår familj. Lord Weatherby är en respekterad medlem av societeten och skulle vara ett utmärkt parti för Clarissa."

"Lord Weatherby? Du kan inte mena allvar. Mannen är gammal nog att vara Clarissas farfar!" Det var Alex som talade, med ansiktet förvridet av avsky.

Earlen vände sig mot honom, ansiktet rött av ilska. "Du har ingen talan i den här saken, Glenkellie! Clarissas framtid är inte din angelägenhet."

Clarissa såg på ordväxlingen med växande förtvivlan. Hon visste att Alex menade väl, men hans ingripande skulle bara göra saken värre. Hennes far var inte en man man gick emot, särskilt inte när det gällde familj och rykte.

Hon kände en våg av panik stiga inom sig. Tanken på att bli bortgift med en främling, en gammal man, att tillbringa resten av sitt liv i ett kärlekslöst äktenskap, var för mycket att bära. Hon var tvungen att göra något, vad som helst, för att få sina föräldrar att ändra sig.

Men redan när tanken for genom hennes huvud, visste hon att det var hopplöst. Hennes fars ord var lag, och det fanns inget hon kunde göra för att påverka honom. Hon var fången, en fånge under sina egna omständigheter, utan någon utväg.

"Clarissa kommer omedelbart att återvända till England med oss", sa earlen, med blicken fäst på sin dotter. "Och hon kommer att gifta sig med lord Weatherby, såsom det anstår hennes ställning. Det blir ingen ytterligare diskussion i saken."

Hon kunde inte stanna i det rummet ett ögonblick till, med medlidsamma och anklagande blickar riktade mot sig. Hon hoppade upp, flydde från rummet, sprang uppför trappan och in i sitt rum, där hon slängde upp fönstret och flämtade efter luft, kände det som om hon inte kunde andas. Tårarna gjorde hennes syn suddig och hon svajade på fötterna, kände det som om hon skulle svimma. Men då lade sig ett par starka, milda armar runt henne, och hon fann sig dragen in i en varm, tröstande omfamning.

"Sch, det är ingen fara", mumlade Marianne, hennes röst mjuk och lugnande. "Jag har dig, min kära. Låt det bara komma ut."

Och med de orden brast fördämningarna. Clarissa borrade in ansiktet i Mariannes axel och snyftade, hennes kropp skakade av sorgens kraft. Hon klamrade sig fast vid den äldre kvinnan som en drunknande sjöman vid en livflotte, desperat efter minsta uns av tröst eller lindring.

Marianne höll henne tätt, strök hennes hår och viskade lugnande ord. Men även när hon gjorde det, kunde Clarissa känna hjälplösheten i sin mosters beröring, vetskapen om att det inte fanns något någon av dem kunde göra för att förändra situationen.

"Jag kan inte gifta mig med honom, Marianne", hulkade Clarissa fram mellan snyftningarna. "Jag kan inte. Jag dör hellre än att tillbringa mitt liv med en hemsk gammal man."

Mariannes armar slöts hårdare om henne. "Jag vet, min kära. Jag vet. Men vi måste ha tro. Det måste väl finnas något sätt att få din far att ändra sig, att få honom att ta reson."

Clarissa skakade på huvudet, och hennes tårar blötte ner det fina sidenet i Mariannes klänning. "Det är ingen idé. Han är fast besluten att få mig gift, oavsett vad jag vill. Åh, Marianne, vad ska jag ta mig till?"

Men redan när hon ställde frågan visste Clarissa att det inte fanns något svar. Hon var fången, mellan sin familjs krav och sitt eget hjärtas längtan. Hon kunde bara klamra sig fast vid Marianne och gråta, med sina drömmar om en lycklig framtid krossade bortom all räddning.

# KAPITEL SEXTON

RAFAEL SATT SOM FASTFRUSEN vid bordsändan, med hjärtat som en smärtsam tomhet i bröstet, medan han såg Clarissa fly från matsalen efter hennes fars tillkännagivande. Rummet var starkt upplyst av levande ljus och lampor, men Rafael kände bara hur mörkret kröp sig på och kvävde honom. Om han bara hade funnit modet att berätta för henne vad han verkligen kände! Men hans fördömda stolthet och grundlösa svartsjuka hade bundit hans tunga. Nu var det för sent.

Marianne reste sig från sin plats och gick efter Clarissa, och lämnade alla andra att se på varandra i osäker tystnad – alla utom mr Dalton, noterade Rafael. Han tog upp sin kniv och gaffel och började skära i sitt kött, som om det inte var hans slarviga ord som hade tänt earlens vrede och beseglat Clarissas öde.

Middagen avslutades i tystnad. Varken Marianne eller Clarissa återvände, och Rafael hörde sin mor tala tyst med en tjänsteflicka och beordra att mat skulle skickas upp till deras rum. Han undrade om Clarissa skulle kunna äta. Själv hade han inte kunnat få ner en enda tugga, utan bara petat runt maten på sin tallrik.

Så snart som möjligt efter måltiden ursäktade han sig och smet ut för att vanka av och an på terrassen i tyst desperation.

På något sätt var det inte förvånande att Alex kom efter honom.

”Du är en idiot, vet du”, sa Alex mjukt och lade en tung hand på Rafaels axel. ”En förbannad idiot som inte går efter henne och förklarar dig.”

Rafael ryckte sig undan och ett glädjelöst skratt undslapp hans läppar. ”Och säga vadå, exakt? Att jag lät min egen osäkerhet förgifta det som växte fram mellan oss? Att jag inte står ut med tanken på att hon ska tillhöra en annan?” Han skakade på huvudet. ”Nej, det är bättre att hon reser och tror att jag är en oförbätterlig skurk. Då kanske hon kan glömma mig med tiden.”

”Rafael, det där menar du väl inte. Clarissa tycker om dig innerligt, det kan vem som helst se. Det här kan inte vara slutet på er historia.”

”Men det måste det”, pressade Rafael fram, med strupen spänd av knappt återhållen ångest. ”Hennes liv är i England, bland den glittrande societeten, inte bortkastat på en utblottad sjökapten som inte har något att erbjuda utom en fallfärdig vingård och en dåres drömmar.”

Han svalde tungt och tvingade fram nästa ord förbi klumpen i halsen. ”Jag tackar dig och lady Glenkellie, för allting. Vill du ... vill du se efter henne? Se till att hon är lycklig?”

"Självklart", mumlade Alex tyst. "Marianne skulle inte acceptera något annat. Och ge inte upp allt hopp än, gamle vän. Om det är meningen, kommer ni att hitta tillbaka till varandra. Amor vincit omnia, och allt det där."

Han kände till en del av Alex och Mariannes historia, hur Mariannes far hade tvingat in henne i ett arrangerat äktenskap när Alex skickades ut i krig, och det var inte förrän Marianne blivit änka som de hittade tillbaka till varandra. En sådan avlägsen, oklar möjlighet var dock ingen som helst tröst för Rafael. Och blotta tanken på att Clarissa skulle giftas bort med en gammal man som säkerligen skulle krossa all livskraft ur henne fick honom att vilja skrika ut sin ilska mot natten.

Alex tog ett steg tillbaka och mumlade tyst att han måste se till packningen, och lämnade Rafael ensam.

Han vände sig långsamt om, varje steg var blytungt, och andades ut djupt när han såg upp på sitt hemmas förfallna fasad. Det fanns arbete att göra. Alltid mer arbete. Kanske om han kastade sig in i arbetet med vingården, reparationerna av godset, sin plikt mot sin syster och mor, skulle han kunna glömma det gapande såret där hans hjärta brukade finnas. Där Clarissa brukade finnas.

Men även när han sa till sig själv att släppa henne, visste Rafael att det skulle vara lika omöjligt att glömma Clarissa som att glömma hur man andas. Hon fanns nu i hans innersta märg. Allt han kunde göra var att fortsätta, bygga upp sitt liv från dagens aska och be att han en dag – om lyckan valde att le mot honom – skulle få en chans att vinna henne tillbaka.

Tills dess skulle han förbli kapten Rafael de Silva. Hängiven son, bror och havets försvarare. Men aldrig mer en älskare. För hans hjärta var på väg att segla till England, och han visste inte om det någonsin skulle återvända.

*

Rafael gick in i slottet och hans fotsteg ekade genom salarna. Han fann Isabella och Lucia i salongen, deras ansikten sorgsna. Isabella rusade fram till honom, med ögonen fyllda av tårar.

"Rafael, det måste väl finnas något vi kan göra! Clarissa älskar dig, jag vet det. Du kan inte låta henne ge sig av så lätt", vädjade Isabella och grep hans händer.

Rafael frigjorde sig försiktigt från hennes grepp, med allvarlig min. "Det är meningslöst, Isabella. Hennes far har redan arrangerat hennes äktenskap. Jag kan inte lägga mig i det."

Lucia närmade sig, med ansiktet fårat av oro. "Men Rafael, min son, om du älskar henne ..."

"Det spelar ingen roll", avbröt Rafael med ansträngd röst. "Vi måste uthärda denna separation. Det finns inget att göra."

Isabella skakade ivrigt på huvudet. "Jag vägrar att tro det! Du är den modigaste mannen jag känner. Du kan inte bara ge upp!"

Rafaels käke spändes och hans ögon blixtrade till av knappt återhållen känsla. "Jag ger inte upp, Isabella. Jag accepterar verkligheten. Clarissas plats är i England, med sin familj, där hon ska gifta sig med den lord hennes far har valt åt henne. Vår plats är här, för att bygga upp våra liv. Vi måste koncentrera oss på det nu."

Lucia lade en tröstande hand på Isabellas axel. "Din bror har rätt, min kära. Vi måste vara starka, för varandras och för Clarissas skull. Hon skulle vilja att vi fortsätter."

Isabellas axlar sjönk ihop, hennes eldiga anda för ett ögonblick dämpad av tyngden från deras omständigheter. Rafael drog båda kvinnorna till sig i en våldsam omfamning, med rösten sträv av outgråtna tårar.

"Vi kommer att uthärda detta, som vi har uthärdat så mycket annat. Vår kärlek till varandra, till detta land, kommer att ge oss styrka. Och kanske, om Gud är nådig, kan ödet en dag föra Clarissa tillbaka till oss."

Men även när han uttalade orden kunde Rafael inte förmå sig att tro på dem. För hur kunde ödet vara så grymt att det förde in Clarissa i hans liv, bara för att slita bort henne precis när han insåg djupet av sin kärlek till henne? Nej, tänkte han bittert, ödet var inte nådigt. Och han var en dåre som någonsin trott något annat.

*

Rafael stod stoiskt på godsets trappa och såg på medan Marianne och Alex hjälpte Clarissa in i den väntande vagnen. Hans hjärta värkte för varje steg hon tog, varje centimeter av avstånd som växte mellan dem. Han längtade efter att springa till henne, att ta henne i sin famn och be henne stanna. Men han stod som rotad på stället, plikt och heder förbjöd honom att handla efter sina djupaste önskningar.

Marianne vände sig om, hennes blick mötte Rafaels med en blandning av sorg och förståelse. Hon närmade sig honom, hennes röst var mjuk men fylld av övertygelse. "Rafael, är du säker på det här? Det är inte för sent för dig att tala med henne."

Han svalde tungt och hans röst var ansträngd när han svarade: "Jag är säker, Marianne. Clarissa förtjänar ett liv i bekvämlighet och trygghet, ett som jag inte kan erbjuda. Jag är tacksam för att hon har dig och Alex som ser efter henne."

Alex anslöt sig till dem och lade en fast hand på Rafaels axel. "Du är en god man, Rafael. Tvivla aldrig på det. Och om du någonsin ändrar dig, vet att du alltid har vänner i England."

Rafael nickade, med strupen för trång för att tala. Han såg på när paret återvände till vagnen, deras sista farväl hängande tungt i luften. Clarissas blick mötte hans genom vagnfönstret, och en hel värld av outtalade känslor passerade mellan dem. I det ögonblicket kände Rafael sin beslutsamhet vackla, lusten att gå till henne var nästan överväldigande.

Men sedan ryckte vagnen till, och hästarnas hovar klapprade mot gatstenen. Rafael stod orörlig medan vagnen förde Clarissa bort, och avståndet mellan dem växte för varje sekund som gick. Han ville ropa på henne, berätta allt det han hade varit för feg för att säga. Men orden dog på hans läppar, deras konflikt lämnades olöst, deras framtid tillsammans inget mer än en dröm som aldrig kunde bli verklighet.

När vagnen försvann ur sikte kände Rafael en djup känsla av förlust, som om en del av hans själ hade slitits bort. Han slöt ögonen, bilden av Clarissas ansikte inbränd i hans minne, en bitterljuv påminnelse om allt han hade funnit och förlorat under loppet av några korta månader.

Han älskade Clarissa, med varje fiber av sin varelse, med en passion som förtärde honom som en rasande eldstorm. Och nu hade han förlorat henne, nästan helt säkert för alltid.

*Jag borde ha friat till henne för flera veckor sedan. I Florens, antagligen. Vi skulle ha varit gifta vid det här laget.*

Insikten träffade honom som ett fysiskt slag och hans knän nästan vek sig under tyngden av hans känslor. Han stödde sig mot innergårdens stenmur, hans andning kom i ojämna flämtningar medan han kämpade för att samla sig. Hur kunde han ha varit så dum, så blind för sitt eget hjärta? Han hade låtit sin stolthet och sin pliktkänsla komma emellan dem, och nu skulle han få betala priset för sin envisa dårskap.

Men även när hans hjärta splittrades i en miljon bitar visste Rafael att han inte kunde överge sitt ansvar för att jaga efter Clarissa. Hans familj, människorna som var beroende av honom – de behövde alla att han var stark, att han var den ledare de hade kommit att lita på. Han kunde inte bara lämna sina plikter, oavsett hur mycket hans själ skrek efter Clarissas beröring.

Med en tung suck sköt Rafael ifrån sig från muren och rätade på sig när han vände sig mot slottet. Han var tvungen att hitta ett sätt att fortsätta, att begrava sin hjärtesorg djupt inom sig och ägna sig åt de uppgifter som väntade. Men även när han tog det första steget framåt visste han att en del av honom alltid skulle tillhöra Clarissa, att han skulle bära minnet av deras kärlek med sig resten av sina dagar.

När Rafael kom in i slottet med släpande steg möttes han av synen av Isabella och conte di Bardolino, deras ansikten upplysta av glädje och spänning. Greven steg fram, med allvarligt uttryck när han mötte Rafaels blick.

”Rafael”, började han med låg och uppriktig röst. ”Jag kommer till dig idag inte bara som en vän, utan som en man djupt förälskad i din syster. Jag ber ödmjukt om din välsignelse att ta Isabellas hand i äktenskap, att vårda och skydda henne i alla mina dagar.”

Rafael blinkade, och hans sinne kämpade med att bearbeta grevens ord. Han hade varit så uppslukad av sin egen hjärtesorg, så förlorad i sina tankar på Clarissa, att han nästan hade glömt bort den spirande romansen mellan hans syster och den unge italienske adelsmannen.

Han sneglade på Isabella, såg det hoppfulla uttrycket i hennes ansikte, sättet hennes ögon glittrade av kärlek och förväntan. Hur kunde han neka henne denna lycka, särskilt efter allt hon hade lidit?

Rafael svalde tungt och tvingade fram ett leende på läpparna, med rösten sträv av känsla när han svarade: ”Mario, jag kan inte tänka mig någon man mer värdig min systers hand än du. Du har min välsignelse och mina djupaste gratulationer till er båda."

Isabella utstötte ett glädjerop och rusade fram för att omfamna sin bror. "Åh, Rafael, tack!" utbrast hon, med rösten dämpad mot hans bröst. "Jag vet att detta måste vara svårt för dig, så snart efter Clarissas avfärd, men ditt stöd betyder allt för mig."

Rafael höll sin syster hårt och blinkade bort tårarna som hotade att falla. Han visste att han borde vara glad för hennes skull, att han borde fira denna glada tilldragelse. Men allt han kunde tänka på var Clarissa och framtiden han hade låtit glida honom ur händerna.

"Jag är glad för din skull, verkligen", mumlade han, knappt hörbart. "Du förtjänar all lycka i världen, Isabella. Och jag vet att Mario kommer att vara en kärleksfull och hängiven make till dig."

När greven och Isabella omfamnade varandra, med ansikten strålande av kärlek och glädje, kände Rafael ett sting av avund och ånger. Han hade haft samma chans till lycka, samma möjlighet att bygga ett liv med kvinnan han älskade. Men han hade låtit sina egna rädslor och tvivel komma i vägen, och nu skulle han tvingas leva med konsekvenserna av sina val.

Med tungt hjärta vände sig Rafael bort från det lyckliga paret och hans tankar rusade redan med framtiden. Han skulle kasta sig in i sitt arbete, i att återuppbygga sin familjs gods och säkra sin systers lycka. Och kanske, med tiden, skulle han hitta ett sätt att läka såret som Clarissas frånvaro hade lämnat i hans själ.

*

Rafael stod på terrassen och såg på medan tjänarna skyndade fram och tillbaka, med armarna fulla av blommor och band. Luften var tjock av doften av rosor och jasmin, och ljudet av skratt och prat fyllde innergården nedanför.

Han tvingade fram ett leende när Isabella närmade sig, med ögonen skinande av spänning. "Åh, Rafael", utbrast hon och tog hans händer i sina. "Kan du fatta det? Om bara några få dagar kommer jag att vara en gift kvinna!"

Rafael svalde tungt, och det kändes plötsligt trångt i halsen. "Jag är så glad för din skull, Isabella", lyckades han säga, och rösten lät ansträngd till och med i hans egna öron. "Mario är en lycklig man."

Isabellas leende vacklade något, och hon sökte hans ansikte med oro. "Rafael, mår du bra? Du verkar bekymrad."

Han skakade på huvudet och tvingade sig att möta hennes blick. "Jag mår bra, Isabella. Bara lite trött, det är allt. Det är mycket som ska göras före bröllopet, och jag vill att allt ska vara perfekt för dig."

Isabellas ansikte mjuknade och hon sträckte sig upp för att röra vid hans kind. "Du är en god bror, Rafael. Jag vet att du har offrat så mycket för vår familj, och jag är tacksam för allt du har gjort. Men du får inte glömma att leva ditt eget liv också. Du förtjänar lycka, precis lika mycket som jag."

Rafael kände en våg av känslor stiga inom sig, och han blinkade bort tårarna som hotade att falla. "Tack, Isabella", viskade han, med rösten hes av känsla. "Jag ska försöka komma ihåg det."

När Isabella skyndade iväg för att övervaka förberedelserna vände sig Rafael tillbaka mot utsikten över vingårdarna, med hjärtat tungt av ånger. Han visste att han borde ägna sig åt sin systers lycka, på framtiden som låg framför hans familj. Men han kunde inte skaka av sig känslan av att han hade förlorat något dyrbart, något som han aldrig skulle kunna återfå.

Med en suck rätade han på sig och vände sig tillbaka mot slottet, fast besluten att sätta på sig en modig min för sin systers skull. Det skulle finnas tid nog för ånger senare, sa han bestämt till sig själv. För nu hade han ett bröllop att förbereda och en familj att skydda.

Rafael gick genom slottets salar och hans fotsteg ekade mot stengolven. Ljudet av skratt och upphetsat prat kom emot honom från innergården, där tjänarna var upptagna med att hänga upp blomstergirlanger och ställa upp bord för bröllopsfesten. Han tvingade sig att le, att nicka och utbyta artighetsfraser med dem han passerade, men inombords kände han sig tom, som om en vital del av honom hade slitits bort.

Han fann sig själv i biblioteket, där han sökte tröst bland de dammiga volymerna och blekta gobelängerna. Rummet var dunkelt och svalt, och det enda ljuset silade in genom de smala fönstren. Rafael sjönk ner i en sliten läderfåtölj med huvudet i händerna.

"Vad har jag gjort?" viskade han för sig själv, med rösten sträv av känsla. "Jag lät henne ge sig av, utan att ens berätta för henne vad jag kände. Och nu är hon förlorad för mig för alltid."

Han tänkte på Clarissa, på hennes skarpa intelligens och smittsamma skratt, hennes raka ärlighet, på sättet hennes ögon hade glittrat när hon såg på honom. Han hade varit en dåre som inte berättat för henne hur mycket han älskade henne, hur mycket han behövde henne i sitt liv. Och nu var det för sent.

Rafael satt där länge, försjunken i sina tankar, tills ljudet av fotsteg i korridoren väckte honom ur hans drömmeri. Han reste sig, rätade till sin kavaj och strök tillbaka håret. Han hade en plikt mot sin familj, mot sin syster, och han tänkte inte svika dem.

"Isabellas lycka måste komma först", sa han bestämt till sig själv och trängde undan sin egen hjärtesorg. "Jag ska koncentrera mig på det och låta resten ordna sig."

Med ett djupt andetag lämnade Rafael biblioteket och gick för att hitta sin syster, fast besluten att göra hennes bröllopsdag till en glädjefylld tillställning, oavsett vad det kostade hans eget hjärta.

När Rafael gick genom slottets korridorer vandrade hans tankar till framtiden. Det en gång så storslagna slottet var förfallet, en skugga av sin forna glans. Vingårdarna hade också lidit av år av vanvård, med övervuxna vinstockar och obrukad jord. Clarissa hade fått honom att se att det kunde vara annorlunda, att om han ägnade sig åt att återuppbygga sitt gods kunde han återställa det till vad det en gång hade varit. Hon hade sett möjligheten, och nu bestämde han sig för att han skulle förverkliga hennes vision.

"Jag ska återuppbygga denna plats", svor Rafael tyst, med käken spänd av beslutsamhet. "Jag ska göra det till ett hem värdigt Clarissas minne, ett testamente till den kärlek jag aldrig fick chansen att dela med henne."

Han föreställde sig Clarissa gå bredvid honom, med handen i hans när de tillsammans såg ut över ägorna. I sitt inre kunde han se vingårdarna blomstra igen, slottet återställt till sin forna prakt. Det var en vision av vad som kunde ha varit, en dröm som han nu var tvungen att förverkliga ensam.

Rafael stannade vid ett fönster och såg ut över de böljande kullarna som sträckte sig mot horisonten. Solen höll på att gå ner och målade himlen i nyanser av orange och rosa. Det var en syn som Clarissa skulle ha älskat, visste han, och tanken gav en ny våg av smärta i hans hjärta.

"Jag kommer aldrig att glömma dig, min älskade", viskade han, och hans röst fördes bort av kvällsbrisen. "Och jag kommer aldrig att sluta kämpa för det liv vi kunde ha haft tillsammans."

Med en sista, dröjande blick på solnedgången vände sig Rafael bort från fönstret och fortsatte sin väg, med steg tunga av sorgens och beslutsamhetens vikt. Det fanns arbete att göra, och han skulle inte vila förrän det var färdigt, förrän han hade skapat ett arv som skulle hedra Clarissas vision som hon förtjänade.

# KAPITEL SJUTTON

CLARISSA BLICKADE UT GENOM det regnstrimmiga fönstret i familjens stadshus i London, med ett hjärta lika mörkt och livlöst som den regniga natten. Klirret av silverskedar mot fint porslin och det sysslolösa pratet från damerna som samlats i salongen efter middagen som hennes mor just hade bjudit på, bleknade bort i bakgrunden medan hennes tankar drev över havet till Portugal, till Rafael.

Hon kunde fortfarande känna solens varma smekning mot sin hud, den söta smaken av portvin på tungan och den spänning som rusade genom henne varje gång Rafael fäste sina slående havsgröna ögon på henne. I hans närvaro hade hon för första gången känt sig verkligen levande – utmanad, uppskattad och en del av något meningsfullt. Tillsammans hade de tagit hand om vingårdarna och drömt om en framtid där de återställde hans familjs ägor.

Nu, tillbaka i England, kände Clarissa hela tyngden av det strukturerade, ytliga samhället som pressade sig på henne. De oändliga tebjudningarna, balerna och visiterna kändes smärtsamt ihåliga. Hon längtade efter den enkla äktheten i livet på Rafaels egendom, efter de uppfriskande samtalen och de delade förhoppningarna som hade bundit dem samman så djupt på så kort tid.

"Clarissa, kära du, vad är det som är på tok? Du har varit helt någon annanstans den senaste halvtimmen", skar hennes mors röst in i hennes tankar.

Clarissa for upp och välte nästan sin bortglömda tekopp. "Det är ingenting, mamma. Jag är väl fortfarande lite trött efter resan, antar jag."

"Nåväl, jag hoppas att du snart samlar dig. Din far har ordnat så att lord Weatherby tar med dig på en ridtur i parken i morgon eftermiddag." Grevinnan gav henne en menande blick. "Han är ett riktigt kap, vet du."

När Clarissa såg sig omkring på de andra unga damerna i sina fina sidenklänningar och perfekta lockar kände hon en stigande desperation. Skulle detta verkligen bli hennes liv nu – att spela den blyga ungmön, att sälja sin ungdom och skönhet till den högstbjudande adelsmannen? De skulle aldrig kunna förstå de under hon hade upplevt, det djupa band hon hade knutit med Rafael.

"Jag tror att jag drar mig tillbaka tidigt i kväll. Ursäkta mig", sa hon abrupt, ställde ner sin kopp och reste sig. Hennes mor kacklade ogillande men gjorde ingen ansats att stoppa henne.

Väl inne på sitt rum kastade sig Clarissa på sängen och stirrade upp mot sänghimmeln. En bild av Rafaels vackra ansikte fyllde ofrivilligt hennes sinne – sättet han såg på henne, inte som ett pris att vinna utan som en partner att stå vid hennes sida, en jämlike i mod och sinne.

"Åh, Rafael", viskade hon till det tomma rummet, "vad jag önskar att jag var med dig nu, att jag fann mening och äventyr istället för att tyna bort i denna gyllene bur."

Tysta tårar rann nerför hennes tinningar och fuktade kudden.

*

Stelt stod Clarissa bredvid sin mor med en mask av artig likgiltighet i ansiktet, medan lord Weatherby stirrade lystet på henne från andra sidan salongen. Alex hade varnat henne att mannen var gammal nog att vara hennes farfar, och han måste verkligen vara minst sextio, gråhårig och rund om magen. Hon mådde illa vid blotta tanken på att låta honom röra vid henne.

Jarlens dånande röst fyllde rummet och prisade äktenskapets förtjänster.

"Weatherby är en förmögen och inflytelserik man, Clarissa. Han kommer att sörja rikligt för dig och de barn ni må få." Jarlen fäste en sträng blick på sin dotter och utmanade henne att trotsa honom.

Clarissas händer knöts till nävar vid hennes sidor, och lusten att skrika byggdes upp i hennes strupe. Hon sneglade på sin mor i hopp om att finna en allierad, men grevinnan nickade bara instämmande med sin make.

"Lord Weatherby är ett fint kap, min kära. Du skulle göra klokt i att acceptera hans uppvaktning." Grevinnans tonfall tålde inga invändningar.

Gallan steg i halsen på Clarissa när Weatherby närmade sig, hans ögon flackade över hennes gestalt med ohöljd lusta. Den kväljande doften av hans parfym attackerade hennes näsborrar, och hon kämpade mot lusten att rygga tillbaka.

”Min dam”, sa Weatherby och sträckte sig efter hennes hand. ”Det skulle vara min största glädje att göra Er till min hustru.”

Clarissa ryckte undan sin hand innan han hann röra vid henne, åt fanders med anständigheten. ”Jag kan inte gifta mig med Er, min lord. Jag vägrar.” Hennes röst ljöd klar och trotsig.

Jarlens ansikte rodnade av ilska. ”Clarissa, du gör som du blir tillsagd! Lord Weatherby har nådigt erbjudit sig att äkta dig, och du kommer att acceptera honom.”

Tårar sved i Clarissas ögon när hon vände sig till sin mor, med desperation som rev i hennes hjärta. ”Snälla, mamma, tvinga mig inte till detta. Jag står inte ut med tanken på att vara hans fru.”

Grevinnans uttryck mjuknade för ett ögonblick, men hon kontrollerade snabbt sina drag till en beslutsam mask. ”Det är för det bästa, Clarissa. Lord Weatherby kommer att försörja dig och skydda ditt rykte. Du måste tänka på din framtid.”

Clarissas hjärta krossades när hon insåg att hennes föräldrar inte skulle ge med sig. De brydde sig mer om hennes giftasduglighet än hennes lycka, mer om sin egen sociala ställning än sin dotters drömmar.

Med en sista, plågad blick på sin mor, vände sig Clarissa om och flydde från rummet, och ignorerade sin fars rop och Weatherbys förvånade utrop. Hon skulle inte låta dem kontrollera hennes öde längre.

Lavinia, grevinnan av Creighton, följde efter sin dotter in i sovrummet, hennes sidenkjolar prasslade mot de polerade golvtiljorna. "Clarissa, min kära, du måste vara resonlig", bönföll hon med en desperat underton i rösten. "Tänk på familjens rykte. Om ryktet om din... indiskretion i Grekland skulle spridas, skulle vi vara ruinerade."

Clarissa virvlade runt för att möta sin mors blick, kinderna blossade av ilska och outgråtna tårar. "Och mitt *liv* då, mor? Min lycka? Ska jag säljas till högstbjudande, oavsett mina känslor?"

Grevinnan suckade och hennes axlar sjönk under tyngden av sin dotters anklagelser. "Det är inte så enkelt, Clarissa. Vi har en plikt att upprätthålla, en position att bevara. Och mr Dalton... han har gjort klart att han inte kommer att tiga för evigt."

En isande kyla löpte längs Clarissas ryggrad vid omnämnandet av Daltons namn. Mannen som en gång hade verkat så charmig, så uppmärksam, hade nu makten att förstöra hennes framtid med några väl valda ord. "Vad vill han?" viskade hon och fruktade svaret.

"Han har antytt att han skulle vara villig att själv gifta sig med dig för att skydda ditt rykte", erkände grevinnan med röst tung av resignation. "Men din far vägrar att ens överväga det, åtminstone för tillfället. Han är inte den partner vi skulle önska för dig, en yngre son utan titel eller egen förmögenhet – men om du inte vill ha Weatherby, kanske du inte har något annat val!"

Clarissas hjärta hoppade till vid tanken på att vara fastkedjad vid Dalton för resten av sina dagar. Mannen hade redan nästan förstört hennes liv med sin pladdriga tunga genom att skvallra för hennes föräldrar! Hon litade inte det minsta på honom.

"Jag kommer inte att gifta mig med honom", förklarade hon, hennes röst klingade av övertygelse. "Jag kommer inte att gifta mig med någon av dem! Och om det betyder att jag blir ruinerad, så får det vara så."

Grevinnans ögon vidgades av fasa. "Clarissa, du kan inte mena allvar. Du har yngre systrar, tänk på dem! Din far och jag skulle inte ha något annat val än att förskjuta dig för att rädda *deras* rykten, och vart skulle du då ta vägen? Hur skulle du kunna leva?"

Men Clarissas tankar rusade redan iväg och frammanade bilder av ett liv med Rafael i Portugal, långt från det engelska samhällets kvävande förväntningar. "Jag hittar ett sätt", lovade hon med hakan höjd i trots.

Innan grevinnan hann svara, knackade det på dörren. "Kom in", ropade grevinnan med trött röst.

Dörren öppnades och avslöjade Marianne, strålande i en klänning av smaragdgrönt siden som framhävde hennes eldröda hår. "Jag hoppas att jag inte stör", sa hon, och hennes blick flackade mellan Clarissa och hennes mor.

"Inte alls", sa Clarissa, och en våg av lättnad sköljde över henne vid synen av sin moster. "Snälla, kom in."

Marianne korsade rummet för att omfamna Clarissa, och hennes parfym omslöt dem båda i ett mjukt moln av jasmin. "Jag har varit orolig för dig", mumlade hon och drog sig tillbaka för att studera Clarissas ansikte. "Alex och jag har knappt sett dig sedan vi kom tillbaka till London – vi har skjutit upp vår resa till Skottland för att försäkra oss om att du mådde bra."

Grevinnan harklade sig och drog till sig deras uppmärksamhet. "Marianne, kanske du kan prata förstånd med min dotter. Hon vägrar att överväga lord Weatherbys frieri, och jag fruktar att hon hyser några dåraktiga idéer om att rymma."

Mariannes ögonbryn for upp i förvåning. "Rymma? Vart då?"

Clarissa tvekade, plötsligt osäker på hur mycket hon skulle avslöja. Men värmen och oron i Mariannes ögon gav henne mod. "Till Portugal", erkände hon, hennes röst knappt mer än en viskning. "Till Rafael."

Mariannes ögon vidgades och hon sneglade på grevinnan som såg fullkomligt skandaliserad ut. "Clarissa", sa Marianne mjukt och tog sin väns händer i sina egna, "jag förstår dina känslor för kapten de Silva, men du måste tänka igenom det här. Att rymma skulle förstöra ditt rykte, och din familjs också."

Clarissa drog undan sina händer och frustrationen växte i hennes bröst. "Och min lycka då, Marianne? Ska jag offra den för anständighetens och andras åsikters skull?"

Grevinnan tog ett steg framåt med sträng röst. "Clarissa, nu räcker det. Du kommer att göra din plikt som dotter i denna familj och acceptera lord Weatherbys frieri. Nu blir det inget mer prat om Portugal eller kapten de Silva. Marianne." Grevinnan nickade mot dörren och gjorde det klart att hon inte tänkte lämna de två ensamma, troligen för att hon inte litade på Marianne.

Och visst, tänkte Clarissa, hon skulle ha bönfallit Marianne om att hjälpa henne att fly om hon hade kunnat.

Marianne gav Clarissa en plågad blick innan hon motvilligt gav sig av. Grevinnan följde henne, stängde dörren med ett bestämt klick, och Clarissa sjönk ner på sängkanten med axlarna hängande i nederlag.

Nej, tänkte hon, Marianne skulle inte hjälpa henne att rymma. Det skulle vara att begära för mycket. Men kanske... kanske skulle hon skicka ett brev?

"Jag skulle kunna skriva till Rafael", sa Clarissa högt, torkade tårarna från ögonen och spände käkarna envist. "Jag fick aldrig chansen att berätta för honom vad jag känner för honom. Om han vet... kanske..." Kanske skulle han inte bry sig. Hon hade så många gånger trott att han var på vippen att fråga, men han hade aldrig gjort det. Nåväl. Hon rätade på axlarna. Den som intet vågar, intet vinner.

Hon gick fram till sitt skrivbord och drog fram ett ark papper och en fjäderpenna.

*Min käraste Rafael,* skrev hon. *Jag fruktar att jag har begått ett fruktansvärt misstag genom att lämna Portugal, genom att lämna dig. Varje dag drömmer jag om det liv vi kunde ha haft, om den kärlek vi kunde ha delat.Orden forsade ur henne,* en störtflod av längtan och förtvivlan. Hon berättade för Rafael om sin olycka, om tomheten hon kände utan honom vid sin sida. Hon bekände sin kärlek, sina drömmar om en framtid tillsammans, långt från det engelska samhällets begränsningar.

Clarissa tryckte det färdiga brevet mot sitt bröst, hennes hjärta bultade av en blandning av rädsla och förväntan. Hon visste att hon tog en enorm risk, att hon trotsade sina föräldrar och samhällets förväntningar, men tanken på ett liv utan Rafael var för mycket att bära. Hon skulle lägga det i Mariannes händer så snart hon kunde och lita på att hennes moster skulle skicka det åt henne.

Med darrande händer öppnade hon sin byrålåda och placerade försiktigt brevet inuti, och gömde det under en hög med näsdukar. Det var hennes sista länk till Rafael, en påtaglig påminnelse om den kärlek och passion de hade delat.

En plötslig knackning på dörren ryckte Clarissa ur hennes dagdrömmar. "Clarissa, du måste göra dig i ordning. Vi ger oss av om en timme!" Det var hennes mors röst, med en otålig underton.

"Ja, mamma", ropade Clarissa tillbaka, medveten om att hon var tvungen att upprätthålla en foglig fasad för tillfället, åtminstone. Hon tog ett djupt andetag, stålsatte sig för kvällen som väntade och ringde på klockan efter sin kammarjungfru.

Balen var en storslagen tillställning, balsalen glittrade av levande ljus och fylldes av pratet från Londons elit. Clarissa rörde sig genom folkmassan, utbytte artiga hälsningar och påtvingade leenden, men hennes hjärta var inte med. Hennes tankar var hos Rafael och brevet som låg gömt i hennes byrå.

"Ah, där är ni, min kära." Lord Weatherbys sliskiga röst skar genom sorlet och Clarissa undertryckte en rysning när han tog hennes hand och hans klibbiga fingrar omslöt hennes. "Jag har sett fram emot en dans med Er hela kvällen."

Clarissa sneglade desperat runt i rummet och sökte en utväg, men hennes fars stränga blick mötte hennes från andra sidan balsalen. Hon visste vad han förväntade sig av henne, visste vilken press han var under för att säkra hennes framtid.

Men när lord Weatherby ledde henne ut på dansgolvet och hans hand lade sig besittningslystet runt hennes midja, kände Clarissa att något inom henne brast. Hon kunde inte göra det, kunde inte låtsas vara någon hon inte var, kunde inte resignera sig till ett liv av elände och ånger.

"Jag är ledsen, jag kan inte", flämtade hon och slet sig loss från lord Weatherbys grepp. Hon ignorerade hans stammande protester och sin fars rasande blick, samlade ihop sina kjolar och flydde från balsalen med tårar strömmande nerför ansiktet.

Hon sprang blint genom korridorerna med hjärtat bultande i öronen, tills hon fann sig själv i en tyst alkov, dold från insyn. Hon sjönk ner på golvet och begravde ansiktet i händerna medan snyftningar skakade hennes kropp.

"Där är du", sa en mjuk röst, och doften av jasmin omslöt henne när Marianne, strålande i en klänning av skimrande smaragdgrönt siden, hukade sig vid hennes sida. "Kom, käraste. Alex har vår vagn väntande. Låt mig ta dig hem."

Hem. Det enda hem hon ville ha var ett förfallet slott på en portugisisk klippavsats, vid sidan av den ende man som någonsin skulle äga hennes hjärta. Modfälld lät Clarissa Marianne hjälpa henne upp och leda henne ut, där Glenkellie-vagnen väntade på dem.

"Jag låter dina föräldrar veta att Marianne har tagit dig hem", sa Alex tyst och hjälpte henne in i vagnen, hans ansikte fyllt av sympati.

Clarissa kunde bara nicka, tacksam, men förstod att detta var all hjälp de kunde erbjuda henne. Hon stirrade tigande ut genom fönstret, utan att se de mörka gatorna som vagnen rullade igenom, omedveten om oron i Mariannes ansikte när hennes moster iakttog henne.

När vagnen stannade utanför Creightons stadshus vände sig Clarissa till sin moster.

"Marianne, jag behöver din hjälp. Jag måste skicka ett brev. Vill du posta det åt mig, diskret?"

Mariannes ögon vidgades av förvåning, men hon nickade utan att tveka. "Självklart, min kära. Du vet att du alltid kan räkna med mig. Men vad är det för brev? Och till vem skickar du det?"

Clarissa tog ett djupt andetag och stålsatte sig för bekännelsen. "Det är till Rafael, Marianne. Jag älskar honom, sant och djupt, och jag står inte ut med tanken på att förlora honom för alltid. Jag måste berätta för honom hur jag känner, även om det innebär att jag trotsar min far och riskerar allt."

Mariannes uttryck mjuknade och hon sträckte sig ut för att fatta Clarissas händer i sina egna. "Åh, min älskade flicka. Jag förstår. Kärleken är en dyrbar sak, och den är värd att kämpa för. Ge mig brevet, så ska jag se till att det når honom säkert."

Clarissa kände en flod av tacksamhet och tillgivenhet för sin moster. Hon skyndade upp till sitt rum, hämtade ner brevet och tryckte det i Mariannes händer, medan en enda tår rann nerför hennes kind. "Tack, Marianne. Tack för allt."

När Marianne smög ut med brevet gömt i vecken på sin kjol, kände Clarissa en strimma av hopp tändas i sitt hjärta. Hon hade tagit det första steget, hade vågat sträcka sig efter den kärlek hon så desperat längtade efter. Nu kunde hon bara vänta och be att Rafael skulle svara på hennes rop, att han skulle komma och svepa med henne till ett liv av passion och äventyr, långt från de kvävande ramarna i Londons societet.

För sin inre syn kunde hon se Rafaels skepp, Santa Dorotéia, skära genom vågorna med seglen böljande i vinden. Hon föreställde sig att hon stod på däck bredvid honom, med salta stänk som kysste hennes ansikte och den varma brisen som lekte i hennes hår.

I sina drömmar skulle de segla till Portugal, till det förfallna slottet och den försummade vingården som var Rafaels födslorätt. Tillsammans skulle de återställa egendomen till dess forna glans, och hälla sin kärlek och hängivenhet i varje sten och vinranka. Hon kunde se sig själv gå hand i hand med Rafael genom de soldränkta vingårdarna, skrattande och pratande, delande sina förhoppningar och drömmar.

På natten skulle de dra sig tillbaka till sina kammare, där Rafael skulle ta henne i sina armar och älska henne med en passion som satte hennes själ i brand. Hon skulle ge sig helt åt honom, kropp och hjärta, och tillsammans skulle de skapa ett liv fyllt av glädje och mening, långt från den engelska aristokratins ytliga intriger och småaktiga skandaler.

Clarissa suckade och hennes hjärta värkte av längtan. Det var en vacker dröm. Men var den verkligen möjlig? Kunde hon verkligen överge allt hon någonsin känt till, trotsa sin familj och sin plikt, för kärlekens skull?

Clarissa blundade och lät drömmen skölja över henne, och fyllde henne med en våldsam, orubblig beslutsamhet. Ja, tänkte hon. Ja, jag ska komma till dig, min älskade. Jag ska trotsa varje storm, möta varje hinder, för att vara med dig. Och tillsammans ska vi skapa en kärlek som kommer att bestå genom tiderna, en kärlek som aldrig kommer att dö.

# KAPITEL ARTON

Torre do Rochado hade inte sett sådana festligheter på årtionden. Slottet var fyllt till brädden med blommor och firande gäster för Isabellas bröllop.

Musiken svällde när Isabella och hennes nye make, Mario, greve di Bardolino, intog dansgolvet för sin första dans som man och hustru. Rafael såg på från sidan, smärtsamt medveten om den tomma platsen bredvid honom där Clarissa borde ha stått.

När det lyckliga paret virvlade förbi mötte Isabella hans blick, och hennes strålande leende övergick i en sympatisk min. Hon lutade sig nära Mario och viskade något i hans öra. Han nickade och förde henne elegant av dansgolvet. Bara några ögonblick senare marscherade Isabella fram till Rafael med händerna på höfterna, och hennes nye make följde efter med ett roat uttryck i ansiktet.

"Vad gör du, min bror? Varför dansar du inte?"

Rafael suckade och tog en klunk av sitt vin. "Jag är tyvärr inte på humör för att dansa. Låt inte mitt dåliga humör förstöra din dag, min kära."

”Han saknar Clarissa, tror jag”, sa Mario med ett litet skratt.

”Åh Rafa”, Isabella skakade på huvudet. ”Ser du inte? Stackars flicka, hon är kär i dig! Och du låter din fåniga manliga stolthet stå i vägen.”

”Kär i mig?” fnös Rafael. ”Det tror jag knappast. Hon reste ju!”

”Män! Ärligt talat, ni är alla så blinda ibland.” Isabella grep tag i hans arm, hennes grepp förvånansvärt starkt för att vara så späd. ”Lyssna på mig, Rafael. Den där flickan såg på dig som ... som mamma brukade se på pappa. Hon reste bara för att du inte bad henne stanna!”

Kunde det vara sant? Hade han missförstått situationen med Clarissa helt och hållet? Tanken fyllde honom med lika delar upprymdhet och fasa.

Om han hade förstört allt med sina förhastade ord och självviska antaganden ... Dio mio, han skulle aldrig förlåta sig själv. Han var tvungen att ställa allt till rätta, åt fanders med stoltheten. Även om hon avvisade honom var han tvungen att försöka.

Rafael ställde ner sitt glas och kysste Isabella på kinden. ”Grazie, sorella. Du har gett mig mycket att tänka på.”

Hon log och klappade honom på kinden. ”Gå till henne, Rafa. Kämpa för den kärlek du förtjänar.”

”Oroa dig inte för egendomen”, inflikade Mario. ”Isabella och jag kommer att se till allt i din frånvaro.”

Lättnad och tacksamhet sköljde över Rafael i lika mått. "Tack, min bror. Ert stöd betyder mer än jag kan uttrycka i ord."

Med förnyat syfte började Rafael göra förberedelser för sin resa. Medan han packade sin kappsäck snurrade tankarna av alla möjligheter. Tänk om Clarissa vägrade att träffa honom? Tänk om hennes känslor hade förändrats? Nej, han hade inte råd att tänka så. Han skulle vinna henne tillbaka, oavsett priset.

När vagnen förde honom bort från hemlandets soldränkta vingårdar svävade Rafaels hjärta av hopp och bävan. Han seglade in på okända vatten, men för Clarissas skull skulle han trotsa vilken storm som helst. England, och hans hjärtas åtrå, väntade.

Vagnen ryckte till och stannade framför ett elegant radhus i London, dess fasad kritvit mot den grå, dimmiga himlen. Rafael steg ur, med bultande hjärta när han närmade sig dörren. Han knackade med mässingsklappen, och ljudet ekade genom den tysta gatan.

Ett ögonblick senare svängde dörren upp och avslöjade en belevad betjänt. "Kan jag hjälpa herrn?" Hans blick svepte över Rafael, och han rynkade pannan när han såg Rafaels slitna resekläder. "Jag tror inte ..."

”Jag måste omedelbart tala med markisen och markisinnan av Glenkellie”, avbröt Rafael, hans röst fast av beslutsamhet.

”Jag ska se om de tar emot, herrn. Ert kort?”

Rafael blinkade. ”Ah – jag har inget kort. Var snäll och säg att Rafael de Silva är här.”

”Mycket väl, herrn.” Betjänten visade in honom och ledde honom till en välmöblerad salong och lämnade honom ensam med ett uttryck som antydde att han nog trodde att Rafael skulle lägga upp sina smutsiga stövlar på soffan om han lämnades utan uppsikt för länge.

Knappt en minut hade gått förrän dörren flög upp och avslöjade Marianne och Alex, deras miner en blandning av chock och förtjusning.

”Rafael!” utbrast Marianne och skyndade fram för att omfamna honom. ”Vad i hela friden gör du här?”

Alex tog hans hand, hans ögon glittrade av road förvåning. ”Jag måste säga att detta är en överraskning, min vän. Jag trodde du skötte din egendom i Portugal.”

Rafael körde en hand genom håret, plötsligt självmedveten. ”Det gjorde jag, men jag insåg ... jag insåg att jag inte kunde låta Clarissa gå utan en kamp.”

Mariannes ansikte mjuknade när förståelsen grydde i hennes ögon. ”Åh, Rafael. Jag hade hoppats att du skulle komma till sans.”

Hon gestikulerade åt honom att sitta, och hennes min blev allvarlig. "Jag måste berätta för dig att Clarissa skrev till dig för bara några dagar sedan. Jag postade brevet själv."

Rafaels hjärta tog ett skutt, en gnista av hopp tändes i hans bröst. "Skrev hon till mig? Vad skrev hon?"

Marianne skakade på huvudet, hennes röda lockar studsade. "Jag är ledsen, Rafael. Det var inte min sak att läsa hennes korrespondens. Men jag kan berätta detta – hon har varit olycklig sedan hon återvände till England. Hennes far är fast besluten att se henne gift, men hon vägrar varje friare han presenterar."

Alex lutade sig fram, med intensiv blick. "Rafael, om du verkligen älskar henne, måste du agera nu. Hennes far blir mer påstridig för varje dag."

Rafael nickade, och beslutsamhet lade sig över honom som en mantel. "Jag älskar henne, med varje fiber av min varelse. Och jag kommer inte att vila förrän hon är min."

Han reste sig, rak och stolt i hållningen. "Jag ska besöka henne imorgon och be att hon vill ta emot mig. Men först måste jag hitta ett logi och göra mig presentabel."

Marianne viftade med en hand och avfärdade hans bekymmer. "Struntprat, du bor hos oss. Vi har mer än tillräckligt med plats, och jag insisterar. Du är vår heder-sgäst – det är det minsta vi kan göra för att återgälda den underbara gästfrihet du visade oss i Portugal!"

Tacksamhet svällde i Rafaels bröst och värmde honom inifrån. "Tack, båda två. Er vänskap betyder allt för mig."

När han följde den plötsligt mycket mer välkomnande betjänten till sitt rum, rusade Rafaels tankar av förväntan. Imorgon skulle han lägga sitt hjärta för Clarissas fötter och hoppas mot alla odds att hon skulle ta emot det. För nu kunde han bara be och drömma om ögonblicket då han skulle hålla henne i sina armar igen.

Han hade knappt klivit över tröskeln när Alex röst bakom honom fick honom att vända sig om.

"Hördu, Rafael ... vi hade inte planerat att gå, men det är en bal ikväll, och Marianne tror att Clarissa kommer att vara där. Skulle du vilja gå med? Annars kan du besöka henne i hennes hem imorgon."

"Men jag kanske inte blir insläppt i hennes hem", sa Rafael och tänkte snabbt. "Greven kan dock inte neka mig att tala med henne offentligt. Ja, Alex, jag skulle väldigt gärna vilja gå, om det är möjligt?"

"Jag skriver genast en notis till värdinnan och meddelar att vi tar med oss en gäst." Alex gav honom ett brett leende. "Fördelen med att vara markis är att folk har väldigt svårt att säga nej även när man kommer med orimliga förfrågningar! Har du lämpliga kläder? Annars skulle jag tro att mina kostymer passar dig tillräckligt bra ..."

"Jag har lämpliga kläder", sa Rafael. "Jag är trots allt fortfarande officer med fullmakt i den portugisiska flottan."

"En militäruniform är alltid acceptabel." Alex böjde på huvudet. "Jag skickar min betjänt för att hjälpa dig med bad och rakning!"

Rafaels hjärta rusade när han klev in i den glittrande balsalen, hans ögon sökte igenom folkmassan efter en skymt av Clarissa. Havet av okända ansikten och den överdådiga omgivningen på London-societetens bal var långt ifrån däcket på hans skepp, men han navigerade denna nya värld med samma beslutsamhet som hade tjänat honom väl på de öppna haven.

Och så såg han henne.

Clarissa stod på andra sidan rummet, praktfull i en klänning av blekblått siden som framhävde hennes fina drag och solkyssta hår. Som om hon kände av hans närvaro vände hon sig om, och deras blickar möttes över den fullsatta balsalen. I det ögonblicket försvann resten av världen, och det fanns bara hon.

Rafael tog sig fram genom trängseln, utan att släppa Clarissas ansikte med blicken. När han kom närmare såg han känslospelet över hennes drag – överraskning, glädje och ett känslodjup som tog andan ur honom. I den stunden visste han bortom allt tvivel att hon älskade honom, precis som han älskade henne.

”Clarissa”, andades han och tog hennes hand i sin. ”Får jag lov?”

Hon nickade, till synes oförmögen att tala, och han ledde henne ut på dansgolvet. När de rörde sig tillsammans i perfekt harmoni förundrades Rafael över känslan av henne i sina armar, hur hennes hand passade så perfekt i hans egen. Han hade aldrig känt sig så levande som i detta ögonblick med Clarissa.

”Jag trodde aldrig att jag skulle få se dig igen”, viskade Clarissa, hennes röst darrande av känsla.

Rafael höll henne hårdare, hans hjärta värkte vid tanken på den smärta han hade orsakat henne. ”Jag är så ledsen, min älskade. Jag var en dåre som lät min stolthet och svartsjuka komma mellan oss. Men jag är här nu, och jag kommer aldrig att lämna dig igen.”

Clarissas ögon glänste av otröstliga tårar. ”Menar du verkligen det, Rafael?”

Han nickade, hans blick intensiv och orubblig. ”Jag älskar dig, Clarissa. Jag har älskat dig från första stund jag såg dig, och jag kommer att älska dig till mitt sista andetag. Snälla, säg att du känner likadant.”

Hennes nästa ord satte hans hjärta i brand.

”Det gör jag, Rafael. Jag älskar dig mer än jag någonsin trodde var möjligt. Men ...” Hon tvekade, och oro veckade hennes panna. ”Mina föräldrar kommer aldrig att godkänna vårt parti. De har bestämt sig för att jag ska gifta mig med Lord Weatherby.”

Rafael kupade hennes kind, hans tumme strök varsamt bort en ensam tår. ”Jag kommer att övervinna deras invändningar, min älskade, hur jag än måste. Jag ska bevisa för dem att jag är värdig din hand, att min kärlek till dig är sann och orubblig.”

Clarissa lutade sig mot hans beröring och hämtade styrka från hans övertygelse. ”Jag tror på dig, Rafael. Tillsammans kan vi möta vad som helst.”

Greven av Creighton satt stelt bakom sitt skrivbord, med kisande ögon när Rafael kom in i arbetsrummet. "Kapten de Silva", sa han kallt. "Vad har jag att tacka för detta ... oväntade besök?"

Rafael mötte oförskräckt grevens blick, rak och stolt i hållningen. "Ers nåd, jag har kommit för att be om er dotters hand."

Grevens ansikte blev oroväckande rött, och hans händer knöts vid sidorna. "Ni kan inte mena allvar! Clarissa är ämnad för långt större ting än en utblottad portugisisk kapten med ett förfallet slott och några ynkliga vingårdar."

Rafaels käke spändes, men han vägrade att nappa på betet. "Jag kanske inte har rikedom eller titlar, ers nåd, men jag har något långt mer värdefullt – min kärlek till er dotter. Hon är luften jag andas, ljuset som leder mig genom mörkret. Jag skulle ge mitt liv för henne utan att tveka ett ögonblick."

Greven fnös, hans läpp krullades i förakt. "Vackra ord, kapten, men de betyder ingenting inför den kalla, hårda verkligheten. Clarissa förtjänar en make som kan försörja henne, som kan ge henne det liv hon föddes till. Och den mannen är inte ni."

Rafaels hjärta bultade i bröstet, en blandning av ilska och frustration strömmade genom hans ådror. Han hade mött korsarer och kämpat mot rasande hav, men inget hade kunnat förbereda honom på grevens svidande avvisande. "Ni underskattar er dotter, ers nåd", sa han, hans röst låg och intensiv. "Clarissa är inte någon skör blomma som ska klemas bort och skyddas. Hon är en kvinna med styrka och mod, med ett hjärta lika stort som havet."

Grevens ögon blixtrade av ilska. "Ni tar er för stora friheter, kapten. Jag tänker inte stå här och lyssna på er tala om min dotter som om ni kände henne bättre än jag. Nu föreslår jag att ni avlägsnar er innan jag låter kasta ut er."

Rafaels händer knöts till nävar vid sidorna, lusten att slå till var nästan överväldigande. Men han visste att våld inte skulle lösa någonting. Med en stel bugning vände han på klacken och stegade ut ur rummet, hans stövlar ekade på det polerade golvet.

När han kom ut i den krispiga Londonluften rusade Rafaels tankar med innebörden av grevens ord. Hur skulle han någonsin kunna övertyga mannen att ta sitt förnuft till fånga? Att förstå att hans kärlek till Clarissa var ren och sann, ofläckad av tankar på rikedom eller status?

Försjunken i tankar märkte Rafael knappt vagnen som stannade vid trottoarkanten förrän en välbekant röst ropade på honom. "Rafael?"

Han såg upp och fick se Marianne och Alex, deras ansikten präglade av oro. "Jag kom för att be om Clarissas hand", sa han, hans röst sträv av känsla. "Men greven ... han avvisade mig blankt. Sa att jag var ovärdig henne."

Mariannes ögon vidgades, och hennes hand flög till munnen. "Åh, Rafael ... jag är så ledsen. Men han måste väl ta sitt förnuft till fånga! Clarissa är ju skyldig dig sitt liv."

Alex nickade instämmande, pannan djupt veckad i tankar. "Verkligen. Och din karaktär är oklanderlig. Greven kan omöjligen ha invändningar på de grunderna."

Rafael skakade på huvudet, ett bittert skratt undslapp hans läppar. "Du underskattar mannens envishet. Han är fast besluten att se Clarissa gift med någon rik lord, oavsett hennes egna känslor i frågan."

Marianne utbytte en blick med sin make, en beslutsam glimt i ögat. "Det ska vi nog se till att ändra på. Kom, Alex ... vi måste tala med greven själva. Han måste väl lyssna på förnuft om det kommer från oss."

När de försvann in i huset kunde Rafael bara be att deras ord skulle vara nog för att beveka grevens hjärta. För utan Clarissa vid sin sida visste han att hans eget liv bara skulle vara ett tomt skal, utan allt ljus och all glädje.

Greven satt i sitt arbetsrum, med ett stenansikte när Marianne och Alex visades in. Han såg knappt upp från sina papper, hans röst var kall när han talade. "Jag antar att ni är här för att tala för den där ... utlänningens sak."

Marianne röt till vid föraktet i hans ton, men höll rösten lugn när hon svarade. "Rafael är en god man, ers nåd. Det måste ni väl se. Han räddade er dotters liv, med stor risk för sitt eget. Och hans karaktär är oklanderlig."

Greven fnös och lyfte slutligen blicken för att möta hennes. "Karaktär? Vad spelar karaktär för roll, när han inte har någon titel, ingen förmögenhet att tala om? Clarissa förtjänar bättre än någon utblottad adelsman från ett främmande land."

Alex steg fram, hans egen röst fast. "Rafael kanske inte har rikedom eller en titel, men han har något långt mer värdefullt – heder, och ett hjärta som slår bara för er dotter. Kan ni inte se hur mycket de älskar varandra?"

Men greven bara skakade på huvudet, käken envist spänd. "Kärlek? Vad spelar kärlek för roll inför det praktiska? Clarissa kommer att gifta sig med Lord Weatherby, och därmed punkt. Jag vill inte höra fler argument i saken."

Marianne utbytte en hjälplös blick med Alex, och hennes hjärta sjönk. Det verkade som om greven var fast besluten att förbli blind för sanningen, oavsett hur tydligt den lades fram för honom.

När de tog avsked kunde Marianne bara hoppas att Rafael och Clarissa på något sätt skulle hitta ett sätt att vara tillsammans. För hon visste alltför väl smärtan av en nekad kärlek, och hon skulle inte önska ett sådant öde åt någon.

# KAPITEL NITTON

DE DÄMPADE VISKNINGARNA FÖLJDE Rafael som en svärm stickflugor när han steg in i lord Moncrieffes balsal. Prydliga kristallkronor lyste upp de hånfulla minerna i pudrade ansikten, de aristokratiska näsorna som rynkades åt hans närvaro.

"En portugisisk sjökapten, i våra kretsar? Vilken fräckhet!", fnittrade lady Dunmore bakom sin solfjäder.

"Praktiskt taget en bonde, har jag hört. Utan någon förmögenhet att tala om", tillade lord Talbot med en föraktfull fnysning.

Rafael mötte deras förakt med högburet huvud, även om han brann av indignation inombords. En bonde? Om de bara visste vilken tung ansvarsbörda han bar, liven som var beroende av honom. Men det var inget de kunde förstå. Han var här för Clarissas skull, och endast för hennes.

Som om hon frammanats av hans tankar dök Clarissa upp framför honom, strålande i en klänning av skimrande silver. Hennes leende var ansträngt men hennes ögon dansade av trots.

"Kapten de Silva. Det gläder mig att du kunde komma."

"Lady Clarissa." Han bugade djupt, smärtsamt medveten om de dussintals ögon som följde varje rörelse han gjorde. "Nöjet är helt på min sida."

Hon lutade sig närmare och sänkte rösten till en konspiratorisk viskning. "Bry dig inte om dem, Rafael. Deras åsikter är lika substanslösa som havsskum."

Han kunde inte låta bli att skrocka, förundrad över hennes mod. "Och lika lätta att skingra för vinden. Ska vi ge dem något att verkligen prata om?"

Rafael sträckte fram handen i en öppen inbjudan. Clarissas leende blommade upp som en soluppgång när hon lade sina handskbeklädda fingrar i hans. Någonstans ifrån hördes en skandaliserad flämtning som punkterade ögonblicket.

När han förde henne mot dansgolvet fick Rafael syn på grevinnan, med missnöjt sammanpressade läppar. Utan tvekan hade hon iscensatt denna uppvisning i förakt. Men inte ens hennes intriger kunde rubba hans beslutsamhet. För Clarissas skull skulle han uthärda vilken storm som helst.

De första tonerna av en vals svävade genom luften. Rafael drog Clarissa tätt intill sig och njöt av hennes värme genom lagren av siden och spets. Här, i hans armar, försvann resten av världen. Inga elaka tungor eller höjda ögonbryn kunde nå dem.

Låt dem viska, tänkte han när de började dansa. Låt dem håna och fnysa. Hans hjärta visste sanningen, och det var nog. Nog för att uthärda tusen småaktiga förödmjukelser.

Medan de virvlade över det blanka parkettgolvet gnistrade Clarissas ögon av ofog. "Jag tror bestämt att vi har väckt en hel del uppståndelse."

"Verkligen. Jag är rädd att grevinnan kan svimma av all opassandehet."

Hon skrattade, ett ljud som porlade likt champagne i hans öron. "Åh, mamma överlever nog. Även om jag misstänker att jag kommer att få en utskällning senare."

Rafaels panna veckades. "Jag avskyr att orsaka osämja mellan er."

"Struntprat." Clarissas fingrar trycktes hårdare mot hans axel. "Jag tänker inte låta någon diktera villkoren för mitt hjärta. Inte ens min egen mor."

Stolthet svällde i hans bröst. Denna modiga, vackra kvinna hade valt honom, åt fanders med societetens förakt. Det gjorde honom ödmjuk och upprymd på samma gång.

De sista tonerna av valsen klingade ut, och verkligheten sköljde över dem som en kall våg. Motvilligt tog Rafael ett steg tillbaka och sörjde redan förlusten av hennes beröring.

Knappt hade de skilts åt förrän grevinnan dök upp med ett ansikte mörkt som ett åskmoln. "Clarissa. Ett ord med dig, om jag får be."

Clarissa klämde hans hand i ett tyst löfte innan hon följde sin mor till en undanskymd alkov. Rafael såg dem gå och stålsatte sig för den kommande striden.

Grevinnans röst, även om den var dämpad, bars fram i stillheten. "Har du totalt tappat förståndet? Att kurtisera med den där ... den där nollan?"

"Han är ingen nolla." Clarissas tonfall hade kunnat skära glas. "Han är en god och hederlig man."

"Han är under din värdighet!" Grevinnans upprördhet hördes tydligt i prasslet från hennes kjolar. "Du kastar bort dina framtidsutsikter, ditt rykte ..."

"Mitt rykte är mitt eget att riskera."

Rafaels hjärta höll på att brista. I den stunden visste han med bländande säkerhet att han skulle älska denna kvinna till sitt sista andetag.

Jarlen av Creightons fotsteg ekade som pistolskott när han marscherade mot Rafael, med ansiktet flammande av raseri. "Ni där. De Silva."

Rafael vände sig om och rätade på axlarna. "Ers nåd."

"Jag tänker inte hymla." Jarlens ögon var som flinta. "Håll er borta från min dotter, annars ser jag till att ni är på första skeppet tillbaka till Portugal. Permanent."

Hotet hängde i luften, vasst som ett knivblad. Rafael mötte det med stadig blick. "Med all respekt, ers nåd, kan jag inte göra det."

"Kan inte?", frustade jarlen. "Ni glömmer er plats, herrn."

"Nej." Rafaels röst var lugn och orubblig. "Jag vet min plats. Den är vid Clarissas sida, så länge hon vill ha mig där."

Jarlens knytnävar spändes så att knogarna vitnade. "Hon kommer inte att vilja ha er någonstans när jag är klar. Jag tänker inte se henne ruinerad av sådana som ni."

Rafaels hjärta bultade, men han stod på sig. "Jag skulle aldrig ruinera henne. Jag älskar henne, mer än mitt eget liv."

"Älska?", hånskrattade jarlen. "Vad har kärlek med saken att göra? Ni är en utfattig utlänning, en nolla. Ni bidrar inte med någonting till detta förbund."

*Inget utom mitt hjärta*, tänkte Rafael. *Och min heder, vad den nu är värd i denna glittrande värld av fasader.*

Högt sa han: "Jag bidrar med min hängivenhet, min lojalitet. Jag kommer att arbeta outtröttligt för att ge Clarissa det liv hon förtjänar."

"Vackra ord." Jarlen hånlog mot honom. "De kommer inte att betyda mycket när ni svälter i rännstenen."

Rafael lyfte hakan, och hans beslutsamhet hårdnade. "Jag kommer inte att kompromissa med mina värderingar, varken för status eller godkännande. Om jag måste bevisa mitt värde kommer jag att göra det genom mina handlingar, inte genom att böja mig för modets nycker."

Jarlens ansikte mörknade till en lila nyans. ”Bevisa då ert värde från Portugal. Sätter ni er fot nära Clarissa igen, ser jag till att ni blir landsförvisad. Det är ett löfte.”

Med de orden vände han på klacken och stövlade iväg. Kvar stod Rafael, ensam i den glittrande balsalen, med sin framtid hängande på en skör tråd.

”Bry dig inte om Arthur.” Han vände sig om och såg Marianne le upp mot honom. ”Han skäller värre än han bits. Jag ska påminna honom om vad som hände sist han försökte ingripa i en kärleksaffär.”

”Och vad hände då, lady Glenkellie?” Hon gav honom en gest att bjuda upp henne, och han gjorde som hon ville och ignorerade de ogillande minerna från dem som ansåg honom olämplig att dansa med en markisinna.

”En svan”, sa Marianne kryptiskt och fnissade åt hans förvirrade min. ”Låt mig bara säga att gudomlig rättvisa skipades, och Arthur har blivit en bättre man av det – för det mesta. Överlåt honom och Lavinia till mig. Alex kommer att ta med dig till sin klubb och introducera dig för några inflytelserika herrar vars goda omdöme kommer att väga tungt i societeten.”

”Som till exempel?”, frågade Rafael lite tveksamt.

”Högt uppsatta militärer som inte bryr sig om den här sortens nonsens.” Marianne gestikulerade omkring dem, en gest av förakt för det prålliga och skvallret som de runt omkring ägnade sig åt. ”Män som kommer att förstå och respektera exakt vem du är, vad du har gått igenom och de utmaningar du nu står inför, eftersom många av dem stred i spanska självständighetskriget. Du får se.”

Han ogillade att behöva överlämna sitt och Clarissas öde i andras händer, men Marianne hade aldrig varit annat än stöttande i hans frieri. Han bugade för henne vid dansens slut och tackade henne uppriktigt.

”Det var så lite så. Och nu. Här är min väninna lady Havers ... Ellen, låt mig få presentera kapten de Silva! Han var så vänlig och gästade oss på sitt vackra slott i Portugal, en så storslagen landsbygd!” Mariannes normalt mjuka röst var ganska hög, och flera närstående damer och herrar såg förvirrat på varandra och undrade uppenbarligen om historierna de hade hört var helt korrekta, om nu markisinnan av Glenkellie prisade denne herre så starkt.

Lady Havers var en vacker mörkhårig kvinna i tjugoårsåldern, klädd i en fantastisk blå klänning. Hon log varmt upp mot honom. ”Alla Mariannes vänner är mina vänner”, sa hon uppriktigt.

”Han och Clarissa är kära och Arthur är besvärlig”, sa Marianne lågmält, så att bara Ellen och Rafael hörde.

”Aha! Så väldigt ... typiskt Arthur.” Ellen skrattade mjukt. ”Låt oss se vad vi kan göra då. Kom och träffa min man, kaptenen. Han är också utlänning”, anförtrodde hon honom, lade armen i hans och drog honom med sig genom folkmassan. ”Amerikanare. Orsakade en hel del uppståndelse i societeten med sina nymodiga idéer när han ärvde jarldömet, kan jag säga dig.”

Rafael tyckte genast om Thomas Havers; den amerikanske jarlen utstrålade ett stabilt lugn som kändes oerhört betryggande. Han var omgiven av en grupp män som visade sig vara inte bara imponerande titulerade utan även inflytelserika i den politiska sfären. Med Thomas omedelbara acceptans av honom vid Ellens presentation och den vänliga attityden från herrarna med honom, kunde Rafael nästan känna hur opinionens våg i rummet började vända till hans fördel.

Till och med lady Belmont, en av societetens mest notoriska skvallertanter, hördes anmärka: "Kanske finns det mer hos den där portugisen än vad man kan tro."

"Han är sannerligen stilig nog", replikerade lady Jersey. "Kan inte klandra Creighton-flickan det minsta. Om jag var tjugo år yngre ..."

"Försök med trettio!", kontrade lady Belmont, innan båda damerna skrattade elakt.

Och sedan, till Rafaels fullständiga förvåning, närmade sig en matronlik dam i en överdådig klänning med en rodnande ung kvinna vid sin sida och knuffade Ellen till att presentera dem.

"Lady Partlebury, miss Partlebury", sa Ellen med ett litet leende. "Låt mig presentera kapten Rafael de Silva."

"Kapten de Silva", kvittrade lady Partlebury ivrigt. "Min dotter Amelia är mycket angelägen om att göra er bekantskap."

Rafael blinkade, knappt i stånd att tro på den plötsliga vändningen i hans lycka. De en gång fientliga blickarna hade förvandlats till värderande sådana, de hånfulla minerna ersatts av blyga leenden.

"Det är ett nöje att träffa er, miss Partlebury", lyckades han få fram och bugade artigt över hennes handskbeklädda hand. Tankarna snurrade i hans huvud över innebörden av denna oväntade utveckling. Kunde det vara så att vinden verkligen höll på att vända? Att societeten började se honom som mer än en utländsk inkräktare?

När fler damer började närma sig, med sina ivriga döttrar i släptåg, kunde Rafael inte annat än förundras över uppfattningens makt. Hur snabbt åsikter kunde förändras, hur lätt fördomar kunde påverkas av rekommendationer från ett fåtal respekterade personer.

Samma sak hände när Alex tog med honom till sin klubb. Hertigen av Wellington själv var närvarande, och med en enda blick på Rafaels uniform reste han sig och erbjöd sin hand. "En ära att ha er med oss, kapten", sa han på flytande portugisiska, redan innan Alex hade hunnit göra presentationerna.

"Äran är min, ers nåd", svarade Rafael med en djup bugning.

"Inget av det där nu. Lite konjak!" Hertigen gestikulerade mot kyparen. "Sätt er och berätta för mig om ert skepp, unge man."

Clarissas hjärta sjönk när hennes mors järngrepp hårdnade om handleden och obevekligt drog henne mot balsalens utgång. Hon sträckte på halsen för en sista glimt av Rafael.

"Kom nu, Clarissa", väste grevinnan, hennes röst knappt hörbar över orkesterns toner. "Vi går omedelbart."

Clarissa snubblade till, hennes sidentofflor fastnade på det polerade parkettgolvet. "Men mor, vi kan väl stanna lite till? Kvällen har knappt börjat."

"Jag tänker inte låta dig umgås med den där ... den där lycksökaren", fräste hennes mor och drog Clarissa med sig som ett olydigt barn.

Clarissas kinder brände av indignation. Hur vågade hennes mor tala om Rafael på det sättet?

När de nådde garderoben snurrade Clarissas tankar i en malström av känslor. Doften av Rafaels sandelträparfym dröjde sig kvar på hennes handskar från deras korta dans. Hon andades in djupt och njöt av minnet av hans starka armar runt hennes midja, hans havsgröna ögon som såg in i hennes med en så öm intensitet.

"Jag kan inte fatta att du skulle skämma ut oss så, genom att dansa med den där portugisiske uppkomlingen", muttrade hennes mor medan hon bryskt knäppte Clarissas kappa. "Vad ska folk säga?"

Clarissa lyfte hakan trotsigt. "De kommer att säga att jag dansade med en modig och hederlig man, mor. Kapten de Silva är ingen lycksökare."

Grevinnans ögon smalnade farligt. "Du vet ingenting om världen, din dumma flicka. Kom nu, vår vagn väntar."

När de svepte ner för marmortrappan kysste den svala nattluften Clarissas blossande kinder. Hon kastade en sista längtansfull blick mot de upplysta fönstren till balsalen och undrade om Rafael letade efter henne just nu.

"Det här är för ditt eget bästa, Clarissa", sa hennes mor med något mjukare ton. "Du kommer att tacka mig en dag när du är tryggt gift med en respektabel engelsk gentleman."

Clarissa bet tillbaka ett svar, medveten om att det skulle falla för döva öron. När hon klev in i vagnen svor hon tyst att detta inte skulle bli sista gången hon såg Rafael de Silva. På något sätt skulle hon finna en väg att vara med mannen som hade fångat hennes hjärta.

# KAPITEL TJUGO

DE FÖLJANDE DAGARNA PASSERADE i en dimma av tröttsamma visiter och noggrant utvalda tillställningar. Clarissa fann sig längta efter den livfulla energin på de stora balerna, men hennes mor stod fast vid sitt beslut.

"Lady Ashbournes intima soaré i kväll, min kära", tillkännagav grevinnan en eftermiddag och rättade till sin dotters spetskrage. "En utvald samling av endast det mest förfinade sällskapet."

Clarissa suckade inombords. "Och jag antar att kapten de Silva inte kommer att närvara?"

Hennes mors läppar smalnade. "Verkligen inte. Lady Ashbourne har försäkrat mig om det. Clarissa, du måste verkligen slå den där mannen ur hågen. Sätt dig nu ner och skriv ett tackkort till lord Pembrook för blommorna han skickade dig." Med en sista sträng blick lämnade grevinnan rummet och lämnade Clarissa ensam, uppenbarligen i förväntan om att hennes dotter fogligt skulle lyda.

"Lord Pembrook! Blommor!" Hon visste inte ens vilket av de många arrangemangen som prydde borden i rummet som lorden hade skickat, och hon brydde sig inte.

Han kunde vissla efter sitt tackkort! Clarissa gick fram och tillbaka i salongen, hennes lockar studsade för varje upprört steg. En knackning på dörren fick henne att vända sig om med vidöppna, förväntansfulla ögon. Hade Rafael på något sätt kommit till henne?

Butlern öppnade dörren och annonserade: "Hennes Nåd, hertiginnan av Balford."

Inte Rafael, men en verkligt välkommen besökare. "Diana!" Clarissa skyndade fram och kramade om sin syster hårt. "Jag är så glad att du är här."

Diana besvarade kramen, hennes milda ögon fyllda av värme. "Självklart kom jag, min kära. Hur skulle jag kunna låta bli, efter att ha fått ditt brev? Jag är så ivrig att få träffa din stilige kapten de Silva!"

Clarissa drog sig tillbaka och sökte sin systers ansikte. "Och du har inget emot Rafael? Att han inte är ... inte precis vad far hade tänkt sig för mig?"

Diana skrattade, ett klingande ljud som omedelbart fick Clarissa att känna sig lugn. "Inget emot? Varför i all världen skulle jag ha det? Han låter alldeles förtjusande i din beskrivning. En stilig sjökapten som ädelt tjänar sitt land trots motgångar. Det är alltigenom härligt romantiskt."

Lättnaden sköljde över Clarissa som en lenande balsam. Hon hade varit livrädd för att inte ens Diana skulle förstå hennes känslor för Rafael. Men hon borde ha vetat bättre. Kära, rara Diana hade alltid stöttat henne, oavsett vad.

"Han är förtjusande", sade Clarissa med en drömmande suck. "Och modig, och ärofull, och snygg som synden. Åh Diana, jag älskar honom så. Jag kan knappt tänka på något annat."

"Då är det allt som betyder något." Diana tog Clarissas händer i sina och hennes uttryck blev allvarligt. "Om du älskar honom, och han älskar dig tillbaka, då måste du följa ditt hjärta. Livet är för kort för att låta andra diktera din lycka."

Tårar stack i Clarissas ögonvrår. Hur hade hon kunnat ha sådan tur att ha en syster så underbar som Diana? "Tack", viskade hon. "Ditt stöd betyder allt för mig."

Diana log, lade sedan armen om Clarissas och började leda henne mot divanen. "Nu måste du berätta precis allt om din stilige kapten. Jag vill veta exakt hur han tog dig med storm. Utelämna inga detaljer, hur små de än är. Jag insisterar på att få höra hela den spännande historien."

Clarissa fnittrade och kände sig lättare än hon hade gjort på flera dagar när hon satte sig ner bredvid Diana. Med sin syster vid sin sida vågade hon äntligen hoppas att hon och Rafael på något sätt skulle hitta ett sätt att vara tillsammans. Oavsett vilka hinder som stod i deras väg.

När de steg in i lady Ashbournes överdådiga salong klistrade Clarissa på ett artigt leende. Luften var tung av parfym och den kväljande doften av för många kroppar i ett för litet utrymme. Hon svepte med blicken över rummet, och hjärtat sjönk när hon kände igen de välbekanta ansiktena på flera herrar som hennes föräldrar hade fört fram som potentiella äkta män.

”Lady Clarissa!” Lord Pembrook dök upp vid hennes armbåge, hans rödbrusiga ansikte strålade. ”Så förtjusande att se er. Får jag fresta med ett parti whist?”

Clarissa undertryckte en stönning. ”Vad vänligt av er att erbjuda, mylord, men jag är rädd att jag känner mig ganska trött i kväll. Kanske en annan gång?”

När hon elegant drog sig undan gled Clarissas tankar iväg till Rafael. Var han på andra tillställningar och letade förgäves efter henne? Eller hade han gett upp, och dragit slutsatsen att hennes plötsliga frånvaro betydde att hon avvisade honom? Diana hade lovat att skicka ett meddelande till Marianne och förklara hur fasansfulla Clarissas föräldrar var, men Clarissa hatade att känna sig så maktlös.

”Det här är outhärdligt”, mumlade hon för sig själv och tog emot ett glas ljummen lemonad från en passerande lakej.

”Sade du något, min kära?” frågade hennes mor skarpt.

Clarissa tvingade fram ett glatt leende. ”Inte alls, mor. Jag anmärkte bara på hur ... intim den här sammankomsten är.”

Allt eftersom kvällen fortskred fann sig Clarissa trängd av den ena ivriga friaren efter den andra. Hon längtade efter Rafaels kvickhet och lediga konversation, sättet hans ögon gnistrade när han skrattade. Dessa män, med sina polerade manér och tomma smicker, bleknade i jämförelse.

I desperat behov av en paus ursäktade sig Clarissa och tog sig till en avskild alkov i hopp om en stunds ro. När hon svängde runt hörnet kolliderade hon med en lång gestalt.

"Jag ber om ursäkt", började hon, och frös sedan till när hon kände igen mannen framför sig. "Herr Dalton?"

Edward Daltons stiliga ansikte brast ut i ett charmigt leende. "Lady Clarissa! Vilken förtjusande överraskning."

Clarissas tankar snurrade. "Jag ... jag trodde ni hade återvänt till Durham. Till er familj."

Daltons leende vacklade för ett ögonblick innan han samlade sig. "Ah, just det. Jo, ni förstår, min far hade andra planer. Han har beordrat mig tillbaka till London för att hitta en hustru."

"Vad ... lämpligt", svarade Clarissa, oförmögen att dölja en antydan till misstänksamhet i sin röst. Någonting med Daltons förklaring lät falskt, även om hon inte riktigt kunde sätta fingret på varför.

"Sannerligen", instämde Dalton med lätt ton. "Och vilken lyckträff att stöta på er här. Jag har saknat våra samtal, särskilt vår tid i Aten."

Clarissas strupe snördes samman vid omnämnandet av Aten. Minnet av hennes kidnappning och Rafaels våghalsiga räddning översvämmade hennes sinne. Hon kämpade för att behålla fattningen.

”Ja, jo, mycket har förändrats sedan dess”, sade hon svalt.

Daltons ögon smalnade en aning. ”Har det? Jag hade hoppats att vi skulle kunna återuppta vår … vänskap. Portugal var … tja, vi kunde inte vara fullt så *intima* som vi var i Aten, men …”

Clarissa tog ett steg tillbaka, med hjärtat bultande. ”Herr Dalton, jag—”

”Clarissa, älskling!” Grevinnans röst skar genom spänningen som en kniv. ”Där är du ju. Och herr Dalton, så trevligt att se er igen.”

Clarissa vände sig om och såg sin mor närma sig, en beräknande glimt i ögat. Hon stönade inombords, då hon alltför väl kände igen den blicken.

”Mor”, sade Clarissa och tvingade fram ett leende. ”Herr Dalton berättade just för mig om sin återkomst till London.”

”Och min fars instruktioner om att jag ska finna mig en hustru”, lade mr Dalton till och bugade sig servilt.

”Vad underbart”, strålade grevinnan. ”Vi måste bjuda hem er på middag snart, mr Dalton. Eller hur, Clarissa?”

Clarissas leende kändes sprött. ”Självklart, mor.”

När de tog farväl av mr Dalton och tog sig tillbaka till huvudfesten, lutade sig grevinnan nära Clarissas öra.

”Herr Dalton är kanske inte riktigt vad vi hade hoppats på i fråga om förmögenhet och ställning”, mumlade hon, "men han kommer från en god familj. Och han är åtminstone yngre än några av de friare din far föredrar."

Clarissas temperament blossade upp. "Mor, ni kan väl inte mena allvar! Det var mr Dalton som berättade för er om ... incidenten med korsarerna", väste hon. "Han förrådde min tillit och äventyrade mitt rykte! Jag kan inte lita på honom."

Grevinnan viftade avvärjande med handen. "Män talar ofta bredvid mun, kära du. Det är ingenting att hålla emot honom för evigt."

Clarissa knöt nävarna, frustrationen byggdes upp inom henne. "Jag tänker inte gifta mig med honom, mor", sade hon bestämt. "Jag tänker inte ens överväga det."

Grevinnans ögon hårdnade. "Det får vi se, Clarissa. Det får vi se."

Det dröjde inte länge förrän Edward Dalton upptäckte att kapten Rafael de Silva var i London, och uppenbarligen hade följt efter lady Clarissa Creighton dit med en fast avsikt att gifta sig med henne.

Det kunde naturligtvis inte tillåtas. Edward hade bestämt sig, nästan så snart han upptäckte att Clarissa på något sätt hade undgått det öde hon var ämnad för i händerna på de algeriska korsarerna, att hon trots allt skulle bli en utmärkt hustru för honom. Hon var vacker, välbeställd, och hennes syster var hertiginna. Hans plats i den engelska societeten skulle vara garanterad.

Först skulle han dock behöva misskreditera den där besvärliga portugisiska kaptenen och skicka honom skamset hem med svansen mellan benen. Och i kväll hade han fastställt att de Silva skulle vara på denna bal, troligen i hopp om att Clarissa skulle vara närvarande. Vilket hon inte skulle vara, eftersom grevinnan hade blivit förvarnad om de Silvas troliga närvaro ... av Edward själv, förstås.

Edward stod vid spiselkransen, snurrade på ett glas konjak medan han observerade balsalen med kisande ögon. Hans blick fästes på de Silva, som just hade kommit in i rummet, en ståtlig gestalt i sin uniform. Han såg hur Rafaels havsgröna ögon sökte igenom folkmassan, tydligt letande efter Clarissa. Daltons fingrar hårdnade om glaset, knogarna vitnade. Dags att sätta planen i verket.

”God afton, kapten!” ropade Dalton, hans röst drypande av falsk vänlighet när han närmade sig Rafael.

Rafael vände sig om, och överraskning fladdrade över hans drag. ”Herr Dalton, god afton. Jag hade inte väntat mig att se er i London.”

”Åh, jag är full av överraskningar”, svarade Dalton med ett snett leende. ”Jag har hört att ni har varit rena sensationen sedan er ankomst. Säg mig, vad för en portugisisk sjöofficer till den engelska societeten?”

Rafael tvekade och valde sina ord med omsorg. ”Jag har ... personliga ärenden att sköta.”

"Personliga ärenden, minsann. Jag är säker på att lady Clarissa är överlycklig över att ha er här." Han märkte hur Rafael stelnade till vid omnämnandet av Clarissas namn. *Perfekt*, tänkte Dalton. *Det här blir lättare än jag föreställt mig.*

"Ni verkar väl insatt i lady Clarissas angelägenheter", svarade Rafael med vaksam ton.

Dalton skrattade, ett ihåligt och falskt ljud. "Åh, Clarissa och jag känner varandra sedan länge. Barndomsvänner, ni vet. Faktum är att jag har funderat på att det är på tiden att jag stadgar mig. Kanske med ett välbekant ansikte."

Han såg hur Rafaels käke spändes, och kände tillfredsställelse strömma genom sig. Tvivlets frön hade såtts. Nu gällde det att odla dem till fullfjädrade rykten som skulle förstöra alla chanser Rafael hade med Clarissa.

Dalton lutade sig fram och sänkte rösten konspiratoriskt. "Mellan oss gentlemän, jag har hört viskningar om era ... avsikter. Vissa säger att ni är en riktig lycksökare."

Rafaels havsgröna ögon blixtrade av ilska. "Jag ber om ursäkt?"

"Äsch, kom igen nu", pressade Edward på och njöt av kaptenens obehag. "En utblottad portugisisk adelsman som uppvaktar en av Englands mest eftertraktade arvtagerskor? Det är ganska genomskinligt, tycker ni inte?"

Rafaels nävar knöts vid hans sidor. "Ni vet ingenting om mina avsikter, mr Dalton. Jag föreslår att ni sköter era egna angelägenheter."

Edward höjde händerna i en låtsad kapitulation. "Inget illa menat, kapten. Jag upprepar bara vad jag har hört i vissa kretsar. Men jag är säker på att en man med er ... bakgrund ... förstår hur snabbt rykten kan spridas i Londons societet."

När Rafael öppnade munnen för att svara, smög sig en slående rödhårig kvinna i en avslöjande klänning fram till dem. Edward undertryckte ett snett leende då han kände igen skådespelerskan han hade anlitat för just detta syfte.

"Kapten", spann hon och tryckte sig mot Rafaels arm. "Jag har längtat efter att få tala med er hela kvällen."

Rafael stelnade till, uppenbart obekväm. "Min dam, jag tror inte vi har blivit presenterade."

Kvinnan fnittrade, och hennes fingrar gled nerför hans bröst. "Åh, men det har vi, älskling. Minns du inte vårt passionerade möte i fredags kväll?"

Edward såg med tillfredsställelse hur närliggande festdeltagare vände sig om för att stirra och viska bakom sina solfjädrar. Rafaels ansikte bleknade när han försiktigt men bestämt tog bort kvinnans hand.

"Det måste ha skett ett misstag", insisterade Rafael med ansträngd röst. "Jag har aldrig träffat er förut."

Skådespelerskans underläpp darrade övertygande. "Hur kan du säga något sådant? Efter alla dina löften ..."

Medan scenen utspelade sig smet Edward iväg med ett triumferande leende på läpparna. Fällan var gillrad och Rafaels rykte skulle snart ligga i spillror. Clarissa skulle inte ha något annat val än att vända sig till honom, Edward, för tröst och trygghet. Allt gick enligt plan.

Edwards självgoda tillfredsställelse blev kortvarig. När han tog sig fram genom den fullsatta balsalen skar en välbekant röst genom luften, vilket fick honom att stanna mitt i ett steg.

"Jag kan försäkra er, min dam, att kapten de Silva var med mig vid den tidpunkt då ni påstår att detta ... möte ägde rum", förklarade Alex, markisen av Glenkellie, högt, i en ton som inte tålde några invändningar.

Edward virvlade runt och hjärtat sjönk i bröstet när han såg Alex stå bredvid Rafael, med handen fast på den portugisiske kaptenens axel.

"Faktum är", fortsatte Alex och lät blicken svepa över rummet, "att kapten de Silva har varit i mitt hem varje kväll förra veckan. Jag kan tillhandahålla flera vittnen för att bekräfta detta, eftersom min hustru markisinnan och jag har bjudit på middag varje kväll och kaptenen bor hos oss som en hedrad gäst i vårt hem."

Skådespelerskan vacklade, hennes självsäkra uppträdande smulades sönder. "Men ... jag ... det vill säga ..."

Muller spred sig genom folkmassan när kvinnans skådespel föll samman.

"Jag vet inte ens ert namn, min dam", sade Rafael, och hans djupa röst bar. "Jag är rädd att jag aldrig har sett er förrän i detta ögonblick. Kanske ni har förväxlat mig med någon annan?"

”Jag …” skådespelerskan såg sig omkring, desperat sökande efter ett stödjande ansikte, eller, om inte det, en flyktväg. ”Ja … kanske jag har det.”

”Då önskar jag er en god afton”, sade Rafael artigt.

Edward knöt nävarna och såg hjälplöst på hur hans noggrant utarbetade plan nystades upp framför ögonen på honom.

Rafaels havsgröna ögon mötte Edwards tvärs över rummet, en blandning av lättnad och misstänksamhet i deras djup. Edward undvek snabbt hans blick, och tankarna rusade.

”Förbaskat”, muttrade han för sig själv och ryckte i sin kravatt medan svetten pärlade sig på hans panna. Han behövde en ny strategi, och det snabbt.

En desperat idé började ta form i Edwards sinne. Om han inte kunde förstöra Rafaels rykte, kanske han kunde tvinga Clarissas hand på ett annat sätt. Det var riskabelt, men han höll på att få slut på alternativ.

”Nåväl”, muttrade han bistert. ”Om det är så här spelet måste spelas, så får det bli så. Clarissa ska bli min, på ett eller annat sätt.”

Med förnyad beslutsamhet smet Dalton ut ur balsalen, hans sinne redan igång med att formulera sitt nästa drag. Han hade ett sista kort att spela, och han tänkte använda det med förödande effekt.

Ännu en kväll, ännu en tråkig privat middag där det inte fanns någon chans att hon skulle få se Rafael. Ännu en samling dötrista potentiella friare. Clarissa ville slita sitt hår och skrika.

*Kanske de kommer att tro att jag är galen*, tänkte hon vanvördigt. *Det skulle kanske avskräcka några av dem, åtminstone.*

Ikväll hade hon åtminstone sin syster som sällskap. Diana satt naturligtvis längre upp vid bordet, som hertiginna var hon en av de viktigaste gästerna. Hennes man Will, hertigen av Balford, kom till Clarissas undsättning mer än en gång under kvällen och avledde några av hennes mer ihärdiga friare.

"Är du säker på att allt är bra?" frågade Will med låg röst. "Du ser ganska blek ut."

"Jag hatar varje ögonblick av det här", sade Clarissa med osminkad ärlighet och kom ihåg hur mycket hon alltid hade gillat Will när han gav henne ett konspiratoriskt leende.

"Varför smiter du inte in genom dörren bakom dig till biblioteket och gömmer dig en stund själv? Jag ska påstå att jag inte har sett dig."

"Gud välsigne dig, svåger." Hon gav honom det första äkta leendet hon hade lyckats med den kvällen, snodde hans konjaksglas ur handen och tog en odamlig klunk innan hon gav tillbaka det. "Jag blir inte borta för länge, jag lovar."

Wills skrockande avbröts av dörren som klickade igen bakom henne.

Biblioteket var saligt tyst, helt tomt och behagligt väl upplyst. Tillräckligt väl upplyst för att hon skulle kunna läsa titlarna på böckerna i hyllorna, varav de flesta såg ut som om de aldrig hade rörts. Clarissa tillbringade några lyckliga minuter med att bläddra innan ljudet av en dörr som öppnades fick henne att virvla runt. Edward Dalton kom just in i biblioteket, genom en annan dörr än den hon hade använt, log mot henne och stängde sedan dörren bakom sig.

Clarissa blev plötsligt akut medveten om att de var ensamma.

"Herr Dalton", sade hon och lyfte stolt på hakan. "Om ni ursäktar mig." Hon marscherade mot den andra dörren, fullt inställd på att återvända till stridens hetta. Bättre det än att vara ensam med den här mannen.

Daltons läppar kröktes i ett leende som inte nådde ögonen. "Om ni tillåter mig bara ett ögonblick i enskildhet, min kära lady Clarissa, är jag rädd att jag har några ganska beklämmande nyheter att dela med er."

Clarissas panna rynkades när hon vände sig om för att se misstänksamt på honom. "Vilka nyheter kan det vara?"

Han steg närmare, och hans röst sjönk till en konspiratorisk viskning. "Det rör ert … olyckliga äventyr i Aten. Er kidnappning av korsarer, era dagar i fångenskap och er stiliga räddning av kapten de Silva. En riktig skandal, skulle ni inte hålla med om det?"

Clarissas händer darrade när hon kämpade för att behålla fattningen. "Hur vågar ni", väste hon. "Det är en privat angelägenhet."

"Privat för tillfället", instämde Dalton. "Men föreställ er om ryktet skulle spridas i Londons societet. Ert anseende skulle ligga i spillror."

En isande fasa spred sig i Clarissas mage när hon insåg de fulla konsekvenserna av hans hot. "Vad vill ni?" frågade hon, med en röst som var knappt hörbar.

Daltons ögon glimmade av triumf. "Det är ganska enkelt, min kära. Gå med på att gifta er med mig, så ska jag se till att denna smutsiga historia aldrig ser dagens ljus."

Clarissas tankar snurrade, sliten mellan raseri och rädsla. Hur skulle hon någonsin kunna gå med på ett sådant krav? Och ändå, om ryktet om hennes kidnappning spreds, skulle det förstöra inte bara hennes eget rykte utan även hennes familjs. Hennes yngre systrar skulle kanske aldrig kunna gifta sig. Till och med Diana skulle kunna skadas av ryktena.

"Ni är avskyvärd", spottade hon ur sig och knöt händerna till nävar vid sidorna.

”Kanske det”, ryckte Dalton på axlarna. ”Men jag är också ert enda alternativ. Vad blir det, lady Clarissa? Äktenskap eller skandal?”

# KAPITEL TJUGOETT

CLARISSAS HJÄRTA HOPPADE ÖVER ett slag när Daltons ord hängde kvar i luften. Plötsligt föll något som hon borde ha insett tidigare på plats i hennes sinne.

"Vänta", sa hon med en röst som knappt var mer än en viskning. "Hur visste du om korsarerna?"

Daltons avspända leende vacklade och hans blå ögon for åt sidan. "Ursäkta?"

Clarissas fingrar knöts hårdare om kjolarna och det fina sidenet hotade att slitas sönder i hennes grepp. "Korsarerna, Edward. Du nämnde dem nyss, och du berättade även om det för mina föräldrar i Portugal, men jag har aldrig berättat för dig om den delen av min ... prövning."

En svettpärla rann nerför Daltons tinning. Han harklade sig och rättade till sin kravatt. "Åh, jag är säker på att du måste ha nämnt det vid något tillfälle, min kära."

"Nej", sa Clarissa och hennes röst blev starkare när vissheten la sig som en sten i bröstet. "Det gjorde jag absolut inte."

Hon tog ett steg närmare och prasslet från hennes klänning verkade onaturligt högt i den plötsliga tystnaden mellan dem.

"Edward", sa hon i en bedrägligt lätt ton. "Finns det något du inte berättar för mig?"

Daltons charmiga fasad sprack ytterligare och avslöjade en skymt av något mörkare därunder. "Clarissa, älskling, du inbillar dig."

Clarissas tankar snurrade som en virvelvind. *Hur kunde han veta? Vem kunde ha berättat för honom?*

Dalton sträckte sig efter henne, men hon slog instinktivt bort hans hand och tog ett snabbt steg tillbaka. "Våga inte röra mig. Säg mig sanningen. Nu."

Daltons hand föll slappt ner längs sidan och hans tidigare självförtroende dunstade bort. Han svalde tungt och adamsäpplet guppade nervöst.

"Jag ... jag ...", stammade han och blicken for runt som om han sökte en flyktväg. "Lady Helena berättade det för mig. Änkegrevinnan av Glenkellie, menar jag."

Clarissas ögon smalnade och hennes händer knöts till nävar vid sidorna. Lögnen var lika genomskinlig som glas. Lady Helena kunde vara rättfram, men hon skulle aldrig i livet ha sagt något så indiskret och skadligt för Clarissas rykte. "Förväntar du dig att jag ska tro på det?" väste hon och tog ett steg närmare honom.

Dalton stapplade bakåt och snubblade nästan över ett litet bord. "Det är sant!" insisterade han och hans röst steg en oktav. "Hon ... hon var orolig för dig. Ville att jag skulle hålla ett öga på dig."

Det absurda i hans påstående underblåste bara Clarissas ilska. Lady Helena, förråda henne på ett sådant sätt? Bara tanken var en förolämpning. "Edward Dalton", sa hon med låg, farlig röst. "Du är mycket, men jag trodde dig aldrig vara en dumbom. Tror du verkligen att jag skulle gå på en så uppenbar lögn?"

Hans vackra ansikte förvreds och desperation ersatte hans vanliga avspända leende. "Clarissa, snälla", vädjade han och sträckte sig efter henne igen. "Du måste förstå ..."

Hon ryckte undan och avsmak vällde upp i magen. "Förstå vad? Att du har ljugit för mig? Att du vet mycket mer om min prövning än du borde?" Hennes röst steg för varje fråga.

Medan Dalton kämpade för att hitta ett svar, rusade Clarissas tankar. Hur djupt gick hans svek? Och ännu viktigare, vad skulle hon göra åt det?

Clarissas ögon smalnade när hon studerade Daltons ansikte och sökte efter minsta antydan till sanning. "Du förnekar det inte", sa hon med en röst som knappt var mer än en viskning. "Du ljög om lady Helena."

Daltons axlar sjönk ihop och kampviljan verkade rinna ur honom. "Clarissa, jag ..."

Men hon lyssnade inte längre. Hennes tankar snurrade och pusslade ihop fragment av samtal, udda blickar och oförklarliga sammanträffanden. Den fruktansvärda insikten sköljde över henne som en våg.

"Det enda sättet du kunde veta …", började hon, hennes röst darrande av en blandning av raseri och misstro. "Den enda möjliga förklaringen är att du var inblandad på något sätt."

Dalton bleknade och bekräftade hennes misstankar innan han hann yttra ett ord.

Clarissa kände det som om marken försvann under hennes fötter. "Gode Gud", viskade hon, mer för sig själv än för honom. "Vad har du gjort?"

Hon rätade på ryggen och samlade varje uns av styrka hon ägde. "Säg mig sanningen, Edward", krävde hon, hennes röst klingade av en auktoritet hon inte visste att hon hade. "Jag vill höra varje smutsig detalj om din inblandning i min kidnappning. Och må Gud förbarma sig över din själ om du ljuger för mig igen."

Medan hon väntade på hans svar bultade Clarissas hjärta i bröstet. Hur kunde mannen hon en gång trodde att hon skulle kunna älska vara kapabel till ett sådant svek? Och vilka andra hemligheter kunde han dölja?

Daltons ansikte förvreds, en blandning av skam och desperation etsad över hans en gång så vackra drag. "Jag … jag var skyldig pengar", erkände han, och rösten sprack. "En grekisk penningutlånare. Skulden var astronomisk, Clarissa. Jag var desperat."

Det vände sig i magen på Clarissa och den bittra smaken av svek steg i halsen. "Så du *sålde* mig till *korsarer*?" fräste hon, hennes händer darrade av raseri.

"Nej!" utbrast Dalton. "Jag svär, jag trodde att de bara skulle hålla dig för en lösensumma. Din fars rikedom ... jag kunde aldrig föreställa mig att de skulle sälja dig."

Rummet verkade snurra runt Clarissa när hon bearbetade hans ord. Hon stödde sig mot en närliggande stol, hennes knogar vita när hon grep om den utsmyckade träryggen. En annan fruktansvärd misstanke började gro i hennes sinne.

"Vingårdarna", viskade hon, hennes ögon vidgades av gryende fasa. "Det var du, eller hur? *Du* saboterade Rafaels vingårdar."

Daltons tystnad var fördömande. Clarissa såg hur han tycktes falla ihop framför henne, inte längre den tjusiga figur hon en gång hade beundrat utan ett ynkligt, fegt skal av en man.

"Hur kunde du?" andades hon, hennes röst rå av känslor. "Jag litade på dig, Edward. Vi alla gjorde det."

När den fulla tyngden av hans svek slog ner över henne, for tankarna genom Clarissas huvud med alla konsekvenser. Hur många liv hade han förstört? Hur mycket skada hade hans själviska handlingar orsakat?

Hennes ögon blixtrade av rättfärdig ilska och rösten darrade när hon talade och krossade honom med sina ord.

”Jag skulle hellre gifta mig med en gatukorsning än en man utan heder som du, Edward Dalton.”

Hon såg med bister tillfredsställelse hur Dalton ryggade tillbaka från henne, hans ansikte förvridet av skam.

”Clarissa, snälla”, vädjade Dalton och sträckte sig efter hennes hand. ”Vi kan fortfarande ställa allt till rätta. Din far ...”

Hon slet undan sin hand, huden kröp sig vid hans beröring. ”Tala inte om min far”, väste hon. ”Du har ingen rätt.”

Clarissas tankar rusade, hon övervägde sina alternativ. Hon visste att hon hade makten nu, och en del av henne njöt av det. Hon tog ett djupt andetag och fäste en stålsatt blick på Dalton.

”Jag kommer att ruinera dig”, förklarade hon, hennes röst låg och farlig. ”Varje salong i London kommer att få veta om ditt svek. Och Rafael ...”, hon gjorde en paus och njöt av hur Dalton bleknade vid namnet, ”... jag kommer att berätta allt för honom.”

Daltons ansikte förlorade all färg. ”Det skulle du inte våga”, viskade han med skräck i blicken.

Clarissa lyfte hakan trotsigt. ”Försök bara.”

”Han ... han kommer att döda mig!”

Clarissa tvivlade inte ett dugg på den saken. Rafael skulle inte tveka att ställa Dalton till svars för sabotaget av vingårdarna, för att inte tala om att ha sålt henne till korsarerna, och han skulle skjuta Dalton på fläcken.

Daltons blick for runt i rummet som ett djur i ett hörn. På ett ögonblick rusade han mot dörren och välte nästan ett nätt sidobord i sin hast.

Clarissa såg honom fly, hennes hjärta bultade. ”Fegis”, muttrade hon för sig själv och slätade till kjolarna med darrande händer.

”Clarissa?” En röst ropade hennes namn några ögonblick senare, och hon såg sig om för att se Diana komma in i biblioteket. ”Mår du bra? Will sa att du gömde dig här inne, men mamma letar efter dig.”

”Jag mår alldeles utmärkt, tack.” Clarissa lyfte hakan och log. ”Och ännu bättre i ditt sällskap, förstås.”

Diana skrattade och länkade arm med Clarissa. ”Jag har saknat dig, min kära.” Hon lutade sig närmare och sa förtroligt: ”Jag kommer dock att sakna dig mer när du bor i Portugal, även om jag planerar att få Will att ta med mig för att besöka dig minst vartannat år.”

”Jag må ha blivit av med herr Dalton, men det för mig ändå inte närmare att övertala pappa att låta mig gifta mig med Rafael”, sa Clarissa dystert.

”Blivit av med herr Dalton?” Dianas fina ögonbryn höjdes. ”Hur lyckades du med det, Clarry? Han verkade ganska envis.”

”Verkligen, han gick till och med så långt som att hota med att utpressa mig!” Hennes händer darrade fortfarande.

Clarissa försökte andas djupt och sa till sig själv att det var över, även när hennes syster utbrast förskräckt och krävde detaljer.

*Jag konfronterade honom ensam.* Hon var stolt över det, även om hon till slut hade tagit till hotet om Rafaels hämnd. Och visst skulle hon berätta för Rafael ... åtminstone om Daltons sabotage av vingårdarna, eftersom han förtjänade att veta. På något sätt trodde hon inte att Dalton någonsin skulle riskera att visa sitt ansikte i samma stad som varken hon eller Rafael igen.

Efter att ha besegrat Dalton kände hon sig plötsligt mer säker på sin förmåga att vinna över sina föräldrar. De skulle inte tvinga henne till äktenskap, det var hon säker på. Hennes far skällde värre än han bets. Om hon var tålmodig, orubblig i sitt påstående att Rafael var den enda man hon skulle gifta sig med, skulle de så småningom ge med sig.

Om hon bara kunde få se honom!

Tanken gav henne en idé, och hon tittade på sin syster. "Di. Skulle du vilja göra mig en tjänst?"

"Vad som helst, min käraste, du behöver bara nämna det!"

"Skulle du vilja hålla en bal?"

Diana blinkade förvirrat. "En bal?"

"Ja. Mamma och pappa kan knappast vägra att låta mig delta, och du kan se till att Rafael står på gästlistan."

Förståelsen grydde, och Diana fnissade. "Självklart, Clarry. Det kan dock ta lite tid att ordna ... två veckor?"

"Det skulle vara perfekt", höll Clarissa med. Två veckor borde ge henne tid att göra det mycket tydligt för sina föräldrar att ingen av de kandidater de fortsatte att presentera för henne någonsin skulle vara acceptabla ... och hon antog att det också skulle ge Edward Dalton tid att försvinna från alla platser där Rafael skulle kunna tänkas leta efter honom när hon berättat för Rafael om Daltons sabotage.

Två veckor senare stod Clarissa framför en förgylld spegel i Dianas stadshus i London. Ljusen fladdrade och kastade dansande skuggor på den smaragdgröna sidenklänningen.

"Du ser strålande ut, min kära", sa Diana och rättade till en slinga som hade rymt från Clarissas utarbetade frisyr.

Clarissa tvingade fram ett leende. "Tack, Di." Hon svalde, munnen var torr. "Är han här?"

"Anlände för några minuter sedan med Alex och Marianne." Diana länkade sin arm genom Clarissas. "Är du redo?"

"Ja." Clarissa lyfte hakan, beslutsam. Ikväll skulle hon träffa Rafael, prata och dansa med honom, oavsett vad hennes far kunde tänkas säga. Jarlen skulle inte ställa till med en scen på Dianas första Londonbal; hans fru skulle aldrig förlåta honom.

När systrarna gick ner för den stora trappan sköljde ljudet av skratt och musik över dem. Clarissas ögon svepte över den fullsatta balsalen och hon tappade andan när hon fick syn på en bekant lång, mörk gestalt.

Rafael.

Även på avstånd kunde hon se hur han stack ut bland de andra herrarna, hans praktiska men välskräddade marinblå uniform en skarp kontrast till deras utsmyckade västar och brokadrockar.

”Clarissa”, hennes fars stränga röst skrämde henne när hon nådde botten av trappan och började gå mot Rafael. Jarlen av Creighton dök upp vid hennes armbåge, hans min sträng. ”Jag måste tala med dig.”

Han ledde henne till ett tyst hörn av balsalen, borta från nyfikna öron. Clarissas mage knöt sig av oro.

”Jag har lagt märke till hur du ser på den där portugisiske kaptenen”, sa hennes far i en låg, ogillande ton. ”Jag förbjuder dig att gå nära honom ikväll. Förstår du?”

Clarissas kinder hettade av indignation. ”Men pappa, kapten de Silva är en gentleman och ...”

”En utfattig utlänning”, avbröt jarlen. ”Han är inte lämpligt sällskap för dig. Jag tänker inte ha något skvaller om min dotter och en man med hans ... omständigheter.”

Clarissa bet sig i tungan, medveten om att ett gräl bara skulle göra saken värre. Hon nickade stelt, hennes tankar redan i full färd med att hitta sätt att kringgå sin fars påbud.

"Ja, pappa", svarade hon, hennes röst drypande av knappt dold sarkasm. "Jag ska anstränga mig för att undvika alla män av heder och god karaktär ikväll."

Jarlens ögon smalnade. "Tänk på tonen, unga dam. Gå nu och var trevlig mot lord Ashbury. Han har frågat efter dig."

"Absolut inte." Clarissa lyfte hakan trotsigt. "Om jag inte kan gifta mig med kapten de Silva, ska jag inte gifta mig med någon alls!"

Hon vände på klacken och stormade iväg från sin far och försvann in i den glittrande folkmassan innan han hann börja skrika och ställa till med en scen. Halvt förblindad av tårar av ilska och frustration, snubblade hon fram utan att se vart hon gick, ignorerade röster som ropade på henne, tills hon krockade med något orubbligt och varma, starka armar slöts om henne.

"Clarissa." Hans låga röst viskade hennes namn, och hon såg upp och fann honom stirra ner på henne med oro skriven över hela sitt vackra ansikte. "Mår du bra, *meu amor?*"

"Dansa med mig", bönföll hon, och han ställde inga frågor, virvlade bara ut henne på dansgolvet. De anslöt sig till en uppställning med Alex och Marianne, och Clarissa försökte förlora sig i att njuta av dansen, även om hon nästan började gråta igen när Marianne klämde hennes hand försiktigt i förbigående. Hon kunde se sin mor stå vid kanten av dansgolvet och stirra ogillande, och även sin far, med Diana och Will bredvid honom som troligen var det enda som hindrade jarlen från att ställa till med en scen.

"Jag måste berätta något för dig", började hon och såg upp på Rafael.

"Att dina föräldrar är fast beslutna att förbjuda mig från dig?" Hans mun förvreds i ett ironiskt leende. "Jag kommer att framhärda, likväl."

Hon älskade honom ännu mer för det. "Och om det blir nödvändigt kommer jag att lämna allt bakom mig och rymma med dig", sa hon, hennes röst låg, endast för hans öron. "Det enda som hindrar mig från att göra det ikväll är tanken på mina yngre systrar och deras framtidsutsikter. De förtjänar inte att dras in i en skandal."

"Jag förstår." Rafael nickade allvarligt. "Jag kommer att vänta, *meu amor*. Så länge jag måste."

Hennes hjärta kändes som om det skulle sprängas när han kallade henne *sin älskade* för andra gången, och hon klamrade sig fast vid hans hand under de dyrbara sekunderna som dansens mönster tillät. "Och jag kommer inte att gifta mig med någon annan än dig, oavsett vad du kanske hör, snälla tro det. Men det är inte det jag måste berätta för dig, Rafael. Jag har fått reda på vem sabotören är."

Hans havsgröna ögon glittrade farligt när hon berättade vad hon hade upptäckt och avslöjade inte att Daltons handlingar hade resulterat i att hon såldes till korsarerna, bara att Dalton av misstag hade avslöjat sin skuld gällande sabotaget.

"Han försökte ruinera mig", muttrade Rafael, innan han lät undslippa sig några ord på portugisiska som Clarissa inte kände igen – men av Alexs roade min när han passerade dem, var det förmodligen svordomar.

"Han är en fegis", sa Clarissa. "Jag är ganska säker på att han har flytt London – jag sa till honom att jag skulle avslöja sanningen för dig. Jag tvivlar på att någon av oss någonsin kommer att se honom igen."

"Han gör bäst i att hoppas att jag inte gör det", morrade Rafael hotfullt.

"Jag hoppas att den minen inte varslar illa för din far, Clarissa", sa Marianne lättsamt när dansens mönster tvingade dem att byta partner. Clarissa kunde se på sin fasters min att hon bara skämtade till hälften.

"Rafael och jag är överens om att vi ska vänta ut min far. Så länge det tar." Att veta att Rafael var villig att vänta gav Clarissa en våg av självförtroende. Hon skulle nöta ner sin far, så småningom.

"Arthur är rent löjlig. Hög tid att jag tar ett snack med honom." Mariannes käke spändes beslutsamt. "Jag kommer på besök i morgon bitti, Clarissa."

Clarissa kunde inte föreställa sig vad hennes faster skulle kunna säga som kunde ändra hennes fars åsikt. Hon skulle bara få njuta av dessa få stulna ögonblick med Rafael, för dansen närmade sig sitt slut och hon kunde se sin far närma sig, hans ansikte som ett åskmoln.

"Jag kan inte låta honom förstöra Dianas bal", sa hon till Rafael och såg förståelsen i hans ansikte.

"Gör vad du måste", sa Rafael, och hon ville kasta sig i hans armar och kyssa honom. Istället neg hon oklanderligt i slutet av dansen innan hon raskt gick iväg och hakade fast i sin fars arm.

"Snälla, skäm inte ut Diana", sa hon snabbt, innan jarlen hann säga ett ord.

Hennes far tog ett djupt andetag och den flammiga färgen i hans kinder lade sig. "Du kommer inte att lämna min sida igen ikväll", var allt han sa.

Clarissa böjde ångerfullt på huvudet, men när hennes far ledde iväg henne smygtittade hon tillbaka på Rafael. Han såg på henne, log när deras blickar möttes, och värmen från det leendet bar henne genom resten av kvällen.

# KAPITEL TJUGOTVÅ

Clarissa var med sin mor i salongen följande morgon när Marianne anlände. Butlern visade in henne, men Marianne hälsade bara med de kortaste artighetsfraser innan hon förklarade att hon var där för att besöka jarlen och marscherade iväg till hans arbetsrum.

”Nåväl”, mumlade grevinnan. ”Marianne verkar verkligen ha något på hjärtat idag. Har detta något med dig att göra, min flicka?”

”Jag är säker på att jag inte har någon aning om vad du menar, mamma.” Clarissa låtsades vara oskyldig, även om hon inombords dog av nyfikenhet över vad hennes faster sade till hennes far.

”Ursäkta mig, ers nåd.” Hushållerskan kom in i rummet med en respektfull nigning. ”Det finns ett litet problem i köket, om ni kan avvara några ögonblick?”

”Jaha!” Grevinnan suckade och reste sig, och Clarissa lämnades ensam. Hon förlorade ingen tid utan smög ut i hallen, skyndade fram till dörren till arbetsrummet och böjde sig ner för att lyssna vid nyckelhålet.

”...är fullständigt orimlig, Arthur”, sade Marianne i korthuggna toner som signalerade hennes otålighet. ”Flickan är uppenbart förälskad. Att förbjuda partiet kommer bara att driva henne rakt i hans armar ännu fortare. Är det vad du vill?”

Clarissa höll andan med bultande hjärta medan hon väntade på sin fars svar.

Efter en spänd paus suckade jarlen tungt. ”Nej, naturligtvis inte. Men för tusan, Marianne, mannen är utlänning. Och utfattig på köpet. Hur kan jag godkänna ett sådant förbund? Clarissa förtjänar bättre.”

”Du är fullt kapabel att ändra dig när du inser dina felsteg, Arthur”, fortsatte Marianne obevekligt. ”Det är en av dina finare egenskaper, även om det tar emot för mig att erkänna det.”

Clarissa kunde praktiskt taget höra sin fars borstande indignation från andra sidan dörren. Hon föreställde sig honom resa sig i hela sin längd, med ansiktet rött av ilska vid blotta tanken på att han, jarlen av Creighton, kunde ha fel om något.

”Mina felsteg?” blåste han upp sig. ”Jag försöker bara göra det som är bäst för flickan. Hon är min dotter, för Guds skull. Jag har en plikt att se till att hon blir väl försörjd.”

”Och du tror inte att hon skulle bli väl försörjd med kapten de Silva?” frågade Marianne med en aning mjukare röst. ”En man som uppenbarligen avgudar henne, som har visat sig vara hederlig och hårt arbetande? En man som hon, kan jag tillägga, har sitt liv att tacka för? Hon skulle inte vara här utan hans ingripande med korsarerna, Arthur, ett faktum som du måste vara väl medveten om."

"Han är katolik!" protesterade jarlen, men Clarissa undrade om han började vekna, eftersom hans röst var märkbart tystare.

Marianne fnös. "Vad spelar det för roll för dig? Köp en särskild licens och låt dem gifta sig från Creighton House. Lavinia kommer att överleva besvikelsen över att inte få se sin dotter giftas bort i St. George's på Hanover Square, det är jag säker på."

Det blev en lång, laddad paus. Clarissa höll andan och vågade knappt hoppas.

Slutligen, med en röst så låg att hon fick anstränga sig för att höra, frågade hennes far klagande: "Tror du verkligen att jag borde tillåta detta, Marianne? Att jag borde ge min välsignelse till att Clarissa gifter sig så långt under sitt stånd?"

Clarissas hjärta for upp i halsgropen. Allt hängde på Mariannes svar.

"Jag tror", sade Marianne långsamt och eftertänksamt, "att du borde lita på din dotters omdöme. Och dina egna ögon. Vem som helst kan se att Clarissa och Rafael är djupt förälskade. Det räknas väl för något?"

Jarlen pustade ut otåligt. "Kärlek! Vad är kärlek till för nytta när mannen inte har ett öre på fickan? Du såg ju hans fallfärdiga slott!"

Mariannes röst blev skarpare. "Arthur, öppna ögonen och *se* verkligen på din dotter för en gångs skull i ditt liv. Har du sett hur Clarissa strålar när Rafael är i närheten? Hur snabb hon är till skratt, hur ivrig hon är att dela sina tankar och åsikter med honom?"

Det hördes ett prassel av sidenkjolar, och sedan klicket av dörren till arbetsrummet som öppnades. Clarissa reste sig hastigt och tog ett par steg tillbaka.

"Tänk bara på vad jag har sagt", manade Marianne, och sedan gick hon ut i hallen, stannade bara till en kort stund när hon såg Clarissa där, innan hon passerade henne med ett leende och gick mot ytterdörren.

Clarissa hann knappt vända sig om och låtsas vara uppslukad av en målning på motsatta väggen innan hennes fars röst ljöd.

"Clarissa, kom in hit är du snäll."

Hon ryckte till och kände sig som ett olydigt barn som tagits på bar gärning med handen i kakburken. Hon lade sina anletsdrag i oskyldiga veck och smög in i arbetsrummet. "Ja, pappa?"

Hennes far satt bakom sitt massiva ekskrivbord, med fingerspetsarna mot varandra under hakan medan han studerade henne med kisande ögon. "Sätt dig", beordrade han och nickade mot en av stolarna som stod mittemot honom.

Clarissa satte sig på kanten av stolen, med rak rygg och händerna prydligt hopknäppta i knät. Inombords knöt sig magen av nervositet. Hon mötte hans blick, fast besluten att inte vara den första att titta bort. Tystnaden mellan dem var lång och fylld av outtalad spänning.

Clarissa tog ett djupt andetag för att samla mod. ”Pappa, får jag fråga dig något?”

Hennes fars panna rynkades men han nickade. ”Varsågod.”

”Varför är det så viktigt för dig att jag gifter mig väl?” Orden ramlade ur henne i en enda röra. ”Du är jarl nu. Ingen kan ta ifrån dig den titeln. Du har pengar och status. När är nog nog?”

Jarlens ögon vidgades åt hennes raka fråga. Han lutade sig tillbaka i stolen och betraktade henne som om han såg henne klart för första gången. ”Jag vill det som är bäst för dig, Clarissa. En trygg framtid. En respekterad ställning i samhället.”

”Men det skulle jag ha med Rafael!” Hennes röst steg av passion. ”Han kanske inte är rik nu, men han har adligt blod, en framstående karriär inom flottan. Vi älskar varandra, pappa. Är det inte det som verkligen betyder något?”

Hennes fars käkar spändes. ”Och din hemgift då? Tänk om jag väljer att hålla inne den?”

Clarissa höjde hakan och mötte hans utmanande blick direkt. ”Må så vara. Jag räknade aldrig med att få den.” Hon tänkte på Rafael, på det förfallna men charmiga slottet som var hans födslorätt. ”Rafael och jag är fullkomligt villiga att arbeta för att restaurera hans gods. Vi behöver inte en förmögenhet för att vara lyckliga."

Jarlen trummade med fingrarna på skrivbordet, en inre kamp utspelade sig i hans ansikte. Clarissas hjärta bultade medan tystnaden blev allt längre.

Till slut suckade jarlen djupt och hans axlar sjönk ihop. "Du älskar honom verkligen, eller hur?"

"Av hela mitt hjärta", svarade Clarissa utan tvekan, hennes röst fylld av övertygelse.

Hennes fars blick mjuknade och en glimt av förståelse grydde i hans ögon. "Jag antar att jag har varit alltför upptagen av statusens och rikedomens attribut. Men när jag ser dig nu, så beslutsam, så..." Han viftade med en hand och sökte efter det rätta ordet. "...levande av målmedvetenhet, inser jag att jag kanske har mätt framgång med fel måttstock."

Clarissa höll andan och vågade knappt hoppas. Hade han verkligen börjat ändra sig?

Jarlen reste sig från sin stol och kom för att stå framför henne, och lade sina händer på hennes axlar. "Om kapten de Silva är mannen som skänker sådan glädje och beslutsamhet i dina ögon, vem är då jag att stå i vägen?" Ett snett leende lekte på hans läppar. "Jag misstänker att du skulle hitta ett sätt att gifta dig med honom med eller utan min välsignelse."

Tårar av lättnad och lycka vällde fram i Clarissas ögon. "Åh, pappa!" Hon slog armarna om honom och kramade honom hårt. "Tack. Tack för att du förstår."

Han besvarade hennes omfamning och klappade henne ömt på ryggen. "Och du kommer att få din hemgift, min kära. Använd den för att bygga det liv du drömmer om med din kapten."

Clarissa skrattade, ett ljud av ren, ohämmad glädje. Hon tog ett steg tillbaka och torkade sina fuktiga kinder. "Jag kan knappt bärga mig tills jag får berätta för Rafael. Han kommer att bli överlycklig!"

"Gå då till honom", uppmanade hennes far, med små rynkor i ögonvrårna. "Och bjud in honom på middag ikväll. Jag tror det är hög tid att jag lär känna min blivande svärson ordentligt."

"Arthur!" Skriket från dörren fick dem båda att vända sig om. "Du kan väl inte på allvar överväga denna... denna *travesti*!"

"Sätt dig ner, Lavinia." Jarlen klappade Clarissas axel och manade henne försiktigt mot dörren. "Gå och skriv en rad till din faster och be henne och Glenkellie att komma på middag och ta med sig den gode kaptenen", sade han tyst. "Lämna din mor till mig."

När Clarissa tacksamt flydde från arbetsrummet hörde hon sin far bestämt säga: "Lavinia, min kära, en av våra döttrar må ha gift sig med en hertig, men det är ganska orimligt att förvänta sig att de alla ska ha sådan framgång ..."

Det visade sig att Marianne inte alls hade lämnat huset; kanske hade hon sett Clarissa gå in i arbetsrummet och bestämt sig för att vänta i salongen för att få reda på resultatet. En blick på Clarissas blossande kinder och glädjestrålande leende, och Marianne steg fram för att omfamna henne.

”Åh, min kära flicka! Gav han med sig?”

”Det gjorde han. Tack så mycket för att du pratade med honom.” Clarissa kramade sin faster hårt.

”Äsch.” Marianne viftade bort hennes tack. ”Han skulle ha kommit till insikt så småningom, men jag är glad om jag kunde påskynda din lycka om så bara en aning.”

”En mycket stor aning, käraste faster! Om du inte hade bjudit med Diana och mig på din bröllopsresa till Italien, skulle jag ju aldrig ha träffat Rafael över huvud taget!”

”Jag antar att det är sant”, sade Marianne och såg lite förvånad ut. ”Och jag vågar påstå att Diana inte skulle ha gift sig med Balford heller. Jag gjorde precis som jag antydde för din mor att jag kanske skulle göra – hittade er båda de perfekta äkta männen, även om det aldrig var min avsikt. Jag ville bara ge er möjligheten att se lite mer av världen.”

”En möjlighet jag kommer att vara evigt tacksam för.” Clarissa omfamnade henne än en gång. ”Du – och farbror Alex, förstås – kommer alltid att vara hedersgäster på Torre da Rochedo.”

”Jag ska med glädje se hur vingårdarna blomstrar för sin nya härskarinna. Men varför skriver du inte ett meddelande som jag kan överlämna till Rafael med dina goda nyheter?”

Solljuset som strömmade in genom fönstren i Creighton Houses stora balsal kastade ett klart gyllene sken över Clarissas elfenbensvita klänning när hon stod vid ingången, med hjärtat fladdrande som en fågel i en bur. Hon tog ett djupt andetag, andades in doften av liljor och rosor, vars enorma arrangemang prydde varje yta, och hårdnade greppet om sin fars arm.

”Är du redo, min kära?” frågade jarlen av Creighton hest, hans vanliga stoiska uppträdande förråddes av en lätt darrning i rösten.

Clarissa nickade, oförmögen att forma ord när stråkkvartetten började spela. När de tog sina första steg nerför gången mellan rader av sittande gäster, fick hon syn på Rafael längst fram i rummet med prästen som skulle förrätta ceremonin, hans havsgröna ögon fästa på henne med en intensitet som fick hennes knän att bli svaga. I sin flottuniform var han en ståtlig syn mot bakgrunden av vita blommor och gyllene kandelabrar.

”Jag trodde aldrig jag skulle få uppleva den här dagen”, muttrade hennes far när de gick. ”Min lilla yrhätta, helt vuxen och gifter sig med en portugisisk sjökapten.”

Clarissa kunde inte låta bli att fnissa. ”Föreställde du dig någonsin att jag skulle nöja mig med något mindre äventyrligt, pappa?”

Jarlen harklade sig, men Clarissa kände hans arm hårdna om hennes. När de nådde fram i rummet, vände han sig mot henne, med misstänkt blanka ögon. "Clarissa, min flicka", sade han med en röst som var sträv av känsla, "jag älskar dig. Och oavsett vart dina äventyr tar dig, kommer du alltid att ha ett hem här."

Tårar stack i Clarissas ögon när hon omfamnade sin far. "Tack, pappa", viskade hon.

När hennes far lade hennes hand i Rafaels, kände Clarissa en våg av spänning rusa genom henne. Hon såg upp på sin blivande make och förundrades över hur ödet hade fört dem samman.

"Du är strålande vacker, meu amor", mumlade Rafael, hans accent sände rysningar längs hennes ryggrad.

Clarissa log busigt. "Och du, min kapten, ser otroligt stilig ut."

Prästen harklade sig. "Kära älskade", började han, "vi är samlade här idag..."

När ceremonin började vandrade Clarissas tankar till det liv som väntade dem i Portugal. Utmaningarna med att återställa Rafaels familjegods verkade mindre skrämmande nu, med löftet om att möta dem tillsammans. Och när de utbytte sina löften visste Clarissa att oavsett vad framtiden hade i sitt sköte, skulle deras kärlek vara kompassen som ledde dem hem.

När det nygifta paret vände sig mot sina gäster, fick Clarissa syn på sin mor som torkade sina ögon med en spetsnäsduk. Lady Creightons axlar skakade av tysta snyftningar, hennes ansikte en blandning av glädje och sorg.

"Åh, mamma", viskade Clarissa, och hennes hjärta klämdes åt. Hon hade inte förväntat sig att hennes mor skulle bli riktigt så rörd.

Innan hon hann röra sig för att trösta henne, gled Diana fram till deras mors sida, hennes ansikte strålande av en hemlig glädje. Clarissa såg på när hennes syster lutade sig nära och viskade något som fick Lady Creightons ögon att vidgas av förvåning.

"Vad tror du Diana berättar för henne?" mumlade Rafael, hans hand varm på Clarissas ländrygg.

Clarissa skakade på huvudet, förbryllad. "Jag är inte säker, men vad det än är, verkar det ha gjort underverk."

Och visst, Lady Creightons tårar hade upphört, ersatta av ett strålande leende när hon omfamnade Diana hårt. Clarissa mötte sin systers blick och höjde ett ögonbryn i en tyst fråga. Diana blinkade bara och klappade diskret på sin mage.

"Åh!" flämtade Clarissa när insikten kom. "Jag tror bestämt att vi snart ska bli moster och morbror, min käre make."

Rafael skrattade. "Det verkar som om Balford-ätten är säkrad. Will måste vara överlycklig."

Som om de framkallats av deras ord, dök hertigen av Balford upp vid Dianas sida, bröstet utspänt av stolthet. Clarissa kunde inte låta bli att fnissa åt synen.

"Jag trodde aldrig jag skulle få uppleva dagen då min syster överglänser mig på mitt eget bröllop", retades hon, med ögonen tindrande av munterhet.

Rafael kysste hennes kind. "Omöjligt, meu amor. Du skiner starkare än solen själv."

Deras ömma stund avbröts av ett bekant skratt. Clarissa vände sig om och såg Marianne närma sig, hennes livfulla röda hår en skarp kontrast till hennes eleganta klänning.

"Grattis, ni två", sade Marianne varmt och omfamnade Clarissa. "Jag hoppas verkligen att ni förlåter mig för att jag inte var er tärna. Tvillingarna har tröttat ut mig fullständigt."

Clarissa klämde sin väns hand. "Självklart, älskling. Vi är bara hedrade att du kunde komma över huvud taget."

Clarissas blick svepte över rummet och tog in de glada ansiktena hos hennes familj och vänner. Ändå ryckte ett styng av sorg i hennes hjärta. Hon vände sig till Rafael, med låg röst färgad av ånger.

"Åh, Rafael, jag önskar bara att din mor och Isabella kunde vara här för att dela detta ögonblick med oss."

Rafaels ögon mjuknade när han såg på sin brud. Han kupade hennes ansikte försiktigt, hans valkiga tumme strök över hennes kind. "Min älskade Clarissa, låt det inte bekymra dig. Vi ska ha en storslagen fest när vi kommer hem. En som kommer att få även de mest extravaganta portugisiska bröllop att blekna i jämförelse."

Clarissa lutade sig mot hans beröring, hennes läppar formades till ett litet leende. "Lovar du?"

"På min heder som en de Silva", lovade Rafael, hans röst fyllig av uppriktighet. "Isabella kommer att bli helt yr av upphetsning. Hon har tjatat på mig om att planera en festa ända sedan jag skrev till henne om vår förlovning."

Clarissa skrattade och såg framför sig Rafaels livliga syster stöka med dekorationer och gästlistor. "Jag kan bara föreställa mig. Och din mor? Kommer hon att godkänna att hennes son gifter sig med en oförskämd engelsk flicka?"

Rafaels skratt var varmt och lugnande. "Min mor avgudar dig redan, meu amor. Hon har i åratal bett om att jag ska hitta en kvinna som är stark nog att matcha min envisa natur. Hon och Isabella drev mig nästan ut från Torre da Rochedo för att segla till England och hämta hem dig!"

"Nåväl", sade Clarissa med ögonen tindrande av bus, "då antar jag att jag får göra mitt bästa för att leva upp till hennes förväntningar."

*Fyra veckor senare*

Clarissa stod vid rodret på Santa Dorotéia, hennes händer grep om de polerade träekrarna, Rafael en stadig närvaro bakom henne när hon styrde skeppet genom Atlantens vågor. Den salta havsbrisen piskade i hennes hår, och hon kunde känna smaken av salt på sina läppar.

”Vi borde diskutera våra planer när vi kommer hem”, mumlade Rafael i hennes öra. ”Vingården kommer trots allt inte att återställa sig själv, och Mario kommer att vilja ta med Isabella till sitt hem i Italien snarare förr än senare, tror jag, så då förlorar vi hans expertis.”

Clarissa nickade, tankarna for redan runt med idéer. ”Jag har tänkt på det. Tänk om vi...”

Clarissas röst tystnade när Santa Dorotéia plötsligt krängde till. Hon snubblade, men Rafaels starka armar fångade henne och stadgade henne mot hans bröst.

”Tänk om vi vad, meu amor?” manade Rafael och gav henne varma kyssar på kinden.

Clarissa samlade sina tankar, lutade sig tillbaka mot honom så att hon kunde se upp i hans ansikte. ”Tänk om vi diversifierade? Jag har läst om nya jordbrukstekniker. Kanske skulle vi kunna introducera några andra grödor vid sidan av druvorna?”

Rafaels ögonbryn höjdes, en blandning av förvåning och beundran syntes i hans drag. ”Jag är imponerad. Du har verkligen använt ditt livliga sinne till god nytta.”

”Tja”, kontrade hon med ett leende, ”jag kunde ju inte låta dig ha allt det roliga med att planera vår framtid, eller hur?”

Ett rop från utkikskorgen fick dem båda att se framåt, och inom bara några minuter började Portugals kust att framträda vid horisonten. Clarissa kände en fladdrande spänning i magen. Detta var det – början på deras nya liv tillsammans.

"Det är så vackert", andades hon och drack in synen av de soldränkta klipporna och det glittrande havet.

Rafaels arm drogs åt hårdare runt hennes midja. "Välkommen till mitt hem, min älskade."

Clarissa vände sig mot honom, hjärtat fullt. "Vårt hem", rättade hon mjukt.

När deras läppar möttes i en öm kyss, visste Clarissa att oavsett vilka utmaningar som väntade, skulle de möta dem tillsammans. Med Rafael vid sin sida var hon redo för alla äventyr livet kunde erbjuda.

## *SLUT*

Jag hoppas att ni har njutit av serien *Rodnande unga damer!* Håll utkik efter min nya serie Fröknarna från Belle Haven – seriens förhistoria, *En brud för Belle Haven*, är GRATIS som e-bok!

# FLER BÖCKER AV
# CATHERINE BILSON

**Rodnande unga damer**

En greve för Ellen

En markis för Marianne

En hertig för Diana

En kapten för Clarissa

**Fröknarna från Belle Haven**

En brud för Belle Haven(gratis förhistoria)

Fröken Molly och kavallerimajoren

Fröken Clara och markisen

Fröken Annas misstag

Fröken Eliza tar kommandot

Fröken Charlotte ställer till det (kommer snart)

Fröken Laura förälskar sig (kommer snart)

Fröken Louise lägger sig i (kommer snart)

## Kärlek på Gränsen

Lärarinnan och Cowboyen

Ranchägarens Dotter och Bankägaren

## Bokhandelns Skönheter (med Ebony Oaten)

Matthews Villiga Änka(gratis förhistoria)

Estelles Eldiga Beundrare

Maries Glada Herre

Louises Julhjälte

Bernadettes Stiliga Läkare

## Exklusivt för nyhetsbrevsprenumeranter

St. George och Besten i Floden

Upptäck alla Shenanigans Press-utgivningar på vår webbplats(https://www.shenaniganspress .com/se) !

Eller följ oss på sociala medier – vi finns på Facebook och Instagram (@ShenanigansPressSvenska).

Och glöm inte att prenumerera på vårt nyhetsbrev för att få veta mer om nya släpp, erbjudanden, utlottningar och mycket mer!

9 781923 195356